Béla Bolten

Mordbrenner

Ein Berg und Thal Krimi

9.

Impressum

In den Reben 11
D-78465 Konstanz
belabolten@email.de

Lektorat: Michael Lohmann, www.worttaten.de
Cover-Design: Sabine Herke, www.sabineherke.de
Titelfoto: Andreas Lechtape, www.andreaslechtape.de

Der Autor im Internet:
www.belabolten.com

Inhalt

In einem ausgebrannten Autowrack entdeckt die Polizei eine verkohlte Leiche. Bei dem Toten handelt es sich um Frank Sassen, Leiter des größten Flüchtlingsheims am Bodensee. Das Auto gehört Thies Jakobsen, dem Anführer der Bodensee-Pegida.

Das Konstanzer Ermittlerduo Bettina Berg und Alexander Thal steht vor einem Rätsel. Hat der Täter sein Opfer verwechselt? Gibt es politische Motive? Oder war es ein persönlicher Racheakt?

Als ein Flüchtling spurlos aus dem Heim verschwindet, heizt sich die Stimmung in der Stadt gefährlich auf.

Die Jagd nach dem Täter führt die Ermittler in eine Welt aus Hass, Gewalt und kalter Berechnung

Über den Autor

Nach den Bestsellerkrimis »Leahs Vermächtnis«, »Sünders Fall«, »Bankers Tod«, »Claras Schatten«, »Tote Mädchen weinen nicht«, »Aschenputtel tanzt nicht mehr«, „Wenn Barbies Schwestern Trauer tragen“ und »Das Doktorspiel« ist Mordbrenner der neunte Einsatz für das Konstanzer Ermittlerduo Bettina Berg und Alexander Thal.

Béla Boltens zeithistorische Krimiserie um den Polizisten Axel Daut (bisher erschienen: »Codewort Rothenburg« und »Der Aufbewarier«) spielt während des zweiten Weltkriegs in Berlin.Bolten lebt und arbeitet in Konstanz am Bodensee.

Mehr Informationen im Internet:

www.belabolten.com

Freitag

Eins

Er zog den Reißverschluss seiner Tasche auf, wie er es jeden Abend tat, seit er das Dorf verlassen hatte. Mit geübten Handgriffen und flinken Augen überprüfte er den Inhalt und hielt dabei die Luft an. Nichts fehlte. Er atmete stoßweise aus, um das Adrenalin aus seinen Adern zu schwemmen. Seit drei Wochen kein Vorkommnis. Trotzdem musste er wachsam bleiben, durfte sich nicht darauf verlassen, dass nichts geschehen konnte. Sein Bruder hatte ihm eingeschärft, dass er nirgendwo sicher war. Nirgendwo außer in Deutschland. Aus seinem Mund hatte es wie eine Verheißung geklungen. Jetzt, da er das Gelobte Land erreicht hatte, fehlte ihm das Vertrauen in das einstige Versprechen. Erst gestern hatte es im Camp einen Vorfall gegeben. Er wollte nicht darüber nachdenken.

Vor neununddreißig Tagen war er am Ziel seiner Reise angekommen. Einhundertvierundachtzig Tage zuvor war er aufgebrochen. Einhundertvierundachtzig Tage, in denen seine Welt zusammengebrochen war. Und Gott hatte es nicht verhindert. Seine Gebete waren nicht erhört worden. Und doch hatte er die Hoffnung, dass wenigstens seine Mutter noch lebte. Dass die Bomben sie verschont hatten im Haus ihrer Schwester, in das sie geflohen war. Sie hatten sie tragen müssen, sein Bruder und er. Ihre Füße waren zerfetzt. Sie wussten nicht, was geschehen war und sie schwieg sich aus. Kein Wort kam über ihre Lippen, als müsste sie ihre Kinder bewahren vor einem Wissen, das sie mit Tausenden Müttern teilte.

Sie hatte ihn gesegnet und auf die Reise geschickt. Er wusste, dass er die Last auf sich nehmen musste. Eine Last, die ihn zu erdrücken schien. Einhundertvierundachtzig Tage und Nächte. Hitze, Durst, Hunger. Die Entbehrungen schwächten seinen Körper, aber stählten seinen Geist. Je länger es dauerte, desto sicherer wusste er, dass er das Ziel erreichen würde. Die Zweifel wurden weniger, sah er von den sechs Tagen ab, an denen er dem Tod so nahe war. Das Meer hatte ihn gelehrt, dass er das Leben mehr fürchten musste als das Sterben. Am Ende stünde die Erlösung, davor wartete das Leid.

Aus der Tasche zog er den Pullover, den der Dicke ihm hinterlassen hatte, bevor das Meer so gnädig war, ihn zu sich zu nehmen. Die Ozeane waren schon immer gut zu ihm gewesen. Niemals hatte er einen freundlicheren Mann kennengelernt als den alten Fischer, der ihm gezeigt hatte, wie man den Köderfisch an den Haken bindet. Bis heute gab es nur eine Sache, die er in seinem Leben bedauerte: Warum hatte er den Alten, den er zwei Mal in der Woche am Strand besuchte, nie nach seinem Namen gefragt? Auch den Namen des Dicken kannte er nicht, dessen Pullover er sich über den Kopf zog. Er schlackerte um seinen Körper, aber er wärmte ihn. Wie kalt es in diesem Land war! Warum hatte ihm niemand gesagt, dass man im Gelobten Land frieren musste? Er kannte die Antwort: Weil es gleichgültig war. Es spielt keine Rolle, wie warm oder wie kalt es war, solange niemand eine Fassbombe auf dein Haus wirft.

Er schaute sich im Raum um. Sie hatten mit Tüchern und dünnen Trennwänden viele kleine Abteilungen geschaffen. In jedem dieser Areale wohnten vier Menschen. Manchmal auch mehr, und das war gut, denn dann hatte eine Familie das Ziel der Reise erreicht. Eine Frau mit einem Mann und ihren Kindern.

Er schloss die Augen, um seine Mama zu sehen. Ihr Bild war immer noch klar wie am ersten Tag. Sie lächelte und doch spielte um ihren Mund eine Verbitterung, die er als kleiner Junge nie gesehen hatte. »Was hast du Mama? Warum bist du so unglücklich?«

Sie antwortete nicht. Warum sprach sie nicht zu ihm. Nicht einmal in seinen Träumen redete sie. Sie nahm ihn in den Arm, wiegte ihn wie damals, als er sich beim Sturz vom Zaun den Knöchel gebrochen hatte und der Schmerz ihm die Tränen in die Augen trieb. Damals hatte sie gesprochen. Sie hatte ihm gesagt, dass er weinen dürfte, denn Gott hätte dem Menschen die Tränen gegeben. Männern und Frauen. Sie hatte seine Wangen trocken geküsst und sich das Salz von den Lippen geleckt.

Der alte Mann in seinem Abteil hustete. Oft dauerte es die halbe Nacht, bis er endlich zur Ruhe kam. Der Mann kam aus Afrika. Er hatte vergessen, aus welchem Land, aber was spielte das für eine Rolle. Der Mann war ungläubig, hatte Yussuf gesagt. Er mochte Yussuf nicht. Es war ihm egal, an welchen Gott der alte Mann glaubte, denn alle Götter hatten sich gegen die Menschen verschworen. Alle Gebete zu allen Gottheiten versagten in diesen Tagen. Er war sich sicher, dass der alte Mann seinen Gott anflehte und um Heilung bat oder um Erlösung. Beides wurde ihm verwehrt. Der Arzt hatte ihm ein Pulver gegeben, das er in Wasser aufgelöst trinken sollte. Der alte Mann glaubte nicht an Ärzte. Er schüttete das Pulver auf die Erde und trat es mit Füßen.

Marwan fror. Er schwang die Beine aus dem Bett und verließ das Abteil. Langsam, die Arme um den Oberkörper geschlungen, ging er über den Gang. In der Küche gab es heißen Tee, der zwar bitter schmeckte, aber wärmte. Die blonde Frau, die ihn am ersten Tag begrüßt hatte, lächelte ihn an. Marwan senkte den Kopf. Er durfte sie nicht ansehen, das schickte sich nicht. Außerdem verirrte sich die Blonde sonst in seine Träume und verwirrte seinen Geist.

In der Küche war niemand. Auf dem Tisch stand ein aus Kiefernzweigen geflochtener Kranz, um den ein rotes Band geschlungen war. Mit Nägeln waren vier dicke, ebenfalls rote Kerzen auf dem Kranz befestigt. Zwei Kerzen brannten. Die Menschen im Gelobten Land pflegten Bräuche, die er nicht kannte. Natürlich wusste er, dass die Ungläubigen den Geburtstag ihres Propheten feierten. Die Sache mit dem Kranz und den Kerzen aber war ihm fremd. Überall im Gelobten Land gab es Elektrizität und doch löschten die Menschen die Lampen und zündeten Kerzen an, wenn sie beieinandersaßen. Sie hatten ein merkwürdiges Verhältnis zum Feuer. Nichts fürchteten sie mehr; sie verboten ihnen zu kochen, ließen aber die Kerzen brennen, ohne dass jemand Wache hielt.

Marwan goss Tee aus der großen Kanne in einen Becher, auf dem ein Hirsch mit großem Geweih und einer leuchtend roten Nase abgebildet war. Er setzte sich an den Tisch und trank. Er würde Feuerwache halten. Das Flackern der Lichter wärmte seinen Körper. Seine Seele fror. Die Einsamkeit kroch den Rücken hinauf und krallte sich um sein Herz. Wo bist du, Mama? Warum bist du nicht hier und leckst das Salz von meinen Wangen?

Zwei

»Glühwein?«

Fiona Lee lachte und hielt Jonas ihren Becher entgegen. »Gerne. Scheint mir ja die einzige Möglichkeit zu sein, nicht zu erfrieren.« Es hatte den Anschein, als glühten die Wangen der Rechtsmedizinerin, obwohl das beim bronzefarbenen Teint der Schwäbin koreanischer Abstammung nicht so einfach zu beurteilen war.

Thal schaute in seinen Becher. In der Restpfütze Wein schwappte eine Orangenscheibe hin und her. Er sollte nicht mehr trinken, das gezuckerte Zeug zog garantiert einen ausgewachsenen Kater nach sich.

»Du auch, Alexander?«, fragte Jonas und hielt die Kelle in die Höhe, aus der sich eine Dampfwolke in die kalte Luft des Wohnwagens schlängelte. Thal schüttelte mit dem Kopf. Wie lange es der junge Kollege wohl noch in diesem Wohnwagen aushielt. Natürlich war die Wohnungssituation in Konstanz prekär, aber er konnte unmöglich den ganzen Winter auf dem Campingplatz in Dingelsdorf bleiben. Als hätte Bettina seine Gedanken gelesen, hakte sie sich bei Quandt ein. »Wie hast du es eigentlich geschafft, dass der Pächter dir nicht den Strom abstellt?«

»Der gute Mann ist froh über einen oder zwei Dauercamper, die im Winter nach dem Rechten sehen. Es ist ja nicht so, dass Konstanz im Moment das sicherste Pflaster auf diesem Planeten ist.«

»Du meinst die Einbruchserie?«, mischte sich Hartmut Grendel ein. »Was soll es für die Gauner denn hier zu holen geben?«

Quandt nickte dem Kriminaltechniker zu. »Stimmt schon, aber das musste ich dem Betreiber ja nicht auf die Nase binden.«

Thal lächelte still vor sich hin. Jonas Quandt war erst in diesem Jahr als Kommissaranwärter zum Kommissariat 1 gestoßen, aber es kam ihm vor, als gehörte er schon immer zum Team. Auf jeden Fall hatte er sich in dieser Zeit die Anerkennung der Kollegen gesichert, die auch vollständig zu seiner Geburtstagsfeier erschienen waren. Genau wie für Thal gehörten auch für Jonas die Techniker und die Rechtsmediziner zum Team, also hatte er neben Fiona Lee und Hartmut Grendel auch Niels Kröning eingeladen. Der Polizeifotografen ließ es sich nicht nehmen, die Feier mit seiner wuchtigen Digitalkamera zu dokumentieren. Gerade lichtete er Bettina ab, die sich ein großes Stück Käse in den Mund schob. Sie konnte es sich leisten, dachte Thal. Er hatte den Eindruck, dass sie schmaler war als vor der Schwangerschaft. Sah man von einer gewissen Dünnhäutigkeit ab, die ihr in seinen Augen als Mutter absolut zustand, war sie wieder die Alte, auch wenn die kleine Leah sie keine Nacht durchschlafen ließ.

»Ich weiß nicht, was Pranom mit ihr macht«, hatte sie vor ein paar Tagen gesagt. »augenscheinlich verschläft sie den ganzen Tag, um mich in der Nacht auf Trab zu halten.« Ihr Lachen hatte eine winzige Spur Qual enthalten. Als hätte Bettina das gemerkt, hatte sie sofort »Ich bin trotzdem der glücklichste Mensch auf der Welt« nachgeschoben. »Ich habe eine wunderbare Tochter und eine Nanny, die ihr die Windeln wechselt.«

Thal hatte Bettina die Thailänderin vermittelt, genauer gesagt, Madlaina. Sie hatte ihre thailändische Masseurin gefragt, ob sie ein Kindermädchen kenne. Niemand hatte damit gerechnet, dass Pranom selbst Interesse an dieser Stelle haben könnte, schließlich war sie bereits über fünfzig und lebte seit mehr als zwanzig Jahren in Deutschland. Wer konnte ahnen, dass sie in einer gut bezahlten Festanstellung die letzte Möglichkeit zur Flucht aus ihrer unglücklichen Ehe sah. Inzwischen waren Bettina und Pranom ein perfekt eingespieltes Team, und Leah schien die unterschiedlichen Aufmerksamkeiten zu genießen, die ihr von den beiden Frauen entgegengebracht wurden.

Es klopfte und Quandt hob den rechten Zeigefinger, als müsste er prüfen, aus welcher Richtung der Wind wehte. »Stephanie!«, rief er und riss die Tür auf. Wie so oft in der letzten Zeit hatte sich die Kollegin verspätet. Sie streckte den Kopf zur Tür herein und warf einen Blick in die Runde, ehe sie Quandt umarmte. »Herzlichen Glückwunsch, Jonas!« Sie hauchte ihm zwei Küsse auf die Wangen. »Du hast ja gesagt, dass ich jemanden mitbringen darf ...« Sie drehte sich zur Tür und winkte energisch. Alle Köpfe wandten sich zum Eingang. Stephanie Bohlmann hatte sich vor ein paar Monaten von ihrem Freund getrennt und seitdem wartete das gesamte Kommissariat darauf, wer das Herz der jungen Kollegin gewinnen würde.

»Nun komm schon rein, Fridolin!« Thal hatte Mühe bei diesem altmodischen Namen nicht loszulachen. Umso größer war die Überraschung, als der Träger dieses Vornamens den engen Raum betrat und die Anwesenden mit einem lässig dahingeworfenen »N'Abend allerseits«, begrüßte. Fridolin überragte Stephanie, die selbst relativ groß war, um deutlich mehr als einen Kopf, entsprechend musste er sich bücken, als er durch die Tür trat.

»Nun komm schon!«, durchbrach sie das Schweigen. »Sind zwar alles Polizisten im Raum, aber sie beißen trotzdem nicht.«

Der mindestens einen Meter neunzig große Schwarze ging auf Jonas zu. »Sie müssen das Geburtstagskind sein, richtig?« Er schüttelte Quandt die Hand, Thal hatte fast das Gefühl, er hätte sie am liebsten gar nicht mehr losgelassen. Wie so oft war es Bettina, die der Situation jegliche Peinlichkeit nahm. Sie füllte einen Becher mit Glühwein und hielt ihn Fridolin hin. »Wer so locker ›N'Abend allerseits‹ sagt, dürfte lange genug in Deutschland sein, um sich an unsere winterlichen Trinkrituale gewöhnt zu haben.«

Fridolin lächelte Bettina an und ließ zwei Reihen weißer Zähne aufblitzen, während er sich mit der rechten Hand vor die Brust schlug. »Glühwein! Genau das Richtige, um das schwarze Herz zu wärmen.« Der Rest ging in fröhlichem Gelächter unter.

»Fridolin ist seit drei Jahren in Konstanz«, erklärte Stephanie, und Thal erkannte in dem Blick, den sie ihrem Freund zuwarf, dass sie über beide Ohren in den schwarzen Riesen verliebt war. »Er studiert Nanoscience.«

»Was auch immer das sein mag«, murmelte Thal.

»Frag ihn besser nicht«, sagte Stephanie. »Die Antwort dauert über eine Stunde und du bist danach nicht schlauer als zuvor.«

Während sich die Neuankömmlinge zu Fiona Lee und Hartmut Grendel auf die Eckbank setzten, zog Bettina Thal ins Vorzelt. »Da drin ist die Luft zu pheromonhaltig«, sagte sie und lachte Thal an. Sie setzten sich auf zwei der im Kreis aufgestellten Campingstühle. Am liebsten hätte er sie gefragt, ob Tobias sich gemeldet hatte. Er konnte und wollte nicht akzeptieren, dass sich sein Sohn nicht im geringsten für seine Tochter zu interessieren schien, sah man von den nicht unerheblichen Unterhaltszahlungen ab, die er freiwillig und über das gesetzlich Vorgeschriebene hinaus leistete.

»Hast du schon von den neuen Einbrüchen gehört?«

Thal lächelte. Bettina wusste, wie man ein Thema wechselte.

»Diesmal war Litzelstetten dran«, warf Quandt ein, der mit einer Platte belegter Brötchen in der Tür des Wohnwagens stand. »Keine Villen wie im Musikerviertel, aber Häuser, in denen Beute zu erwarten war.«

Die Täter waren vorgegangen wie immer. Sie schlugen am helllichten Tag ein Fenster im Erdgeschoss ein. Ein Mann stieg ein und öffnete seinen Komplizen die Haustür. Sie waren zu fünft oder zu sechst, deshalb dauerte die ganze Aktion nicht länger als drei, vier Minuten. Sie hatten es nur auf Bargeld oder Schmuck abgesehen, alles andere ließen sie liegen. Während ein Teil der Bande die Wohnung durchkämmte, drangen etwa in der Hälfte der Fälle zwei weitere Täter in die Garage ein – vorausgesetzt, dort stand ein Fahrzeug der Oberklasse. In der Regel stahlen sie nur Edel-SUV, hin und wieder auch einen Mercedes der E- oder S-Klasse. Fünf Minuten später war der Spuk vorbei, die Wohnung allerdings war verwüstet, denn auf der Suche nach Geld oder Schmuck hatten die Männer Schubladen aus den Schränken gezogen und auf den Boden geleert oder Polster zerschnitten. Selbst wenn sie nicht fanden, was sie suchten, richteten sie erheblichen Schaden an.

Es gab ausführliche Beschreibungen der Täter, in fünf Fällen waren sie sogar auf Überwachungsvideos zu sehen. Unmaskiert präsentierten sie ihre Gesichter. Schon die Physiognomie deutete an, dass sie aus Osteuropa stammten. Auf zwei der Videos waren auch ihre Stimmen zu hören. Sie sprachen Rumänisch miteinander. Die Konstanzer Bürger waren sich allen vorsichtigen und politisch korrekten Formulierungen in Polizeiberichten und Zeitungsartikeln zum Trotz einig: Die mehr als zwanzig Wohnungseinbrüche der letzten fünf Wochen gingen auf das Konto einer ›Zigeunerbande‹.

Jonas stellte die Brötchen auf den niedrigen Campingtisch. »Wenn wir die Typen nicht bald kriegen, haben wir hier eines Tages Verhältnisse wie im Osten.«

»Davon sind wir aber noch weit entfernt!«, sagte Bettina, während sie die dargebotenen Schnittchen begutachtete, ehe sie sich für eines mit Schinken entschied.

»Dein Wort in Gottes Ohr«, sagte Jonas. »Ich bin mir da absolut nicht sicher. Die Leute sind so verunsichert, dass sie jedem Rattenfänger hinterherlaufen.«

»Du meinst dieses Arschloch Jakobsen?«

»Thies Jakobsen ist ein Brandstifter der übelsten Sorte«, sagte Stephanie und schob ihren Freund in Richtung eines freien Stuhls. »Ihr sollte mal erleben, wie viel Angst die Parolen seiner BCB den Menschen in den Flüchtlingsheimen machen.«

Thal war sich nicht sicher, ob sie damit die Flüchtlinge selbst oder nicht eher die Helfer meinte. Auf jeden Fall waren die von Thies Jakobsen angeführten ›Bürger für einen christlichen Bodenseeraum‹ mehr als eine Randerscheinung. Zu ihrem letzten Stadtspaziergang waren fünfhundert Teilnehmer gekommen, eine Zahl, die selbst die verschlafene Kommunalpolitik aufhorchen ließ.

»Jeder Einbruch ist Wasser auf die Mühlen der Rassisten«, sagte Fridolin. Es klang eher trotzig als besorgt, was Thal allerdings noch mehr beunruhigte.

»Dabei gibt es gar keinen Zusammenhang zwischen den Einbrüchen und den Flüchtlingen.« Jonas setzte sich auf den letzten freien Stuhl. »Die Diebesbande ist bestens organisiert und operiert von einem sicheren Standort in Rumänien. Die Männer werden für ein paar Tage ins Land gebracht und verschwinden nach den Einbrüchen sofort wieder. Nach ein paar Wochen tauchen sie an einem anderen Ort wieder auf.«

Jonas hatte recht, es gab keinen einzigen Hinweis darauf, dass es sich bei den Tätern um Männer aus Flüchtlingsheimen handelte. Aber für so eine Differenzierung war in der aufgeheizten Stimmung kein Platz mehr. Die Ausländer raubten Wohnungen aus. Punkt. Mehr gab es nicht zu sagen. Außer, dass die Konstanzer Polizei unfähig war, die Diebe dingfest zu machen, wofür Thies Jakobsen und seine Mannen ebenfalls die passende Erklärung parat hatten. »Die Ausländer genießen Narrenfreiheit in diesem Land«, lautete die gebetsmühlenartig wiederholte Behauptung. »Man darf die Wahrheit nicht mehr sagen, die da lautet: Es kommen nicht arme, verfolgte Menschen. Es kommen Diebe, Vergewaltiger und Mörder.«

»Es hilft nichts, wenn wir die Stimmung in der Stadt dramatisieren.« Fridolin trank einen Schluck Glühwein und leckte sich die Lippen ab. »Die meisten Leute sind hilfsbereit. Trotzdem müssen wir alle zusammen wachsam sein.«

Thal dachte darüber nach, wen der junge Student meinte, wenn er von ›wir‹ sprach und hoffte dazuzugehören. Er wollte ihn gerade fragen, aus welchem Land er stammte und was ihn ausgerechnet an den Bodensee getrieben hatte, als er spürte, dass sein Handy in der Hosentasche vibrierte. Er zog es, verärgert über die Störung, heraus und schaute auf die Nummer im Display. Der Anruf kam aus dem Präsidium.

Er konnte der Stimme des jungen Beamten vom Kriminaldauerdienst keinen Namen zuordnen. Ruhig und gelassen informierte ihn der Mann darüber, dass auf der Bahnhofstraße ein ausgebranntes Autowrack stehe. Thal holte tief Luft, aber der KDD-Mann kam ihm zuvor. »Doch, Sie sollten es sich ansehen, Herr Hauptkommissar.«

Thal spürte, wie sich etwas in seinem Bauch zusammenzog. Lag es an der Stimme des Mannes, die auf eigenartige Weise eindringlich war, obwohl er seine Informationen eher beiläufig weitergab, gerade so, als informiere er Thal über ein nur am Rande interessantes Ereignis. »Das Auto an sich ist nicht der Grund, warum wir Sie hinzuziehen, Herr Hauptkommissar.«

»Natürlich«, antwortete Thal, ohne zu wissen, warum.

»Sie sollten es sich ansehen«, sagte die Stimme. »Aber gehen Sie nicht allein!«

Drei

»Sti-ille Nacht.« Der Dicke mit der roten Nikolausmütze wankte gefährlich, als er grölend aus dem Bahnhofsgebäude kam. »Heilige Nacht!« Er unterbrach seinen Gesang, sichtbar irritiert vom zuckenden Blaulicht der Polizeiwagen. Als hielte er das für eine unerhörte Störung seiner vorweihnachtlichen Stimmung, reckte er den rechten Arm in die Höhe. »Alles schläft«, grölte er und stieß die Faust in den Himmel. »Einsam wacht ...« Weiter kam er nicht, denn seine in einen nikolausroten Minirock und dazu passende Stiefel gekleidete Freundin hakte sich haltsuchend bei ihm ein und zog ihn über die Straße.

Bettina hockte auf den Stufen zum Haupteingang des Bahnhofs, der zu dieser späten Stunde längst geschlossen war. Sie versuchte, sich auf ihren Atem zu konzentrieren. Grendel reichte ihr einen Becher mit Wasser, den er aus dem gegenüberliegenden McDonald's geholt hatte.

»Verdammte Scheiße«, hörte sie Quandt, der als Letzter vor dem Bahnhof angekommen war. Er stützte die Hand auf das Dach des protzigen SUV und schaute in den Laderaum. Die Heckklappe ragte wie ein Mahnmal in den Himmel. Wer nicht wusste, was sich im Inneren des Wagens befand, hätte glauben können, die um das Auto herumstehenden Männer diskutierten darüber, wie sie die Koffer am besten verstauten. Lediglich die abgebrochene Antenne und die von Ruß überzogenen Fensterscheiben deuteten darauf hin, dass etwas mit dem Wagen nicht stimmte. Erst bei genauerem Hinsehen konnte man erkennen, dass im Inneren der Nobelkarosse ein Feuer gewütet haben musste. Zudem war der rechte Kotflügel eingedrückt, schwer zu sagen, ob es sich um einen frischen Unfallschaden handelte, oder ob der Besitzer bis jetzt keine Zeit gefunden hatte, sich um diesen harmlosen Blechschaden zu kümmern.

Bettina leerte den Wasserbecher und stand auf. Ihre Beine trugen sie, allerdings kostete es sie erhebliche Willenskraft, in Richtung des Autos zu gehen. Sie schloss die Augen, denn den grausamen Anblick wollte sie sich ersparen. Fiona Lees erste Einschätzung wollte sie aber auf keinen Fall verpassen.

»Das wird eine Sisyphusarbeit«, sagte die Rechtsmedizinerin. »Vielleicht sollte ich den Chef anrufen. Ich habe nicht viel Erfahrung mit Brandleichen ...«

»Das können Sie sich sparen«, sagte Thal. »Restle würde sich allenfalls an den Tatort bemühen, wenn er ohnehin in seiner Ferienwohnung am Bodensee wäre.«

»Was er nicht ist, weil seine Frau ihn genötigt hat, den Hochzeitstag im Elsass zu feiern«, ergänzte Quandt. Der Leiter der Freiburger Rechtsmedizin hatte mit dieser Begründung die Teilnahme an der Geburtstagsfeier abgesagt.

»Können wir den Körper des Toten nach Hinweisen auf seine Identität absuchen?«, fragte Grendel und verteilte gleichzeitig die Plastikoveralls der Tatortermittlung an seine Kollegen. »Oder sollten wir die Leiche besser nicht bewegen?«

Bettina verstand die Frage. Der Körper wirkte derart fragil, dass man Angst hatte, ihn zu berühren. Die Leiche sah aus, als würde sie in Aschekrümel zerbröseln, wenn man sie nur anblies. Der Körper lag mit angewinkelten Beinen und leicht nach links geneigt auf der Ladefläche. Der rechte Arm ragte in die Höhe, als hätte er bis zum Schluss versucht, die Heckklappe des Wagens zu öffnen. Die Hand war nur ein Klumpen, zumindest hatte Bettina bei dem kurzen

Blick, den sie auf die Leiche geworfen hatte, keine Finger erkennen können. Die Haare waren komplett verbrannt, ebenso die Augenlider. Überhaupt schien der gesamte Kopf nichts Menschliches mehr an sich zu haben. Von der Kleidung waren nur noch schwarze Fetzen übrig, die, ohne ihren Zweck oder ihre Farben preiszugeben, wie Lappen am Körper hingen.

»Gebt mir mal ein bisschen mehr Licht.« Fiona Lee trat einen Schritt zurück und wartete, bis einer von Grendels Männern einen Scheinwerfer ausgerichtet hatte. Anschließend beugte sie sich in den Innenraum. Bettina öffnete die Augen zu einem Schlitz, als könnte sie auf diese Weise einen Teil der Wirklichkeit aussperren und die albtraumartigen Bilder in einer verträglichen Dosis auf die Netzhaut treffen lassen.

Die Rechtsmedizinerin beugte sich in den Laderaum und inspizierte den Kopf der Brandleiche. Dabei tastete sie mit ihren behandschuhten Händen den Körper ab.

»Wenigstens können wir mit Sicherheit sagen, dass es sich um eine männliche Leiche handelt.« Fiona Lee neigte kurz den Kopf und grinste Thal an.

»Keine Sorge, der Unglücksrabe sieht zwar zerbrechlich aus, aber ihr könnt ihn ruhig bewegen. Allerdings bezweifle ich, dass ihr Papiere finden werdet.«

Sie drehte den Kopf zu Thal, der schwer atmend hinter ihr stand. Bettina spürte, dass ihr Kollege genau wie sie gegen den Wunsch ankämpfte, auf der Stelle an einem anderen Ort zu sein.

»Schaut euch den Kopf an.« Fiona Lee deutete mit dem Zeigefinger einen Kreis oberhalb der Augen des Mannes an. »Der Schädel scheint geplatzt zu sein.«

»Sie meinen, jemand hat den Mann erschlagen?«

»Nein, das will ich damit nicht sagen. Die Schädelknochen des Mannes haben der Hitze nicht standgehalten. Wenn das Opfer Papiere bei sich hatte, dürften sie auf jeden Fall verbrannt sein.«

»Mordbrand oder Brandmord?«, murmelte Grendel. Bettina verstand nicht, worauf der Techniker hinauswollte, schluckte die Frage aber herunter.

»Das kann ich zum jetzigen Zeitpunkt unmöglich sagen.« Fiona Lee klang fast wie ihr Chef auf die Frage nach Todesursache oder Zeitpunkt. »Nach der Obduktion wissen wir mehr«, sagte sie und seufzte. »Wobei selbst das nicht sicher ist.«

Quandt trat an die Ladeklappe des Wagens und beugte sich ebenfalls hinein. »Riechen Sie das auch?«, fragte er Lee? Die Asiatin fächerte sich Luft zu. »Benzin?«, fragte sie. Quandt schüttelte den Kopf. »Nein, das ist ein anderer Geruch. Auf jeden Fall tippe ich auf einen Brandbeschleuniger.«

Stephanie Bohlmann lief über die Straße auf den inzwischen taghell erleuchteten Leichenfundort zu. Die kecke Kurzhaarfrisur, die sie sich nach der Trennung von ihrem letzten Freund zugelegt hatte, steht ihr, dachte Bettina. Die Kollegin wedelte mit ihrem Notizblock herum. »Eins steht fest: Das Auto ist nicht hier abgebrannt.«

»Das war eh klar«, brummte Grendel und zog sich einen bösen Blick von Thal zu, der abfällige Bemerkungen über Ermittlungsergebnisse von Kollegen nicht leiden konnte. »Na, ist doch wahr«, setzte der Techniker hinzu und zeigte mit beiden Händen nach unten. »Oder seht ihr auf dem Boden irgendwelche Spuren eines Brandes? Nein? Dann kann es hier auch nicht gebrannt haben, andernfalls wäre der

Asphalt garantiert an einigen Stellen geschmolzen und es gäbe Reste verbrannten Materials.«

»Schon gut, Hartmut«, sagte Stephanie, die dem Kollegen die flapsige Bemerkung nicht übel zu nehmen schien. »In dem amerikanischen Spezialitätenrestaurant da drüben arbeiten noch vier Leute und niemand hat etwas bemerkt. Das Auto hat plötzlich einfach dagestanden. Vor einer Stunde beobachtete ein Gast, dass sich die Heckklappe wie von Geisterhand öffnete. Er hat dann nachgesehen ...«

»Und liegt jetzt mit einem Schock im Krankenhaus«, sagte Thal.

»Der Wagen wurde also nach dem Brand hier abgestellt«, sagte Bettina, um endlich auch etwas zu den Ermittlungen beizutragen. »Fragt sich: Wo hat er gebrannt? Und wie ist er hier hergekommen?«

»Und dann sind da noch die Fragen drei und vier«, sagte Thal und zog Bettina vorsichtig vom Tatort weg. »Wem gehört der Wagen – und vor allem: Wer ist der tote Mann im Kofferraum?«

Samstag

Vier

»Das darf doch alles nicht wahr sein!«

Kriminaldirektor Immanuel Schober machte seinem Spitznamen alle Ehre und leierte den Satz schleppend herunter wie ein Imam die tausende Male gesprochene Koransure. Die hektischen Handbewegungen, mit denen er den Satz begleitete, standen dazu in einem eigenartigen Gegensatz.

Thal wusste, dass er besser den Mund hielt. Schober hatte sich in den letzten Jahren als loyaler Chef erwiesen, der sich im Ernstfall vor seine Mitarbeiter stellte – nicht ohne zuvor klarzumachen, dass nur er in der Lage war, die gesamte Dimension eines Falls zu überblicken und im Zweifel die möglicherweise katastrophalen Konsequenzen unter Kontrolle zu bekommen.

»Da bemüht man sich nach Kräften, den Bodensee als friedliche Ferienregion im Herzen Europas zu verkaufen, und dann passiert so etwas.«

Thal konnte sich nicht erinnern, wann sich der Kriminaldirektor zuletzt um das Image der Region Sorgen gemacht hatte. Wenn er etwas fürchtete, dann waren es negative Konsequenzen für seine eigene Reputation. Und überhaupt: Warum sollte die Brandleiche sich negativ auf den Tourismus auswirken? Verbrechen gab es in den Städten rund um den See wie überall in Europa; außerdem war die Saison längst vorbei, sah man von dem einen oder anderen Weihnachtsmarkttouristen ab. Die meisten stammten eh aus der benachbarten Schweiz und waren dem Kaufrausch verfallen, angetrieben von der Dreifaltigkeit aus Franken-Kurs, Mehrwertsteuererstattung und günstigen Preisen. Wenn jedes Weihnachtsgeschenk sich in Konstanz um ein Drittel günstiger erwerben ließ als in St. Gallen oder Zürich, ließ man sich nicht von einer verkohlten Männerleiche vom Weihnachtseinkauf abhalten.

»Ach ja«, sagte Schober und auf Thals Unterarmen stellten sich die feinen Härchen auf. »Sie wissen das ja noch gar nicht.«

Nichts genoss der Imam so sehr wie Herrschaftswissen. Den Mund zu einem schiefen Lächeln verzogen, schob er Thal ein Blatt Papier zu. »Das lag heute Morgen im Briefkasten. Die Jungs vom LKA haben keine Ahnung, von wem die Nachricht stammt, aber lesen Sie selbst.«

Das schlichte weiße Papier war mit großen Buchstaben bedruckt, die nicht exakt in einer Reihe standen, sondern in einer leichten Welle tanzten. Der Text war erstaunlich kurz.

›Die Menschen stehen auf. Der Widerstand ist erwacht.

Heute wurde ein Volksverräter hingerichtet.

Weitere werden folgen.

Seid wachsam und mehret euch.‹

»Was ist das denn für ein Quatsch?« Thal warf das Blatt auf Schobers Schreibtisch. »Für mich liest sich das, als hätte sich jemand einen Streich erlaubt.«

Schober starrte ihn an. »Möglich, Thal. Absolut möglich. Genauso gut kann es der Anfang einer Serie von Straftaten sein. Und dann gute Nacht!«

Thal schüttelte den Kopf. Schober versuchte mal wieder einen Fall aufzublasen, damit er sich in der Öffentlichkeit als den Beschützer der Witwen und Waisen präsentieren konnte. Am Ende würde er als strahlender Held eine Anschlagsserie verhindert haben.

»Bis jetzt können wir nicht einmal einen Unfall ausschließen«, sagte Thal, obwohl er an diese Theorie selbst nicht glaubte.

»Ach ja?« Schober schaute ihn herausfordernd an. »Und warum stellt dann jemand mitten in der Nacht einen ausgebrannten Geländewagen direkt vor dem Konstanzer Bahnhof ab? Mitsamt einer bis zur Unkenntlichkeit verbrannten Leiche?«

Schober hatte den Finger in die Wunde gelegt. Sie hatten die Identität des Toten bis jetzt nicht klären können. Als einzigen Hinweis hatten sie einen Ehering gefunden, der im Inneren die Gravur ›15.09.2003 * Hertha & Frank‹ trug.

»Wissen wir wenigstens, wem der Wagen gehört?« Schober lehnte sich in seinem Sessel zurück. Thal wusste, dass den Kriminaldirektor das Gespräch zu langweilen begann. Mit der Frage nach dem Auto wollte er seinen Leitenden Kriminalhauptkommissar an die notwendige Alltagsarbeit erinnern, der er sich möglichst schnell wieder widmen sollte. Thal lächelte.

»In der Tat, Herr Kriminaldirektor. Ich fürchte, dass Ihnen nicht gefällt, was wir herausgefunden haben.«

Schobers Augen weiteten sich nur um den Bruchteil eines Millimeters, aber dennoch versteinerte Panik seine Miene. »Nun kommen Sie schon, Thal.«

Der Angesprochene lehnte sich in seinem Sessel zurück und genoss nun seinerseits einen Wissensvorsprung.

»Der Halter des Wagens ist Thies Jakobsen.«

Schober beobachtete mit leicht schräg gestelltem Kopf seine eigenen Finger, die in einem schleppenden Takt auf die Tischplatte klopften.

»Sie meinen ...?«

»Genau!«, sagt Thal und legte eine etwas zu lange Pause ein. »Das ausgebrannte Auto gehört Thies Jakobsen, dem Vorsitzenden der Initiative ›Bürger für einen christlichen Bodenseeraum‹«.

»Unsere Heimat ist international und christlich«, sagte Schober, als zitierte er aus dem Grundsatzpapier der BCB und fügte mit ausdrucksloser Stimme den Slogan der Bewegung hinzu: »Gegen Überfremdung und Islamisierung.«

Thal nickte wortlos. Er brauchte diesem Unsinn nichts entgegenzuhalten, denn er wusste, dass Schober Jakobsens Thesen genauso ablehnte wie er selbst. Der Kriminaldirektor erhob sich langsam aus seinem Sessel. Es erweckte den Anschein, als sei er in Sekunden Jahre gealtert. »Ist Thies Jakobsen der Tote im Kofferraum?«

Thal zuckte mit den Schultern. Schober sah ihn mit weit aufgerissenen Augen an. »Hoffen wir, dass eine solche Katastrophe uns erspart bleibt. Und wenn nicht, dann ...« – er holte tief Luft – »... dann gnade uns Gott!«

Fünf

»Ja bitte?«

Die Gegensprechanlage verzerrte die Stimme bis zur Unkenntlichkeit. Thal schaute Bettina fragend an. »Möglich«, sagte sie und brachte den Mund nahe an das Mikrofon.

»Herr Jakobsen?«

Aus dem Lautsprechen drang ein Rauschen, das von vereinzelten hochfrequenten Tönen gestört wurde.

»Herr Thies Jakobsen?«, fragte Bettina erneut. »Wir sind von der Polizei und haben ein paar Fragen an Sie.«

Wieder das Rauschen, diesmal konstant und ohne Unterbrechung, abgelöst vom Summen des Türöffners.

Thal drückte die Tür auf und stieg schweren Schrittes die ersten vier Stufen hinauf. Er wird alt, dachte Bettina und meinte damit nicht sein biologisches Alter. Obwohl er die sechzig hinter sich gelassen hatte, war er schlank wie eh und je und immer noch ein attraktiver Mann. Madlaina tat ihm gut, daran gab es keinen Zweifel. Seitdem er mit ihr zusammen war, hatte er die Bärbeißigkeit verloren, die an manchen Tagen seine Freundlichkeit zu überdecken schien. Seine Schweizer Freundin – sie war vor ein paar Monaten bei ihm eingezogen – verhinderte, dass er zum griesgrämigen Alten wurde. Außerdem hielt sie ihn auf Trab, geistig und vermutlich auch körperlich. Bettina unterdrückte ein der Situation nicht angemessenes Grinsen. Aber als Polizist zeigte Thal deutliche Zeichen der Alterung. Ihm gingen die Fälle zu sehr an die Nieren, er konnte sie nicht mehr abschütteln wie früher. Aber wer konnte das überhaupt noch? Sie atmete tief durch.

»Kommst du oder brauchst du eine Extraeinladung?« Thal winkte aus dem zweiten Stock und sie nahm zwei Stufen auf einmal, um sich ihrer eigenen Fitness zu versichern. Nach Leahs Geburt hatte sie sich in einem Fitnessstudio angemeldet – und das trug Früchte.

Thal drückte eine Sekunde zu lange auf den Klingelknopf.

»Was fällt Ihnen ein«, sagte der Mann, der die Tür aufriss. »Wir haben Samstagmorgen und Sie klingeln hier Sturm. Ich hoffe, dass Sie eine gute Begründung haben.«

Bettina schloss für eine Sekunde die Augen. »Gott sei Dank«, schoss es ihr durch den Kopf. Obwohl der Mann im Gegensatz zu seinen öffentlichen Auftritten nachlässig gekleidet war und seine Haare ungekämmt zu Berge standen, handelte es sich eindeutig um Thies Jakobsen. Auf der Fahrt nach Staad hatte sie sich mit Thal darüber unterhalten, was es bedeutete, wenn der Anführer der Bodensee-Pegida, wie die Presse die ›Bürger für einen christlichen Bodenseeraum‹ inzwischen nannte, verbrannt im Kofferraum seines Autos gefunden worden wäre. Die bisher flüchtlingsfreundliche Stimmung drohte ohnehin langsam zu kippen, der Tod des führenden Asylkritikers – wie Bettina dieses Wort hasste! – hätte vielleicht einen Flächenbrand erzeugt.

»Tut uns leid, dass wir Sie stören müssen, Herr Jakobsen, aber ...« Thal hielt dem Mann seinen Ausweis ein paar Zentimeter zu dicht vor die Nase. Er wich zurück und hielt die Tür auf. »Nun kommen Sie schon rein! Wir müssen das ja nicht in aller Öffentlichkeit besprechen.«

»Was besprechen?«, fragt Bettina.

»Na, das, weswegen Sie mich zu nahezu unchristlicher Zeit aufsuchen.«

»Samstagmorgens um neun ist ...«

»Schon gut.« Jakobsen machte eine abfällige Handbewegung. »Kommen Sie endlich zur Sache, Herr ...«

Thal riss seinen Ausweis hoch, wobei er Jakobsen fast am Kinn getroffen hätte, und stellte sich und Bettina mit Namen und Dienstgrad vor. »Wir haben ein paar Fragen zu Ihrem Auto.«

Thies Jakobsen zuckte mit den Schultern. »Was soll mit meinem Wagen sein?«

»Wissen Sie, wo sich Ihr Kraftfahrzeug im Moment befindet?«, fragte Bettina, der die aggressive Stimmung zwischen den beiden Männern zu gefährlich wurde.

»Da, wo ich es gestern Mittag abgestellt habe: in der Tiefgarage.«

»Wohl kaum«, sagte Thal. Bettina fasst ihm kurz an den Oberarm. Er verstand und trat zehn Zentimeter zurück.

»Das kann nicht sein, Herr Jakobsen«, sagte Bettina um einen sachlichen Ton bemüht. »Ihr Auto wurde gestern Nacht vor dem Konstanzer Bahnhof gefunden. Und zwar ausgebrannt.«

»Wie bitte?«

Bettina war sich nicht sicher, ob Jakobsens Überraschung echt oder gespielt war, zumal er im nächsten Moment auflachte. »Na, das passt. Da waren sicher unsere ausländischen Fachkräfte am Werk, die machen ja seit Wochen die besseren Wohngegenden der Stadt unsicher.«

»Im Moment wissen wir noch nicht, was passiert ist«, sagte Bettina und spürte, dass Thal ein paar Zentimeter in Jakobsens Richtung vorrückte. »Sie haben Ihr Auto also gestern in der Tiefgarage abgestellt?«

»So ist es.«

»Und ordnungsgemäß verschlossen?«

»Natürlich, Frau Kommissarin. Verschwenden Sie nicht meine Zeit, sondern suchen Sie lieber diese Zigeuner.«

»Nun machen Sie mal halblang«, mischte sich Thal ein. »Ihre haltlosen Verdächtigungen bringen uns nicht weiter.«

»Haltlose Verdächtigungen«, äffte Jakobsen Thal nach. »Der Herr Hauptkommissar ist ein Gutmensch!« Er grinste Bettina an. »Das Gutmenschentum dürfte seiner Aufklärungsquote nicht zuträglich sein, oder?«

»Es reicht, Herr Jakobsen!« Bettina brüllte den Mann derart an, dass er einen Schritt zurückwich. Augenscheinlich hatte er der für eine Polizistin eine Spur zu elegant gekleideten Frau vor ihm einen solchen Ausbruch nicht zugetraut. »Im Kofferraum Ihres Fahrzeuges befand sich eine bis zur Unkenntlichkeit verbrannte Leiche. Können Sie uns sagen, wie dieser Mann in ihr Auto gekommen ist?« Bettina machte eine kurze Pause, in der sie mit Freude registrierte, dass Jakobsens Gesicht jede Farbe verlor. »Und bitte nur sachdienliche Hinweise«, setzte sie hinzu.

»Keine Ahnung ...«, stammelte Jakobsen. »Wer ist der Tote?«

»Die Antwort auf diese Frage haben wir uns von Ihnen erhofft.« Bettina war froh, dass Thal sich im Griff hatte. Zumindest klang seine Stimme ruhig, das leichte Zittern fiel Jakobsen bestimmt nicht auf, dazu war er selbst zu aufgeregt.

Thal zog sein Notizbuch aus der Tasche und blätterte darin herum. Bettina amüsierte sich über den alten Trick, mit dem Generationen von Polizisten die Spannung bei einer Befragung gesteigert hatten, um den Zeugen zu einer spontanen Antwort zu bewegen. Es dauerte mehrere Sekunden, bis Thal gefunden zu haben schien, wonach er suchte. »Sagen Ihnen die Namen Hertha und Frank etwas?«

Bettina hatte Jakobsen fest im Blick. Seine Mimik verriet nicht, ob die Namen eine Erinnerung in ihm wachriefen. Er schüttelte erst langsam und bald immer energischer den Kopf. »Nie gehört. An eine Frau mit dem Namen Hertha würde ich mich auf jeden Fall erinnern. So heißt doch heute niemand mehr!«

Thal nickte und drehte sich langsam um, als wollte er ohne ein weiteres Wort gehen.

»Moment mal!«, sagte Jakobsen, dessen Selbstsicherheit zurückzukehren schien. »Was ist jetzt mit meinem Auto?«

»Konfisziert«, sagte Thal und steckte sein Notizbuch in die Innentasche seines Jacketts. »Bis auf Weiteres.«

Jakobsen hob Schultern und Arme in einer seltsam unbeholfenen Geste.

»Auf Wiedersehen, Herr Jakobsen«, sagte Bettina. Sie wusste, dass es nicht richtig war, sich einem Zeugen gegenüber so zu verhalten. Aber sie genoss es.

Sechs

»Und so was bringt ihr mir natürlich zum Wochenende!«

Gerhard Restle stützte sich mit beiden Händen auf dem blank gewienerten Metall des Obduktionstisches ab. Der Leiter der Freiburger Rechtsmedizin eröffnete seine Vorlesung für Erstsemester, die in der Regel zum ersten Mal vor einer Leiche standen, immer mit den gleichen Worten: »Wenn Sie wie ich fünftausend Leichen geöffnet haben, schockt Sie nichts mehr.« Heute spürte Stephanie Bohlmann, dass dieser Satz gelogen war.

Es hatte sich in den letzten Monaten häufig ergeben, dass sie und Jonas Quandt zur Leichenöffnung nach Freiburg fuhren. Früher hatte sich Thal das nicht nehmen lassen, aber sie hatte das Gefühl, dass ihm die Obduktionen in der letzten Zeit zu sehr an die Nieren gingen. Sie selbst bemühte sich um einen professionellen Blick auf die Toten; von erfahrenen Rechtsmedizinern untersucht, erzählten sie eine Geschichte, die ihnen im besten Fall half, den Täter dingfest zu machen. Ermordete Kinder und junge Menschen erzeugten in ihr eine Beklemmung, die tagelang anhalten konnte. Was heute vor ihnen lag, ließ sie aber beinahe kalt. Der Körper war in dem schwarzen verbrannten Klumpen kaum noch zu erkennen. Selbst der Geruch fehlte, der eine Leichenöffnung zur olfaktorischen Folter machen konnte. Das Feuer hatte die Leiche gereinigt.

Sie schaute zur Seite. Jonas fotografierte den Leichnam konzentriert von allen Seiten, mitleidig von Nils Kröning beobachtet. Der Fotograf mokierte sich regelmäßig darüber, dass der Kommissaranwärter seinen amateurhaften Aufnahmen mehr vertraute als dem professionellen Blick.

Fiona Lee löste Kleidungsfetzen vom Körper, deren Farbe und Gewebestruktur nicht zu erkennen waren. Lediglich die Lage am Körper ließ darauf schließen, dass es sich um ein Hemd oder eine Hose gehandelt haben musste.

»Dann wollen wir mal.« Restle fuhr sich mit der Hand durchs Haar und nickte seiner Mitarbeiterin zu. Die nächsten zwei Stunden waren ausgefüllt mit der üblichen Routine der äußeren und inneren Leichenschau. Obwohl der Ablauf allen anderen Obduktionen glich, denen Stephanie bisher hatte bewohnen müssen, war diesmal doch alles anders. Normalerweise begann Restle sein schnell gesprochenes Diktat des Obduktionsprotokolls mit dem Satz wie: »Männliche Leiche, Alter etwa ...« Der zweite Teil des Satzes blieb heute aus. Das Alter des Mannes war anhand äußerlicher Merkmale unmöglich zu schätzen. Einer Brandleiche musste man selbst die einfachsten Informationen mühsam abringen. Erst der Zustand des Gebisses verleitete Restle zu der Aussage, dass der Tote zwischen dreißig und fünfzig Jahre alt gewesen sein durfte, eine Schätzung, die durch die eingehendere Untersuchung der inneren Organe gestützt wurde.

Fiona Lee beugte sich über den Schädel und deutete auf eine Stelle oberhalb des rechten Auges. »Was meinen Sie, Chef?«

Restle zog die Lupe über den Kopf des Mannes. »Ja, eindeutig«, sagt er.

Quandt stöhnte auf. »Jetzt geht das wieder los«, murmelte er leise.

»Wie meinen, der Herr Kommissaranwärter?« Restle schaute ihn mit zusammengekniffenen Augen an.

»Was ist da eindeutig, Herr Professor?« Quandt lächelte Restle provozierend an, aber der Leichenschnippler hatte seinen guten Tag und kam ohne weiteren Tadel zur Sache.

»Es zeigt sich eine Hitzesprengung des Schädels oberhalb der rechten Augenhöhle ...«

Das Diktiergerät lief weiter und Restle lenkte den Blick nach unten. »... sowie weitgehende Brandzehrung der Halsweichteile, der Thoraxwand und der Gliedmaßen.«

Stephanie war beeindruckt, wie präzise sich der Zustand der Leiche in einem Satz beschreiben ließ. Lee und Restle spulten das Obduktionsprogramm routiniert ab. Hin und wieder deuteten sie auf eine Stelle und stellten sich gegenseitig Fragen. Es wirkte, als wollten sie sich examinieren, in Wirklichkeit sicherten sie Hypothesen durch eine zweite Meinung ab.

Stephanie fürchtete bereits, ohne jedes greifbare Ergebnis zurück nach Konstanz fahren zu müssen, als es doch noch einmal spannend wurde. Es begann mit einem unspektakulären »Na, da haben wir doch immerhin noch ein bisschen Material« von Restle, das Fiona Lee geduldig erläuterte. Kleinere Teile der Luftröhre und der Bronchien waren erhalten. Restle schabte vorsichtig daran herum. »Was haben wir denn da?«

Er legte kleine, rötlich-braune Brocken eines festen Materials in eine Metallschale.

»Was meinen Sie, Kollegin?«

Fiona Lee beugte sich über die Schale. »Blut.«

Stephanie war sich nicht sicher, ob sie es als Frage oder Aussage meinte. Restle nickte.

»Ich verwette ein Monatsgehalt, dass wir es mit dem Lebenssaft zu tun haben.«

»Sieht eher aus wie Erbrochenes«, warf Quandt ein.

»Stimmt«, sagte Lee. »Durch die enorme Hitze ist das Blut geronnen und die Flüssigkeit ist weitgehend verdampft. Das ergibt diese Struktur.«

»Okay«, sagte Stephanie. »Der Mann hat also vor seinem Tod geblutet.«

»Das Wichtigste ist der Fundort.« Restle versuchte es wieder mit einer seiner nebulösen Andeutungen, aber Fiona Lee fiel ihm ins Wort.

»Wir haben Blut bis in die feinsten Verästelungen der Bronchien.«

»Das heißt?«, fragte Quandt genervt.

Diesmal ließ Fiona Lee ihrem Chef den Vortritt.

»Der Mann hat das Blut eingeatmet. Haben die Techniker ein Geschoss am Tatort gefunden?«

»Nein«, antworteten Stephanie und Jonas im Chor.

»Wir haben ebenfalls weder eine Kugel noch einen Schusskanal entdecken können, wobei das angesichts des Zustandes der Leiche kein ausreichendes Indiz ist. Trotzdem lege ich mich mal fest.«

Er atmete geräuschvoll ein und aus, als müsste er den beiden Ermittlern zeigen, wie schwer ihm diese Aussage fiel.

»Der Mann wurde durch einen Angriff gegen den Hals getötet.«

»Messer?«, fragte Quandt.

»Vermutlich«, antwortete Restle. »Grundsätzlich könnte es auch ein Schlag gewesen sein, dann müsste der Täter aber mit äußerster Brutalität vorgegangen sein. Es braucht erstens einen präzisen Treffer und zweitens immense Kraft, damit so viel Blut austritt.«

»Messerattacke«, sagte Lee und ordnete die Blutkügelchen in der Schale zu einem Dreieck. »Auf jeden Fall ein

Messer«, ergänzte sie noch einmal und Restle widersprach ihr nicht.

»Das ist doch schon mal was«, sagte Quandt und tippte eine Notiz in sein Tablet.

»Wenn Sie uns jetzt noch Hinweise auf die Identität des Mannes geben können?« Stephanie legte so viel Hoffnung wie möglich in die Frage, obwohl sie nicht glaubte, dass sie der Leiche schnelle Hinweise entlocken würden.

»Fingerabdrücke könnt ihr vergessen«, sagte Restle und deutete auf den schwarzen Klumpen, der einst die Hand des Mannes gewesen war.

»Bleibt nur der Zahnstatus.«

»Sieh an«, sagte Restle und grinste übers ganze Gesicht. »Der junge Herr Kommissaranwärter hat im Einführungsseminar ›Grundlagen der Rechtsmedizin‹ tatsächlich etwas gelernt.«

Jonas zuckte zusammen, als der Leichenschnippler ihm auf die Schulter schlug. »Respekt, Herr Quandt. Respekt.«

Sieben

»Was macht der da?« Bettina knetete ihre Hände, als könnte sie die Antwort auf die Frage zwischen ihren Handflächen hervorquetschen. »Der Typ ist wohl wahnsinnig geworden?«

Vor fünf Minuten hatte Schober Thal und sie in sein Büro beordert. »Sofort!«, lautete die unmissverständliche Ansage, der man, wie sie aus Erfahrung wussten, besser folgte. Der Imam erteilte nicht oft Befehle, musste er sich dann schließlich erstens festlegen und zweitens die Verantwortung für die Anweisung übernehmen. Er bevorzugte es, Fragen zu stellen und seine Mitarbeiter für ihr Handeln selbst haften zu lassen. Deshalb konnte sich ein Ermittler der Konstanzer Kriminalpolizei fast nie auf so etwas wie Befehlsnotstand berufen. Wenn etwas schiefging, war die entsprechende Abteilung und im Zweifel ihr Leiter verantwortlich, aber niemals Immanuel Schober.

»Wahnsinn würde ich das nicht nennen, was Jakobsen da veranstaltet«, sagte der Kriminaldirektor ruhig. »Eher kalkuliert.« Er trank einen Schluck Wasser aus einem randvollen Glas. »Was leider nicht weniger gefährlich ist.«

Die drei Polizisten starrten auf den Flachbildfernseher, der an der Stirnwand von Schobers Büro hing. Das Regionalfernsehen übertrug live die Pressekonferenz, zu der Thies Jakobsen eingeladen hatte. Thal hielt das Einladungsschreiben an die Pressestelle der Polizei in der Hand. Die Formulierungen ließen keinen eindeutigen Schluss zu, ob es sich um eine Privatveranstaltung von Jakobsen oder eine offizielle Einladung der ›Bürger für einen christlichen Bodenseeraum‹ handelte. Das Logo der Initiative war nirgendwo zu sehen, die Inhalte, über die Jakobsen sprach, unterschieden sich aber nicht von denen, die auf den montäglichen, jede Woche in einer anderen Stadt veranstalteten sogenannten Seespaziergängen der Gruppierung zu hören waren.

Im Fernsehen schien Jakobsen deutlich größer, als er in Wirklichkeit war. Mit frisierten Haaren und in einen dunklen Anzug gekleidet wirkte er wie ein Vertreter, dem die ältliche Hausfrau einen überteuerten Teppichschamponierer abkaufte und sich anschließend glücklich schätzte. So elegant die Optik des Mannes war, so unangenehm war seine Stimme: Schrill, laut und zu hoch stand sie stets kurz vor dem Umschlagen ins Falsett. Thal wunderte sich, warum Jakobsen bei seinen Reden derart brüllte, während er im Gespräch ruhig artikulieren konnte. Wäre es für seine Sympathiewerte nicht besser, er zügelte sich? Andererseits ... Thal beschlich das Gefühl, dass Jakobsens Theatralik und Lautstärke kalkuliert war. Es ging ihm nicht darum, bei der Mehrheit der Menschen anzukommen. Er wollte die Minderheit erreichen und radikalisieren. Diese Leute standen auf Kasernenhofgebrüll. Außerdem übertünchte er damit seinen norddeutschen Dialekt. Obwohl er schon als Jugendlicher an den Bodensee gekommen war, konnte er seine Geburt in Husum nicht verleugnen.

Die Übertragung lief seit sieben Minuten und Jakobsen hatte sich in Fahrt geredet. Er war bei seinem Lieblingsthema angekommen: der angeblichen Unterdrückung unliebsamer Meinungen.

»Seit Jahren erleben wir in unseren europäischen Vaterländern einen schleichenden Prozess. Eine Entwicklung, die an diesem See in der Mitte Europas exemplarisch abläuft. Die aufrechten Schweizer Bürgerinnen und Bürger wehren sich am stärksten und nachdrücklichsten gegen den Untergang ihrer in Jahrhunderten gewachsenen, von christlichen Werten geprägten Kultur. Unsere österreichischen Nachbarn und Freunde beginnen, nach und nach ebenfalls aufzustehen«

Jakobsen machte eine Pause und schaute nach links und rechts, wobei er nicht nur den Kopf, sondern den ganzen Oberkörper drehte. Man merkte ihm an, dass er gewöhnlich vor größerem Publikum sprach. Im intimen Rahmen dieser Pressekonferenz vor einem halb leeren Konferenzraum wirkte die Gestik plump.

»Nur in Deutschland lässt sich das Stimmvieh noch immer in demütiger Haltung in die Knechtschaft führen!«

Wieder brüllte er den Satz und schaute ins Publikum. Er wartete auf den Applaus, den er mit solchen Parolen erzeugte – nur dass hier und jetzt keiner der Journalisten die Hände rührte. Als es still blieb, zog er ein Taschentuch hervor und tupfte sich den Schweiß von der Stirn.

»Sieh an«, sagte Bettina. »Der Herr Möchtegernanführer hat Angst.«

Thal war sich nicht sicher, ob nicht auch das eine kalkulierte Geste war.

Jakobsen umklammerte das Rednerpult mit beiden Händen und beugte den Oberkörper vor. »In diesem Land gibt es sie nicht: die freien, stolzen Bürger, die ohne Angst ihre Meinung sagen. Wer die Wahrheit ausspricht, ist in Gefahr. Wer sagt, dass die Flüchtlingsinvasion eine Bedrohung ist, wird mundtot gemacht!«

»Na klar«, stöhnte Bettina auf. »Deshalb darf jemand wie du, Thies Jakobsen, seinen gefährlichen Blödsinn eine halbe Stunde im Fernsehen breittreten!«

»Pssst!«, zischte Schober.

Jakobsen hatte sich in Fahrt geredet. »Bis jetzt war es so, dass man unangenehme Meinungen einfach nur unterdrückte oder lächerlich machte. Das reicht aber nicht mehr, wenn überall Woche für Woche immer mehr Bürger auf die Straße gehen und gegen die Überfremdung und Islamisierung ihrer Heimat demonstrieren. Jetzt müssen die Gutmenschen zur Tat schreiten. Jetzt zeigen sie ihr wahres Gesicht – ach was! Jetzt zeigen sie ihre Fratze.«

Er schlug mit der Faust auf das Pult. »Es reicht nicht mehr, mir den Mund zu verbieten. Sie wissen, dass ich immer und überall für meine Ideale, für meine Heimat, für den christlichen Bodenseeraum im Herzen Europas einstehen werde. Wenn Sie mich zum Schweigen bringen wollen, müssen Sie mich töten.«

Wieder machte Jakobsen eine theatralische Pause, wieder ließ er den Blick durch den Raum schweifen.

»Gestern haben unsere Gegner, denen das Schicksal unseres Volkes gleichgültig ist, versucht, mich zu ermorden. Sie haben jemanden mit mir verwechselt und dieser unschuldige Mann musste sterben. In gewisser Weise gab er sein Leben, damit ich weiterkämpfen darf.«

Bettina stöhnte auf. »Wenn er jetzt das Wort Vorsehung in den Mund nimmt ...«

»Dieser schicksalhafte Moment, in dem ein feiger Attentäter einen fremden Mann tötete, weil er mich für immer zum Schweigen bringen wollte, sollte das Fanal sein, aufzustehen und den Kampf aufzunehmen. Für unsere Heimat! Gegen Überfremdung und Islamisierung!«

Wieder wartete er auf donnernden Applaus und stierte stattdessen in die Stille. Er trank einen Schluck Wasser.

»Die Polizei hat es nicht für nötig erachtet, einen Vertreter zu dieser Veranstaltung zu schicken. Nun gut, dann also auf diesem Wege.« Er hob den Kopf und schaute direkt in die Kamera.

»Ich bin sicher, dass Sie mich hören, Herr Kriminaldirektor Schober. Schützen Sie mich und meine Familie! Geben Sie uns Polizeischutz! Sofort und rund um die Uhr!«

»Jetzt dreht er völlig durch«, sagte Bettina.

Thal schaute Schober an, der zusammengesunken und mit bleichem Gesicht auf seinem Stuhl saß. Er wusste: Ein paar uniformierte Kollegen würden sich die Nächte um die Ohren schlagen müssen. So lange, bis sie den Täter gefasst hatten.

Acht

Stephanie Bohlmann blieb eine Minute im Auto sitzen. Sie brauchte einen Moment für sich allein, um sich zu fokussieren. Die Obduktion war schneller beendet gewesen als gewöhnlich, dafür hatten sie auf der Fahrt zurück an den Bodensee länger im Stau gestanden. Thal würde sich wie jedes Mal darüber aufregen, dass sie keine Rechtsmedizin am Bodensee hatten, was keineswegs am Mangel an ungeklärten Todesfällen lag, sondern am Zuständigkeitswirrwarr in einer Region, in der drei Staaten und zwei Bundesländer zusammentrafen. Also verbrachten sie drei, im schlechtesten Fall auch mal fünf Stunden im Auto, um einer Obduktion beizuwohnen.

Stephanie hatte Jonas im Präsidium abgesetzt und war nach Volkmaringen gefahren. Den Weg kannte sie inzwischen aus dem Effeff, dabei hatte sie das verschlafene Nest im Hegau vor zwei Monaten zum ersten Mal besucht. Ein Bericht im SWR-Fernsehen hatte sie aufgeschreckt. Das Landratsamt Konstanz hatte beschlossen, im kleinen Volkmaringen mit seinen gerade mal dreitausendfünfhundert Einwohnern ein Aufnahmelager für Flüchtlinge einzurichten. Wie sie auf diesen beschaulichen Ort gekommen waren, blieb das Geheimnis der Verantwortlichen. Stephanie vermutete praktische Gründe. In Volkmaringen hatte der Bürgermeister vor einem halben Jahr eine neue Sporthalle eingeweiht, die alte sollte abgerissen werden. Noch aber stand sie ungenutzt in der Hegaulandschaft. Ideal geeignet für die Aufnahme von bis zu zweihundert Flüchtlingen. Was Kommunalpolitiker eben so für ideal halten, dachte Stephanie und ärgerte sich darüber, dass sie zunehmend zynisch wurde. Und unzufrieden mit sich selbst, auch das ein Wesensmerkmal, das ihr bisher fremd gewesen war.

Als man sie als Kommissaranwärterin ins Kommissariat 1 steckte, war sie zwar eine graue Maus ohne Selbstbewusstsein, aber das hatte sich mit der Zeit und dank Bettinas Hilfe gegeben. Sie machte ihren Job gut, fand sie, und hin und wieder gab es sogar ein Lob von Thal. Nicht allzu oft zwar, aber so war der Chef nun mal.

Seit zwei Monaten hatte Stephanie ständig das Gefühl, den Anforderungen nicht zu genügen. Tag für Tag war sie hin- und hergerissen zwischen der Arbeit im Präsidium und ihrer Aufgabe in der ›Flüchtlingshilfe Bodensee‹. Es gab Tage, an denen sie kurz davor war hinzuschmeißen – und zwar den Job als Polizistin. Dort kamen sie immer zu spät, wurden erst gerufen, wenn dem Opfer nicht mehr zu helfen war. In dem alten Kasten vor ihr lebten die Menschen – ebenfalls Opfer – noch. Opfer eines Krieges, den sie nicht begonnen hatten. Opfer von unfähigen Politikern, die sie nicht gewählt hatten.

Stephanie öffnete die Wagentür und ging schweren Schrittes zum Haupteingang. Keine Menschenseele war auf dem Platz vor der Sporthalle zu sehen, deren Inneres provisorisch in siebzig kleine Zellen geteilt war, um den Bewohnern wenigstens ein kleines Gefühl der Privatheit und Normalität zu geben. Am meisten litten die Frauen unter Enge und fehlender Intimsphäre. Sich um sie und ihre Kinder zu kümmern, ihnen zu helfen, langsam ins Leben zurückzufinden, gab Stephanie mehr Befriedigung, als den Mordbrenner zu jagen, der den unbekannten Mann auf dem Gewissen hatte. Entsprechend widerwillig betrat sie das Gebäude, um sich für die nächsten Tage abzumelden. Sie würde keine Zeit haben, jeden Tag nach Volkmaringen zu fahren. Irgendwann einmal, vielleicht, aber noch war sie nicht so weit, ihr Leben komplett umzukrempeln.

Die Luft im Inneren der Halle war stickig und vibrierte von dem vielstimmigen Gemurmel der Bewohner. Einzelne, laut gesprochene Wörter sprangen aus dem Grundrauschen heraus, aber Stephanie verstand sie nicht. Sie nahm nur die gutturalen Grundtöne des in dieser Unterkunft dominierenden Arabischen wahr, ohne auch nur ein Wort zu verstehen.

»Hallo Stephanie!«

Sie drehte sich um. In einem Seitengang winkte ihr eine junge Frau zu, die zu den ständigen Helfern gehörte. Stephanie hatte ihren Namen vergessen und lächelte stumm zurück. Die Frau kam auf sie zu. »Hast du Frank gesehen?«

Die Frage galt Frank Sassen, der so etwas wie der Koordinator der ehrenamtlichen Hilfe nicht nur in diesem Lager, sondern im ganzen Bodenseeraum war. Stephanie schüttelte den Kopf.

»Komisch, dass er noch nicht da ist«, sagte die Frau und zog sich ein Tuch vom Kopf. Sie hatte hellblonde, fast weiße Haare. »Er wollte uns doch über das Gespräch mit dem Landrat informieren.« Sie machte eine kurze Pause und fuhr sich seltsam fahrig über den Kopf. »Du weißt, wegen des Schulbesuchs der Kinder.«

»Ich kann ihn ja mal anrufen.« Stephanie hatte den Mann nicht bemerkt, der aus einem der Gänge hinter sie getreten war. Auch seinen Namen kannte sie nicht. Die Helfer wechselten zu schnell und zu oft. Er hielt sich schon das Handy ans Ohr und grüßte Stephanie nur mit einer lässigen Handbewegung.

»Gut, dass ich dich erreiche, Hertha.«

Vom Rest des Gesprächs bekam Stephanie nichts mit. Sie rannte aus der Halle.

Neun

Thal ließ sich stöhnend in den Beifahrersitz fallen.

»Hallo Chef«, grüßte Stephanie.

Thal nickte stumm. Er hatte sich von einem Streifenwagen nach Volkmaringen fahren lassen. Da Stephanie ohnehin vor Ort war, konnte er Bettina diesen Einsatz ersparen. Seit sie Mutter war, scheute sie Besuche wie diesen. Stephanie hatte ihr Auto direkt vor dem schmucken Einfamilienhaus am Rand des Hegaudorfs geparkt. Eine niedrige Hecke trennte den Vorgarten von der Straße. An der Eingangstür hing ein Adventskranz, an dessen Schleife zwei rote Glöckchen glänzten. Weiterer weihnachtlicher Schmuck, wie er an fast allen Häusern der Siedlung prangte, fehlte.

»Ist jemand rein- oder rausgegangen?«, fragte Thal.

Stephanie deutete auf einen schwarzen Toyota vor der Garage. »Vor einer halben Stunde ist eine Frau mit diesem Wagen angekommen. Sie hatte eine Reisetasche dabei.«

»Die Hausherrin?«

»Vermutlich. Auf jeden Fall besaß sie einen Wohnungsschlüssel.«

Thal klopfte sich einmal auf die Schenkel. »Dann wollen wir mal.«

Die beiden Polizisten gingen den kurzen Weg von der Straße zur Haustür mit dem hölzernen Namensschild. »H. & F. Sassen«. Darunter hing ein ovales Porzellanschild, das mit blauer Schrift verkündete: ›Beware of the Cat‹. Stephanie drückte den Klingelknopf, aus dem Inneren hörte man den sonoren Ton von Big Ben.

»Moment!«, rief eine tiefe Frauenstimme. Es dauerte fast eine Minute, bis die Tür geöffnet wurde.

»Ja bitte?«

»Frau Sassen?«

Die Frau nickte. Stephanie hielt ihren Ausweis in die Höhe und stellte sich und Thal vor. »Wir würden gerne Ihren Mann sprechen.«

»Tut mir leid, aber er ist unterwegs. Wenn Sie möchten, rufe ich ihn gerne an und frage, wann er nach Hause kommen wird.«

Die Frau bat die beiden Polizisten ins Haus. Thal schaute sich rasch um, die Wohnung war karg, aber geschmackvoll eingerichtet. Frau Sassen führte sie in den Wohnraum. Durch die bis zum Boden reichenden Fenster sah man ungehindert in den Garten. Im Hintergrund erhob sich einer der Vulkankegel, für die diese Landschaft berühmt war. Die Möbel waren auf diese Szenerie ausgerichtet, zwei rechtwinklig angeordnete Sofas luden zum Bestaunen des Naturpanoramas ein. Nachdem Bohlmann und Thal Platz genommen hatten, ging die Hausherrin zu einem antiken Sekretär und nahm ein Handy aus einem der zahlreichen Fächer. Ein paar Sekunden hielt sie den Hörer ans Ohr, bevor sie auflachte. »Das hätte ich mir denken können. Frank geht so gut wie nie ans Telefon, wenn er unterwegs ist.«

»Frau Sassen«, Thal versuchte, das Gespräch auf den Anlass ihres Besuchs zu bringen. »Wann haben Sie Ihren Mann zuletzt gesehen?«

Die Frau ging zum Sofa rechts von Thal. Mit jedem Schritt wurde sie langsamer und setzte sich vorsichtig auf die Kante der Couch. Sie war alarmiert, als ahnte sie die Bedrohung. Ihre Hände legte sie übereinander in den Schoß. Sie trug einen beigefarbenen Hosenanzug, der ihre Figur betonte. Thal hatte sich von Quandt vor der Abfahrt ein paar Fakten über das Ehepaar Sassen geben lassen. Die Frau war fünfundvierzig, er hätte sie allenfalls auf vierzig, eher auf achtunddreißig geschätzt. Um ihre Augen gab es einen Kranz eng beieinanderliegender Lachfältchen als einziges Zeichen eines beginnenden Alterungsprozesses. Sie war dezent geschminkt, der Lippenstift harmonierte perfekt mit der Farbe ihrer Schuhe, vermutlich besaß sie eine Handtasche gleicher Farbe, die sie außer Haus trug.

»Was bezwecken Sie mit Ihrer Frage?« Hertha Sassen drückte den Rücken noch weiter durch.

»Wir versuchen herauszufinden, wo sich Ihr Mann in der vergangenen Nacht aufgehalten hat«, antwortete Thal. Sein Versuch, möglichst gelassen zu klingen, war kläglich gescheitert, denn Hertha Sassens Hände verkrampften sich.

»Ich habe die vergangene Nacht bei meiner Mutter verbracht.« Sie schluckte. »Es geht ihr nicht gut.«

»Wo lebt Ihre Mutter?«, fragte Stephanie und öffnete die Notizblock-App ihres Smartphones. Thal registrierte mit Unbehagen, dass alle Mitarbeiter des Kommissariats diesen neumodischen Kram benutzten. Wo waren nur die guten, alten Notizblöcke geblieben, von denen er im Laufe der Jahrzehnte einige Hundert vollgeschrieben und zu Hause archiviert hatte. Wenn er wollte, konnte er seine Aufzeichnungen zu allen Fällen nachlesen, mit denen er es je zu tun gehabt hatte. Würde das mit den elektronisch gespeicherten Vermerken auch gehen? Er hatte seine Zweifel.

»In Stuttgart«, sagte Hertha Sassen. »Wir reden schon lange auf Mama ein, dass sie zu uns in den Hegau ziehen soll, aber sie weigert sich. Dabei haben wir hier doch Platz genug.«

Thal wusste, dass die Sassens keine Kinder hatten. Sie hatten es versucht, ganz bestimmt. Warum sollten sie sich sonst so ein großes Haus in ein ruhiges Dorf gebaut haben? Hier hätten Kinder in Freiheit aufwachsen können. Wie zum Beweis, dass diesem Haus der Nachwuchs fehlte, sprang eine vermutlich zur Kompensation dieser Leere angeschaffte schwarze Katze auf das Sofa. Thal hatte nicht bemerkt, wie sie sich in den Raum geschlichen hatte. Er mochte keine Katzen, auch wenn ihr Schnurren, mit dem sie augenblicklich begann, als sie sich auf Hertha Sassens Schoß niederließ, ein fast meditatives Geräusch war.

»Sie haben Ihren Mann also gestern zuletzt gesehen?«, fragte Stephanie.

Hertha Sassen senkte den Kopf und nickte. »Ich bin gegen vierzehn Uhr gefahren, zuvor haben Frank und ich gemeinsam Kaffee getrunken.«

Thal griff in die Innentasche seines Jacketts und zog die Fotos heraus. Er hätte lieber das Beweisstück selbst mitgenommen, aber die Techniker hatten es noch nicht freigegeben. Krönings Fotos zeigten aber scharf und deutlich, worauf es ankam.

»Kennen Sie diesen Ring, Frau Sassen?«

Sie nahm die beiden Fotos und schaute sie an. Dabei senkte sich ihr Oberkörper langsam nach vorne. Ihre Muskulatur schien vollständig zu erschlaffen, sie schaffte es kaum noch, sich aufrecht zu halten. Die Hände wurden von einem Zittern erfasst, wie Thal es bisher nur bei Parkinson-Kranken gesehen hatte. Ein Foto fiel zu Boden. Die Katze richtete sich auf und fixierte das Bild, als wäre es eine Beute, die es zu jagen galt.

»Was ist passiert?«, flüsterte Hertha Sassen.

»Ist das der Ehering Ihres Mannes?«, fragte Thal eindringlich und einfühlsam zugleich.

Sie nickte schweigend.

Stephanie Bohlmann stand auf und ging zu der in sich zusammengesunken auf dem Sofa hockenden Frau. Die Katze sprang herunter und rannte aus dem Zimmer.

»Möglicherweise ist Ihrem Mann etwas zugestoßen, Frau Sassen.« Stephanie legte der Frau einen Arm um die Schultern. »Um ganz sicher zu sein, müssen wir noch ein paar Untersuchungen anstellen.«

Hertha Sassen nickte. Eine Träne löste sich aus dem linken Augenwinkel und rann die Wange herunter. Thal hatte das eigenartige Gefühl, dass sie damit gerechnet hatte, ihren Mann früher oder später zu verlieren. Er schluckte diese Bemerkung hinunter und fragte stattdessen: »Hatte Ihr Mann einen Zahnarzt?«

»Doktor Voss«, sagte Hertha Sassen tonlos. »In Konstanz.«

Als wüsste sie in diesem Augenblick, dass sie Witwe war, warf sie den Oberkörper nach vorne und stieß einen Laut aus, der aus der Tiefe der Hölle zu kommen schien.

Zehn

Bettina rührte in ihrem Glas herum. Quandt starrte angeekelt auf die blassrosa Flüssigkeit. »Schmeckt dir das Zeug etwa immer noch? Ich habe gedacht, das wäre nur eine Geschmacksverirrung in der Schwangerschaft.«

Bettina hob das Glas und prostete ihm zu. »Das musst du gerade sagen, wo du dir den ganzen Tag diese thailändische Brause reinziehst.«

Sie nahm einen Schluck Erdbeermilch und leckte sich genüsslich die Lippen.

»Gute Idee, es ist Zeit für den nächsten Taurin-Kick.« Quandt nahm lachend ein Fläschchen Krating Daeng aus der Schublade und kippte den Inhalt in ein Glas. Wie viel trank er davon jeden Tag? Fünf, sechs bestimmt. Bettina wunderte sich, dass er überhaupt noch schlafen konnte bei dem Koffeinkonsum. Das thailändische Original war wesentlich härter als die österreichische Nachahmung mit dem roten Bullen.

»Wenn ihr eure Getränkevorlieben ausdiskutiert habt, können wir ja wieder zur Sache kommen.« Bettina wusste, dass Thal es hasste, wenn seine Leute am Anfang einer Ermittlung unkonzentriert schienen. Dabei knisterte es im Raum vor Spannung. Endlich waren sie einen Schritt weitergekommen. Die Identität des Toten war geklärt. Der Zahnarzt Dr. Voss war zwar wenig erbaut gewesen, am Samstag in die Praxis gehen zu müssen, um zwei Röntgenbilder miteinander zu vergleichen. Das Ergebnis war eindeutig: Bei der Brandleiche handelte es sich ohne Zweifel um Frank Sassen. Der achtundvierzigjährige Architekt war seit vier Jahren der Vorsitzende der unabhängigen ›Wählergemeinschaft Bodensee‹, für die er im Kreistag saß. Seit zwei Jahren leitete er die ›Flüchtlingshilfe Bodensee‹.

»Der Tag mancher Menschen muss mehr als vierundzwanzig Stunden haben«, sagte Bettina. Als hätte Stephanie den gleichen Gedanken gehabt, kam sie auf das Engagement des Opfers zu sprechen. »Frank war ein besonderer Mensch.« Sie gab ihrer Stimme einen möglichst festen Klang, die Spannung ihres Oberkörpers verriet die Anstrengung, die sie das kostete. »Er hat sich in den letzten Monaten unglaublich für die Flüchtlinge eingesetzt. Vor allem die Betreuung in Volkmaringen wäre ohne ihn ein Desaster geworden. Es ist auch jetzt schwierig, aber ...«

»Danke, Stephanie«, sagte Thal und lächelte der Kollegin zu. »Wir wissen, dass du dich ebenfalls dort engagierst. Du kennst Sassen persönlich?«

Bohlmann nickte. »Ich bin ihm wie jeder ehrenamtliche Helfer ein paar Mal begegnet. Frank Sassen war ständig im Heim und wenn nicht, koordinierte er die Arbeit von außen.«

»Hat er mal darüber gesprochen, dass er sich bedroht fühlte?«

Stephanie zuckte mit den Schultern. »Anfeindungen gab es sicherlich. Das Heim in Volkmaringen ist in der Bevölkerung umstritten, es gibt nicht wenige Leute im Ort, die es lieber heute als morgen schließen würden. Aber Morddrohungen ...« Sie schaute in dic Runde. »Davon hat er zumindest nie gesprochen.«

»Frank Sassens Frau Hertha hat das Gleiche gesagt.« Thal legte einige auf dem Tisch verstreute Papiere zu einem ordentlichen Stapel zusammen. »Es gab anonyme Anrufe und E-Mails, ihr Mann solle sich zum Teufel scheren, aber niemand habe das ernst genommen.«

»Was augenscheinlich ein Fehler war«, warf Quandt ein. Bettina hob die Augenbrauen, was Jonas zu Recht als Tadel an seiner zynischen Bemerkung deutete. »Na, ist doch wahr«, verteidigte er sich. »Da brennen in Deutschland Flüchtlingsunterkünfte, und hier glauben die Leute, das ginge sie nichts an. Dabei tobt sich der Mob doch auch bei uns längst aus.«

»Nun lass mal die Kirche im Dorf«, brummte Thal. »Die paar besorgten Bürger, die hier jeden Montag am Seeufer entlangspazieren, sind doch eher ein kläglicher Haufen.«

»Noch«, flüsterte Stephanie und es wurde still. Das Wort stand wie ein Menetekel im Raum. »Wir sollten nicht unterschätzen, mit was wir es hier zu tun haben. Wenn man den Vorsitzenden der ›Flüchtlingshilfe Bodensee‹ ermordet im Kofferraum des Anführers der Bodensee-Pegida findet, hat das enorme Sprengkraft, findet ihr nicht?«

»Wobei das Ganze keinen Sinn ergibt«, sagte Grendel in der ihm eigenen ruhigen Art. Für einen Techniker zählten nur die Fakten, und Bettina war froh, dass er das Gespräch darauf zurückführte.

»Wir wissen von den Rechtsmedizinern, dass Sassen mit ziemlicher Sicherheit durch einen Kehlenschnitt ermordet wurde. Wir haben den Laderaum des Wagens Zentimeter für Zentimeter nach Blut abgesucht.« Er schaute in die Runde und lächelte, weil alle den Atem anhielten. Er liebte die Momente, in denen er die Präsentation trockener Fakten zu einer kleinen Show ausbauen konnte.

»Fehlanzeige«, setzte er nach zwei Sekunden der Spannung ein Ende. »Im Auto fand sich kaum Blut. Frank Sassen wurde an einem anderen Ort ermordet. Anschließend legte man die Leiche in den Wagen und zündete ihn an. Als das

Fahrzeug ausgebrannt war, schleppte man das Wrack von einem uns nicht bekannten Ort vor den Bahnhof.«

»Es ist völlig ausgeschlossen, dass der Wagen am Fundort abgebrannt ist?«, fragte Quandt.

»Hundertprozentig«, sagte Grendel. »Erstens hätten wir Brandspuren auf der Fahrbahn gefunden und zweitens hätte jemand den Brand gesehen.«

»Der Transport eines ausgebrannten Fahrzeugs so spät am Abend muss doch auch jemandem aufgefallen sein.« Thal schlug mit der flachen Hand so auf die Tischplatte, dass die Gläser klirrten. »Man kann doch nicht einfach ein ausgebranntes Fahrzeug vor dem Bahnhof abladen, ohne dass irgendjemand das beobachtet.«

Alexander hatte recht, das wusste Bettina. Bisher hatten sich die Zeugen nur noch nicht gemeldet, aber das war eine Frage der Zeit. »Lasst uns versuchen, den Ablauf der Tat genauer zu rekonstruieren«, schlug sie vor. Die anderen im Raum beugten sich konzentriert nach vorne.

»Thies Jakobsen hat nach eigener Aussage sein Auto nachmittags in die Tiefgarage seines Hauses in Staad gestellt und anschließend nicht mehr bewegt. Vermutlich wurde es dort gestohlen und zu einem uns nicht bekannten Ort gefahren.«

»Es sei denn, Jakobsen ist der Täter«, sagte Quandt entschlossen.

»Glaubst du das wirklich?« Thal schaute den jungen Kollegen an, er meinte die Frage keineswegs rhetorisch.

»Es ist unwahrscheinlich, aber nicht völlig ausgeschlossen. Auf jeden Fall hätte Jakobsen ein Motiv.«

»Politische Motive?« Thal presste die Frage hervor, es hörte sich an, als fiele es ihm schwer, sie überhaupt zu stellen.

»Davor bewahre uns der Gott der Polizisten und Privatdetektive«, sagte Grendel und die Spannung löste sich in einem kurzen Lachen. Stephanie wollte das Thema noch nicht zu den Akten legen. »Ich glaube auch nicht an Jakobsen als Täter. Der Mann ist zu intelligent, er hätte uns die Leiche niemals in seinem eigenen Auto präsentiert.«

»Moment!« Bettina beschlich ein eigenartiges Gefühl, das sie von anderen Ermittlungen kannte. Gerade war ein Gedanke ausgesprochen worden, den sie nicht vorbeigehen lassen durften. »Vielleicht hat Stephanie recht. Die Leiche wurde uns präsentiert. Frank Sassen, einer der wichtigsten Unterstützter der Flüchtlinge, liegt tot im Wagen des größten Asylgegners. Da legt uns jemand das Motiv und den Täter hübsch verpackt vor die Tür.«

»Ich kann nicht sagen, dass mir das weniger Angst macht.« Thal sprach aus, was Bettina dachte.

»Über Frank Sassens Tagesablauf wissen wir noch viel zu wenig«, sagte Jonas Quandt und tippte auf den Bildschirm seines Tablets. »Er hat sein Büro mittags gegen halb eins verlassen. Seiner Sekretärin hat er gesagt, dass er in der Flüchtlingsunterkunft nach dem Rechten sehen wollte. Einer der Sozialarbeiter hat kurz mit ihm gesprochen, das war gegen ein Uhr. Anschließend hat er mit seiner Frau zu Hause Kaffee getrunken. Hertha Sassen verließ die Wohnung gegen vierzehn Uhr. Danach hat niemand mehr Frank Sassen gesehen. Wo war er? Blieb er den ganzen Nachmittag zu Hause?«

»Wir müssen mehr über den Mann erfahren«, sagte Thal und stand auf. »Stephanie und Jonas, ihr geht in die Flüchtlingsunterkunft und sprecht mit den Mitarbeitern. Vielleicht weiß jemand, was Sassen in seiner Freizeit so trieb.

Bettina und ich reden in der Zwischenzeit mit seiner Sekretärin.«

Elf

Sassens Architekturbüro befand sich in einem historischen Gebäude in der Hohenhausgasse. Thal war froh, dass sie den Weg vom Präsidium zu Fuß zurücklegen konnten. Er brauchte dringend frische Luft. Der Winter war noch nie seine Jahreszeit gewesen, er mochte die am Bodensee vorherrschende nasse Kälte nicht, aber noch mehr war ihm die von der Heizung ausgetrocknete Luft im Büro zuwider. Trotz seiner Aversion gegen niedrige Temperaturen hätte er am liebsten den ganzen Tag im Wintermantel vor dem geöffneten Fenster gesessen. Geschlossene Räume ohne Beziehung zur Umwelt engten seinen Geist ein. Leah hatte ihm das Versprechen abgerungen, mit sechzig in Pension zu gehen, damit sie dem Winter auf die Südhalbkugel entfliehen konnten. Das Datum war verstrichen und seine Frau nur noch eine Erinnerung, die zwar immer noch in ihm klang, aber nicht mehr sein Antrieb war zu leben. Madlaina liebte den Winter, in der Beziehung war sie trotz der vielen Jahre in den USA eine typische Schweizerin geblieben. Die Aussicht auf einen gemeinsamen Abend wärmte Thal und er stapfte neben Bettina her, beide die Hände tief in den Manteltaschen vergraben.

»Wie geht's meiner kleinen Leah?«

»Es geht ihr prächtig«, sagte Bettina. »Ich kann manchmal gar nicht glauben, was für ein Wunder das Leben ist. Wie dieser kleine Mensch Tag für Tag mehr von der Welt begreift, macht einen demütig.«

»Findest du nicht, dass du zu wenig davon mitbekommst?«

Thal wusste, dass er ein heikles Thema anschnitt, aber er konnte sich nicht zusammenreißen. Bettina war eine herausragende Polizistin und trotzdem hätte er auf ihre Mitarbeit verzichtet. Eine Mutter gehörte zu ihrem Kind, fand er, und wusste, dass er mit dieser Meinung in seinem Team alleine stand.

»Der Opa sorgt sich um seine Enkelin«, sagte Bettina und schlug ihm lachend auf den Oberarm. »Pranom ist ein wunderbares Kindermädchen, es könnte Leah bei mir nicht besser gehen.«

Vermutlich hatte sie recht, aber Thal konnte nicht aus seiner Haut. »Meinst du nicht, eine halbe Stelle ...«

»Das haben wir doch schon zigmal durchgekaut, Alexander! Ich liebe mein Kind über alles, aber ich brauche meine Arbeit. Ich wäre kreuzunglücklich, wenn ich den ganzen Tag zu Hause säße. Glaubst du im Ernst, dass ich dann eine gute Mutter wäre?«

Zum Glück hatten sie das Ziel ihres Spaziergangs erreicht, bevor die Diskussion eskalieren konnte. Vor der Tür stand eine kleine, sichtlich frierende Frau.

»Sie sind Frau ...«

»Schwanengel. Anne Schwanengel«, sagte die Frau und öffnete die Haustür mit einem überdimensionalen Schlüssel, der eher zu einem britischen Spukschloss passen würde. »Wie der Schwan und der Engel«, sagte die Frau und gluckste.

Sie stieg die Treppen in den ersten Stock langsam hinauf und war trotzdem außer Atem, als sie Berg und Thal ins Büro ließ. »Was gibt es denn so Dringendes, dass die Polizei mich am Samstag ins Büro beordert? Es ist doch hoffentlich nichts mit dem Chef passiert? Der junge Mann klang am Telefon recht aufgeregt.«

Thal war sich sicher, dass Jonas die Ruhe selbst gewesen war, als er mit Anne Schwanengel telefonierte. Die Gute wollte sie aushorchen, aber er sah keine Veranlassung, ihrem Wunsch nachzugeben.

»Über Herrn Sassen kann ich Ihnen im Moment keine Auskunft geben«, sagte er und bemühte sich um einen verschwörerischen Ton.

»Verstehe«, sagte die Sekretärin, die nicht den blassesten Schimmer hatte, was die Polizei von ihr oder ihrem Chef wollte. Es gab also tatsächlich Menschen, die an einem Samstagvormittag Besseres zu tun hatten als Fernsehen zu schauen oder Nachrichten zu hören. Thal fand das ausgesprochen beruhigend. »Am besten koche ich uns erst mal einen Kaffee.«

Berg und Thal folgten der Sekretärin in die Teeküche, die an einen großen Büroraum mit vier Schreibtischen angrenzte. Anne Schwanengel war fünfundzwanzig, klein und rund. Augenscheinlich machte sie sich nichts daraus, dass ihre Figur aus dem Rahmen fiel, denn sie hatte sich in enge schwarze Jeans gezwängt, die ihren Hintern geradezu zur Schau stellten. Auch das graue Sweatshirt lag eng am Körper an.

»Wie viele Mitarbeiter hat das Architekturbüro?«, fragte Bettina.

»Außer mir noch sechs: zwei Architektinnen und drei Architekten sowie eine Auszubildende.«

Anne Schwanengel füllte Kaffeebohnen in einen sündhaft teuren Vollautomaten und deutete auf ein Regal mit Kaffeetassen unterschiedlicher Größe.

»Kaffee? Cappuccino? Espresso?«

»Für mich bitte nichts«, sagte Thal, um einen verbindlichen Ton bemüht. Vollautomaten produzierten allenfalls ein farblich wie Kaffee aussehendes Gebräu, das geschmacklich eine Katastrophe war. Bettina bat um einen Cappuccino, was Anne Schwanengels Zustimmung fand.

»Und die Geschäfte laufen gut?«, fragte Thal.

»Schon«, antwortete die Sekretärin. »Leider haben wir nicht viel davon.«

»Sie meinen, Sassen zahlt schlecht?«

»Nein, nein, das Gehalt liegt sogar leicht über dem Tarif. Nur das Weihnachtsgeld fällt dieses Jahr mager aus.«

Sie reichte Bettina einen Kaffeebecher, auf dem sich Milchschaum türmte.

»Der Chef kümmert sich in seiner Freizeit um die Flüchtlinge in Volkmaringen, müssen Sie wissen. Er hat uns gefragt, ob wir bereit sind, auf ein Viertel des Weihnachtsgeldes zu verzichten, wenn er den Betrag aus eigener Tasche verdoppelt und an das Heim spendet.«

Bettina blies in die Tasse, was eine Schaumflocke zu Boden segeln ließ. »Und? Waren Sie einverstanden?«

Anne Schwanengel lachte kurz auf. »Wie man's nimmt. Offiziell hat sich niemand getraut, auf die Auszahlung zu bestehen. Hinter vorgehaltener Hand hat jeder auf den Chef geschimpft.«

»Was ist Frank Sassen für ein Mensch?«

»Er ist ein guter Mann.« Die Sekretärin trank einen Schluck Kaffee. »Und ein guter Chef, auch wenn das der eine oder andere hier anders sehen mag.«

»Wegen des Weihnachtsgeldes?«, fragte Bettina.

»Auch. Außerdem verlangt er Höchstleistungen. Er bringt sie selbst Tag für Tag und geht davon aus, dass alle genauso ehrgeizig sind wie er.«

»Und das gibt Spannungen.«

Bettina hatte den Satz nicht als Feststellung formuliert, Anne Schwanengel nickte trotzdem.

»Und privat?«

Sie zuckte mit den Schultern. »Darüber redet er nicht.«

»Kommen Sie!«, sagte Thal. »Als Sekretärin sind Sie doch ganz dicht dran an ihm. Ich behaupte mal, dass Sie mehr wissen als seine Frau.«

Sie senkte den Kopf und beugte den Oberkörper leicht nach vorne, als wollte sie sich wegducken. Dabei überzog eine leichte Röte ihr Gesicht. Treffer!, dachte Thal und setzte nach.

»Seine Ehe war nicht glücklich, oder?«

Anne Schwanengel kämpfte mit sich, das war deutlich zu sehen. »Ich weiß es nicht, aber möglicherweise haben Sie recht.«

Thal überlegte kurz, ob Sassen mit seiner Sekretärin im Bett gewesen war, verwarf die Möglichkeit aber schnell. Bettina schien sich da nicht sicher zu sein, denn sie stellte die Frage. »Hatten Sie ein Verhältnis mit Frank Sassen?«

»Gott bewahre!« Das Bedauern in diesem Ausruf war nicht zu überhören.

»Aber er hatte eine Geliebte?«, setzte Bettina nach.

Anne Schwanengel nickte. »Er hat seit Jahren eine Affäre.«

»Wie heißt die Frau?«

»Ich weiß es nicht.«

»Aber Sie sind sich sicher, dass es diese Frau gibt?«, fragte Bettina und bemühte sich nicht, ihre Enttäuschung zu verbergen.

»Natürlich. Auch wenn er alles tat, um es zu verheimlichen, wussten wir alle, dass er sich jeden Freitag mit ihr traf.«

»Auch gestern?«

Frank Sassens Sekretärin nickte.

Zwölf

»Ach du heilige Scheiße!« Jonas Quandt schaute aufgeregt von links nach rechts. Stephanie Bohlmann kannte diese Reaktion. Jeder, der zum ersten Mal ein Flüchtlingslager betrat, glaubte seinen Augen nicht zu trauen. Die Szene erinnerte zu sehr an Bilder, die man aus den Nachrichten kannte. So ging es in jordanischen oder libanesischen Lagern zu, aber doch nicht in Deutschland! Die Wirklichkeit war erschreckend. Als Erstes fiel einem das Brummen auf – es war das Geräusch eines Bienenstocks, nur lauter und mit einem Zischen unterlegt, das manchmal die Oberhand zu gewinnen schien. Dazu kam der Geruch, der einem die Luft abschnürte. Stephanie konnte bis heute nicht sagen, was dominierte: Am Anfang hatte sie nur Kohl gerochen, inzwischen mischten sich saure und beißend scharfe Nuancen darunter. Man glaubte kaum, die Luft einatmen zu können, so gesättigt schien sie zu sein.

Erst zum Schluss sah man die Menschen. Obwohl sie die Halle eng gedrängt und ohne Rückzugsmöglichkeit bevölkerten, fielen sie in den von den Vorhängen und Trennwänden gebildeten Gängen zwischen den ›Apartments‹ gar nicht auf. Sie wirkten transparent. Man nahm sie wahr, wenn sie sich von einem Ort zum anderen bewegten, ohne ihre Individualität zu erkennen. Frauen, Männer, Greise, Kinder. Nur die Mutter mit dem schreienden Säugling sprang einem aus der Kulisse der Scheinwelt entgegen wie ein Mensch gewordenes Zeichen drohenden Unheils und verband alle Sinneseindrücke. Geräusche und Gerüche waren nur die Manifestationen der Angst. Die Menschen waren dem Tod mit knapper Not entkommen und doch war er überall lebendig.

Stephanie wusste, dass jeder im Lager mindestens einen, meistens jedoch mehrere Angehörige und Freunde betrauerte, die in den Kämpfen oder auf der Flucht das Leben verloren hatten. Sie waren von einer Fassbombe zerfetzt, von Polizeischergen erschossen, an Kälte und Hunger gestorben oder ertrunken im Mittelmeer, das sie nur das Meer des Todes nannten.

»Stephanie!« Ein vielleicht fünfunddreißig Jahre alter Mann kam mit weit ausholenden Schritten auf sie zu. »Ist das nicht furchtbar?« Er umarmte sie und drückte sie für eine Sekunde an sich. Die Freiwilligen nahmen sich häufig gegenseitig in die Arme, als müssten sie sich wärmen. Man erfror leicht in dieser kalten Welt.

Stephanie stellte den Mann Jonas vor. Timon Wildermuth arbeitete unentgeltlich als Sozialarbeiter im Heim. Seine Situation war schwierig, denn offiziell war er arbeitslos und erhielt Hartz IV. Eine ehrenamtliche Tätigkeit war ihm zwar nicht verboten, allerdings konnte man nie sicher sein, dass sein Sachbearbeiter das wusste.

»Wir sind alle total geschockt«, sagte Timon. »Niemand weiß, wie es weitergeht.«

Während er sprach, ging er durch den Mittelgang der Halle. Stephanie registrierte aus den Augenwinkeln, dass Jonas jede Gelegenheit nutzte, einen Blick in dic ›Apartments‹ zu werfen. Sie hätte ihn besser draußen warten lassen, dachte sie. Sie wusste, dass er sich nach dem Besuch schlecht fühlen würde. Wie ein Besucher in einem Menschenzoo. Eine Plane wurde zur Seite geschoben und ein kleiner Junge stürzte heraus. Er trug eine Jeans, die ihm zwei Nummern zu groß war, die Hosenbeine waren aufgekrempelt und ein grobes, als Gürtel um die Hüften geschlungenes Seil hielt sie oben. »Timon, Timon!«, rief der Junge und hielt ein Stück Papier in die Höhe. Der Sozialarbeiter ging in die Hocke und nahm den Jungen in die Arme. »Na klar, mein Kleiner! Hast du den Flieger schon wieder verloren?« Der Junge verstand kein Wort, aber er lächelte Timon an, der mit flinken Bewegungen den Bogen zu einem Papierflieger faltete. Strahlend rannte der Junge mit seinem neuen Spielzeug davon. Timon Wildermuth richtete sich stöhnend auf. »Der Junge stammt aus Aleppo. Er spricht kein Wort außer meinen Namen.«

Ein paar Meter weiter betraten Bohlmann, Quandt und Wildermuth ein winziges Büro, das von einem Schreibtisch und zwei Stühlen vollständig ausgefüllt war. Der Sozialarbeiter bot den Polizisten die Sitzmöbel an und hockte sich auf die Schreibtischkante.

»Es wird hart werden ohne Frank. Er war der wichtigste Mann im Team. Nur dank seiner Kontakte in die Kommunalpolitik haben wir wenigstens genug Geld, um die Grundversorgung im Lager sicherzustellen.«

Stephanie hatte Timon auf der Fahrt nach Volkmaringen angerufen und ihn gebeten, sich umzuhören.

»Und?«, fragte sie. »Weiß jemand von den Mitarbeitern oder Helfern, was Frank Sassen gestern nach vierzehn Uhr gemacht hat?«

Timon schüttelte den Kopf. »Er war am Mittag hier und hat gesagt, dass er am Samstag ein Gespräch mit dem Landrat hätte wegen des Schulbesuchs der Kinder. Heute wollte er uns ...«. Er brach den Satz ab und schloss für eine Sekunde die Augen.

»Haben Sie irgendwann mal mitbekommen, dass Frank Sassen bedroht wurde?«, unterbrach Jonas Quandt das Schweigen.

Der Sozialarbeiter lachte auf. »Das hier ist alles neu für Sie, richtig?«

Quandt nickte.

»Anfeindungen gehören zu unserem Alltag. Ich kenne niemanden, der nicht zumindest hin und wieder als Gutmensch beschimpft wird.«

»Ich habe bis heute nicht begriffen, was an einem guten Menschen schlecht sein soll, dass man daraus ein Schimpfwort machen kann«, sagte Quandt.

»Frank Sassen war das Gesicht der ›Flüchtlingshilfe am Bodensee‹. Er war also weit schlimmeren Angriffen ausgesetzt als wir.«

»Hat er Namen genannt?«

Wildermuth schüttelte den Kopf. »Nein, aber er war in großer Sorge, dass Thies Jakobsen sich Volkmaringen als Schlachtfeld aussucht. Unser Dorf hat dreieinhalbtausend Einwohner und bald zweihundert Flüchtlinge, da fällt es leicht, Ängste zu schüren und Ressentiments zu wecken.«

»Gibt es konkrete Vorfälle?«

»Noch nicht.« Timon schaute Stephanie fragend an. Er wollte sich vergewissern, dass er vor Quandt offen reden konnte. Sie nickte.

»Wir wissen von Mittelsmännern bei den ›Bürgern für einen christlichen Bodenseeraum‹, dass sie Aktionen in Volkmaringen planen. Bis jetzt sind es nur wenige, die im Ort Stimmung gegen die Flüchtlinge machen, aber das kann sich schnell ändern.«

Es klopfte an der Tür; im selben Moment wurde sie aufgerissen. Eine Frau über siebzig steckte den Kopf herein.

»Tut mir leid, dass ich dich stören muss, Timon. Aber wir brauchen dich dringend.«

Der Sozialarbeiter stand auf und nahm Stephanie noch einmal in den Arm. »Irgendwie muss es jetzt ohne Frank weitergehen.«

Er stand schon in der Tür, als er sich noch einmal umdrehte.

»Kommst du heute Abend? Wir haben zu einem Schweigemarsch für Frank aufgerufen. Wir müssen ein Zeichen setzen im Dorf, bevor Jakobsen es tut.«

Dreizehn

Die Kälte zieht immer von unten nach oben. Er wusste das schon vorher, aber was es konkret bedeutete, hatte er erst hier gelernt. Tagsüber war es noch erträglich, aber sobald die Sonne unterging, begann das große Frieren. Er schaute auf seine Füße. Die Turnschuhe waren neu, aber nicht für den Winter geeignet. Ob er den Mann mit dem eigenartigen Namen fragen sollte? Vielleicht gab es eine Möglichkeit, gefütterte Schuhe zu bekommen.

Der Mann war sein Freund. Nein, er war der Freund von ihnen allen. Genau wie der andere Mann, der jeden Tag in die Unterkunft gekommen war. Er war der Chef, das hatte er sofort verstanden. Alle waren still, wenn er sprach. Das war sonst nicht so, die Deutschen redeten gerne durcheinander. Sie mussten ein besonderes Gehör haben, dass sie verstehen konnten, was gesprochen wurde, obwohl sie selbst redeten. Vielleicht konnte er das eines Tages ebenfalls lernen. Reden und zuhören zugleich.

Der Mann mit dem eigenartigen Namen hatte heute eine Rede gehalten. Eine Frau hatte die Rede übersetzt. Eine Deutsche, die ein Kopftuch trug wie seine Schwester. Sie sprach seine Sprache. Nicht perfekt, aber gut genug, dass er wusste, worüber der Mann redete.

Der Chef war gestorben. Wenn die Kopftuchdeutsche richtig übersetzt hatte, war der Chef verbrannt. Er glaubte das nicht. Sein Schwager war verbrannt. In seinem Haus, nachdem eine Fassbombe in den Hof gefallen war. Was mit seiner Schwester war, wusste er nicht. Vielleicht war auch sie verbrannt. So wie Menschen im Krieg eben starben. Im Feuer. In Deutschland war kein Krieg. In Deutschland war

Frieden. Er war sich sicher, dass die Kopftuchdeutsche falsch übersetzt hatte. Der Chef war gestorben, aber nicht verbrannt.

Der Mann mit dem komischen Namen redete voller Ehrfurcht über den Chef. Er wäre ein guter Mann gewesen und da stimmte die Übersetzung sicherlich. Heute Abend würde ein Trauerzug durchs Dorf gehen, sagte der Mann. Sie sollten sich keine Sorgen machen, wenn sie Gesänge hörten oder Lichter sähen.

Einer der Männer fragte, ob die Bewohner nicht mitgehen sollten im Trauerzug. Der Mann mit dem komischen Namen hob die Hände und schüttelte den Kopf, wie die Deutschen es taten, wenn sie etwas nicht wollten.

»Bleibt bitte alle in der Halle«, übersetzte die Kopftuchdeutsche. »Es kann gefährlich werden!«

Wieder so ein Fehler, dachte er. Was sollte in Deutschland gefährlich sein?

Trotzdem hatte er lange überlegt, was er tun sollte. Am besten war es, den Anweisungen zu folgen, aber er verstand nicht, wozu sie gut sein sollten! Nein, er konnte nicht in der Unterkunft bleiben. Er wartete, bis alle deutschen Helfer gegangen waren. Erst dann schlich er sich aus der Halle. Schnell fand er den Trauerzug. Das Dorf war klein und er hörte den Gesang.

Wie es schien, gab es aber zwei Trauermärsche. Vor ihnen, auf der gegenüberliegenden Straßenseite stand eine Gruppe von Männern. Keine Frauen, auch das kam ihm merkwürdig vor, denn in Deutschland waren überall Frauen. In dem anderen Trauerzug aber nicht. Diese Männer trugen dunkle Kleidung und Stiefel. Er beschloss, morgen den Mann mit dem seltsamen Namen nach genau solchen

Stiefeln zu fragen. Sie wären die richtige Fußbekleidung gegen die Kälte.

In dem Trauerzug, in dem er marschierte, sangen die Männer und Frauen.

Auf der anderen Seite schrien die Männer. Sie entzündeten Fackeln.

Der Mann mit dem komischen Namen hatte ihn entdeckt. Er kam auf ihn zugerannt und fasste ihn an den Schultern. Er redete auf ihn ein, aber er verstand nichts. Der Mann schaute sich um. Suchte er die Übersetzerin? Er fand sie nicht.

Der Mann hob und senkte die Arme in wildem Rhythmus. Jemand zog ihn an der Schulter in die Mitte der Gruppe.

Die anderen Männer kamen auf sie zu. Sie brüllten immer lauter. Er verstand nicht, was sie riefen. Aber er bekam Angst, denn er spürte die Furcht der anderen. Sie drehten sich um und gingen zurück zum Heim. Immer schneller. Bald rannten sie. Sein Fuß, mit dem er vor Wochen am Stacheldraht hängen geblieben war, schmerzte. Er humpelte, wich nach rechts aus, um nicht zum Hindernis zu werden.

Ein Mann mit einer Fackel rannte an ihm vorbei. Plötzlich blieb er stehen und drehte sich um. Er hob die Fackel und leuchtete ihm ins Gesicht. Der Mann grinste. Er rief seinen Freunden etwas zu. Sie lachten. Er erkannte nur zwei Wörter, die ihm etwas sagten: ›Ausländer‹ bedeutete Fremder und ›Schwein‹ aßen die Deutschen gerne. Mehr verstand er nicht.

Der Mann mit der Fackel versetzte ihm einen Stoß gegen die Schulter. Er taumelte nach hinten, konnte sich aber auf den Beinen halten. Er drehte sich um und begann zu rennen. Es war nicht weit bis zur Halle. Bis nach Hause. Er bog in eine andere Straße und sah das große dunkle Gebäude. Die Männer mit den Fackeln standen in einer Reihe um die Halle. Sie hoben und senkten die brennenden Stäbe. Glas klirrte. Eine Frau schrie. Eine zweite fiel mit ein. Einer der Männer schleuderte seine Fackel auf das Gebäude. Sie fiel davor ins Gras und verlosch. Beifall brandete auf. Ein zweiter Mann schleuderte ebenfalls seinen Feuerstab in Richtung Halle. Er war kräftiger, die Fackel flog gegen eine Scheibe, die sofort zerbarst.

In diesem Augenblick wusste er, was passierte. Die Männer waren im Krieg. Und er war ihr Feind.

Mit Krieg kannte er sich aus. Im Krieg hatte man nur eine einzige Chance.

Er schaute sich um. Niemand beachtete ihn.

Er lief los. Erst langsam, dann immer schneller.

Er war auf der Flucht.

Vierzehn

»Oh nein!« Madlaina brummte mehr als sie sprach und hielt in der Bewegung inne. Thal nahm seine Hände von ihren Brüsten, die er hingebungsvoll geknetet hatte. Sie richtete sich auf ihm auf und er spürte die kalte Luft, die über seine Brust strich, an die sich zuvor ihr warmer Körper geschmiegt hatte.

»Geh nicht dran!«, sagte sie und ihre Stimme vibrierte. Thal brauchte zwei Sekunden, bis er begriff, dass sein Handy klingelte, und weitere zwei, bis er beschloss, dass er das Signal während einer Mordermittlung nicht ignorieren durfte. Er drehte sich zur Seite und angelte es vom Nachttisch. Es fiel auf den Boden, läutete aber ununterbrochen weiter. Endlich hatte er es in der Hand und schaute aufs Display. Stephanie Bohlmann.

»Was gibt's«, fragte er flüsternd, als könnte er damit verhindern, dass Stephanie merkte, in welcher Situation sie ihren Chef erwischt hatte.

»Fridolin ist verletzt.«

Thal brauchte einen Moment, bis er verstand, von wem sie sprach.

»Was ist mit deinem Freund passiert?«

»Bitte!«, flehte Stephanie. »Nicht am Telefon.«

»Wo seid ihr?«

Thal spürte, wie Madlaina sich von ihm herunterrollte. Er stöhnte kurz auf. »Ich komme zu euch«, sagte er und schwang die Beine aus dem Bett.

»Nicht nötig.« Stephanies Stimme klang ruhiger als vor ein paar Sekunden. »Wir stehen direkt vor deiner Haustür.«

Thal fragte sich, wie sie das Auto durch die enge Gasse manövriert hatte und wo sie es parken wollte.

»Alexander?«, sprach Stephanie in die Stille und das Flehen war in ihre Stimme zurückgekehrt.

Thal räusperte sich. »Kommt hoch«, sagte er und legte auf.

Drei Sätze reichten, damit Madlaina verstand. Sie beugte sich herunter und gab Thal einen Kuss, in dem er das Versprechen auf mehr überdeutlich lesen konnte. »Ich koche uns einen Tee«, sagte sie und schlüpfte in ihre Jeans und ein weites Sweatshirt.

Als Thal ins Wohnzimmer kam, saß Fridolin auf einem Küchenstuhl und ließ sich von Madlaina eine Wunde an der Stirn versorgen.

»Nichts Schlimmes«, sagte sie, während sie ein Pflaster aus der Verpackung nahm.

Stephanie hielt eine Teetasse zwischen ihren Händen und stierte hinein. Ihr Körper zitterte kaum merklich, aber Thal fürchtete, dass es erst der Anfang eines Schockzustandes war.

»Was ist passiert?«, fragte er, um sie abzulenken.

»Ich wollte an der Gedenkveranstaltung für Frank Sassen in Volkmaringen teilnehmen. Eigentlich wollte Fridolin mich begleiten, aber ich war dagegen. Es gab Gerüchte, dass Rechte aufmarschieren könnten und das schien mir zu gefährlich.«

Stephanie biss sich auf die Unterlippe. Thal nahm ihr die Teetasse aus der Hand und stellte sie auf den Tisch. »Und dann?«

»Ich hatte gerade den halben Weg hinter mich gebracht, als Fridolin anrief. Er war auf der Bodanstraße angegriffen worden.«

Thal strich der Kollegin über den Arm und drehte sich zu ihrem Freund um, der Madlaina dankend anlächelte.

»Drei Typen«, sagte er. »Einer hatte einen Knüppel dabei, mit dem hat er mir ohne Vorwarnung einen Schlag versetzt. Zum Glück kamen ein paar Gäste aus einer Gastwirtschaft und brüllten, sie würden die Polizei rufen. Da sind die feigen Schweine abgehauen.«

»Zum Glück«, sagte Madlaina. »Es hätte übel ausgehen können.«

Stephanie schluchzte. »Und das mitten in Konstanz. An einem stinknormalen Samstagabend.«

»Die Männer waren betrunken«, sagte Fridolin, als würde das alles erklären.

»Du willst sie doch nicht etwa in Schutz nehmen?«

Thal war froh, dass Stephanie so schnell von der Angst zur Wut zurückgefunden hatte, auch wenn sie sich gegen den Falschen richtete.

»Natürlich nicht«, sagte Fridolin. »Aber du weißt selbst, wie schnell Halbstarke meinen, sich etwas beweisen zu müssen. Ich war halt zufällig da und genau das richtige Opfer.«

Stephanie ballte die Fäuste, schwieg aber. Was sollte sie auch sagen. Allein die Tatsache, dass es ihr zu gefährlich erschienen war, ihren farbigen Freund auf die Gedenkveranstaltung für Sassen mitzunehmen, zeigte überdeutlich, dass sich Deutschland veränderte. Thal las ihre Gedanken, die Madlaina aussprach. »Wir dürfen uns nicht verrückt machen lassen! Wenn die Gegner der Freiheit merken, dass sie uns vom freien Leben abhalten können, haben sie gewonnen.«

Stephanie wollte etwas sagen, aber Madlaina ließ sie nicht zu Wort kommen. »Überfälle hat es immer gegeben und wir werden sie auch in Zukunft nicht verhindern können. Unser freies Leben in einem freien Land ist aber in dem Moment zu Ende, in dem wir aufhören, uns die Freiheit zu nehmen.«

Thal überlegte, ob er sich einen Espresso zubereiten sollte, ließ es bleiben und ging stattdessen zum Barschrank.

»Wie wäre es mit einem anständigen Malt Whisky?«, fragte er Fridolin, der dankbar nickte. Thal entschied, dass ein Laphroig der Kälte da draußen angemessen war. Sie hatten den ersten Schluck getrunken, als das Telefon klingelte. Madlaina weitete ihre Augen vor Schrecken. Was zum Teufel war noch passiert, dass jemand mitten in der Nacht anrufen musste. Thal spähte aufs Display und sah Quandts Handynummer.

»Jonas? Was gibt's?«

Im Hintergrund hörte Thal Polizeisirenen, Menschen schrien durcheinander. »Wo bist du, Jonas?«

»In Volkmaringen«, antwortete er gehetzt. »Es ist wie im Krieg.«

Sonntag

Fünfzehn

Thal bereitete sich bereits den zweiten Espresso des Tages, obwohl es erst neun Uhr war. Er brauchte das Koffein, um die Müdigkeit aus seinem Körper zu vertreiben, vor allem aber brauchte er die Achtsamkeit, mit der er die Bohnen mahlte, das Pulver in das Sieb füllte und dem Geruch und Geschmack des Kaffees nachspürte. Seine Espresso-Zeremonie war eine Meditation, die ihm half, den Boden unter den Füßen zu spüren und die Angst im Zaum zu halten, die ihre Tatze auf seine Schulter gelegt hatte. Dieser Fall war anders als neunzig Prozent der Mordermittlungen, die er in seiner Zeit bei der Kripo begleitet hatte. In den meisten Fällen lagen die Motive eines Tötungsdeliktes im Privaten. Es ging um Eifersucht oder Gier oder eine Kombination aus beidem. Manchmal kamen Krankheiten dazu, litten Täter unter Wahnvorstellungen oder anderen Wahrnehmungsstörungen. Sehr selten hatte die Tat Auswirkungen auf das Leben der Gesellschaft. War der Täter gefasst, war die Welt wieder im Lot. Zugegeben, das war eine einfache Sicht der Dinge, aber Thal hatte gelernt, dass sie ausreichte, um ihn und sein Team zu motivieren. Indem sie den Täter jagten und festnahmen, sorgten sie dafür, dass die Welt im Gleichgewicht blieb. Nicht mehr, aber auch nicht weniger. Die Menschen außerhalb des Milieus, in dem das Verbrechen stattgefunden hatte, bekamen davon nichts mit, sah man von den reißerischen Berichten in einigen Medien ab. Die Leser glaubten, in einem realen Kriminalroman zu sein und das ließ einen wohligen Schauer über ihren Rücken laufen.

Dieses Mal war alles anders. Der Mord an Frank Sassen hatte eine andere Dimension. Er konnte ein Zündfunke sein, der den überall ausliegenden Sprengstoff zur Explosion brachte. Der innere Friede im Land war brüchig geworden. Thal hoffte, dass er nicht verloren ging.

Er stellte die Tasse auf das Sideboard in seinem Büro und warf einen kurzen Blick nach oben. Leah lächelte wie jeden Tag. Ihr Selbstporträt im leuchtend gelben Pareo mit der Frangipani-Blüte im Haar war die einzige Erinnerung an seine verstorbene Frau, die ihren festen Platz in seinem Alltag behalten hatte. Lebte Leah noch, wäre er nicht hier, sondern säße in Gaugins Südseeparadies. Er nickte dem Bild kurz zu, atmete tief ein und straffte den Rücken, ehe er sich auf den Weg in den Besprechungsraum machte.

Schober hatte alle Mitarbeiter des Kommissariats 1 zur morgendlichen Lagebesprechung gebeten – und das an einem Sonntag. Thal konnte sich nicht erinnern, wann das schon einmal vorgekommen war. Der Kriminaldirektor saß am Kopfende der u-förmig aufgereihten Tische. Nachdem Thal sich gesetzt hatte, stellte der Imam den Gast rechts von ihm als Bernd Zeitler vor. »Der Kollege ist Mitarbeiter der Staatsschutzabteilung des Landeskriminalamts Stuttgart. Er wird uns bei den Ermittlungen im Fall Sassen unterstützen.«

Zeitler erhob sich ein paar Zentimeter aus seinem Stuhl und nickte in die Runde. Thal schätzte ihn auf Mitte vierzig. Sein Körper war durchtrainiert und schlank, der Kopf kahl geschoren, während der Bart sicherlich seit drei Tagen nicht mehr rasiert worden war. Das Jackett hatte er ausgezogen und hinter sich über die Stuhllehne gehängt, die Krawatte hatte er gelockert, um den obersten Hemdknopf zu öffnen.

»Wenigstens nimmt man die Sache in Stuttgart ernst«, flüsterte Stephanie. Zeitler hatte verstanden, was sie gesagt hatte, denn er lächelte ihr zu. »Oh ja, Kollegin, wir nehmen das absolut ernst. Allerdings sollten wir uns vor jeder Form von Hysterie hüten.«

Thal ärgerte sich über den belehrenden Tonfall des LKA-Mannes, der ihn allerdings mit dem nächsten Satz wieder beschwichtigte. »Deshalb bin ich auch nur zur Beobachtung hier. Der Mordfall Sassen ist und bleibt Ihr Fall, Kolleginnen und Kollegen. Ich kümmere mich allenfalls um politische Belange, sofern das nötig werden sollte, was ich im Moment nicht glaube.«

Thal wartete eine Sekunde, ob Zeitler noch etwas hinzufügen wollte, aber augenscheinlich hatte er gesagt, was zu sagen war. Also konnten sie zur Sache kommen.

»Jonas, kannst du uns bitte alle auf denselben Informationsstand bringen? Was ist heute Nacht in Volkmaringen passiert?«

Quandt legte sein Tablet aus der Hand und schob es zehn Zentimeter von sich weg, als wollte er eine möglichst große Distanz zwischen sich und die Fakten bringen, die im Gerät gespeichert waren.

»Die ›Flüchtlingshilfe Bodensee‹ hatte gestern Abend zu einer Gedenkveranstaltung für ihren getöteten Vorsitzenden Frank Sassen eingeladen. Es sollte einen Trauermarsch durch Volkmaringen geben. Die Veranstaltung lief friedlich ab, bis etwa zwanzig Männer aus der rechtsradikalen Szene im Ort auftauchten. Sie griffen ohne Vorwarnung den Protestmarsch an und schleuderten anschließend Brandsätze gegen das Asylbewerberheim.«

»Die Bezeichnung ›Brandsatz‹ ist nicht ganz korrekt, Kollege«, mischte sich der LKA-Mann ein. »Zwei der Männer aus der Neonazi-Szene schleuderten Fackeln in Richtung der Sporthalle, in der die Asylbewerber untergebracht sind.«.

»Verharmlosende Wortklauberei«, brummte Stephanie. Zeitler hob eine Augenbraue und ließ sich ansonsten nicht stören. »Es entstand unerheblicher Sachschaden.«

»Aha!«, rief Stephanie. »Die zwei Verletzten erwähnen wir erst gar nicht mehr, oder wie?«

»Kollegin Bohlmann, bitte!« Schober war sichtlich irritiert über Stephanies Ausbruch. Bettina legte ihr die Hand auf die Schulter und flüsterte ihr etwas zu, das Thal nicht verstand.

Zeitler beugte sich ein paar Zentimeter vor und legte die Hände auf der Tischplatte übereinander. »Zwei Mitarbeiter des Asylbewerberheims zogen sich Schnittverletzungen zu, als sie die Reste der zerborstenen Scheiben entfernen wollten. Diese Verletzungen stehen in keinem direkten Zusammenhang ...«

»Das meine ich nicht«, zischte Stephanie. »Zwei Demonstrationsteilnehmer wurden von Neonazis angegriffen. Ein Mann fiel zu Boden und zog sich Prellungen zu, eine Frau erlitt eine Schnittverletzung an ihrer Hand.«

»Beides ist meines Wissens nicht aktenkundig«, sagte Zeitler.

»Und was nicht in den Akten steht, ist auch nicht passiert? Reiten wir jetzt den Amtsschimmel oder ermitteln wir in einem Mordfall?«

Thal sah, dass der Imam kurz davor stand zu explodieren, sein Gesicht lief bereits rot an. Es war Zeit, die Situation zu deeskalieren. »Soweit ich das beurteilen kann, entstand beim Trauermarsch der Flüchtlingshilfe durch das

Auftauchen der Neonazis eine durchaus gefährliche Situation«, sagte er.

»Und brennende Fackeln kann man sehr wohl als Brandsatz bezeichnen«, ergänzte Quandt. »Zumal die Rechten sie auf Fenster des Gebäudes warfen mit dem klaren Ziel, ein Feuer zu entfachen.«

Stephanie nickte Jonas dankbar zu. »Und der moralische Brandstifter in dieser Sache steht fest. Er heißt Thies Jakobsen.«

»Na, na, Frau Kollegin Bohlmann«, sagte Schober. »Nun lassen wir die Kirche mal im Dorf.«

»Genau«, übernahm der LKA-Mann wie aufs Stichwort. »Die ›Bürger für einen christlichen Bodenseeraum‹ sind ein harmloser Haufen. Wir haben keinerlei Hinweise darauf, dass sie zu Gewalttaten aufrufen oder solche vorbereiten.«

»Und was ist mit dem Mord an Frank Sassen?«, fragte Bettina, die sich zum ersten Mal am Gespräch beteiligte. »Für mich ist das alles andere als harmlos.«

Zeitler musterte sie mit schnellen Blicken. Thal war sich nicht klar, welchen Eindruck der LKA-Mann von Bettina gewann. Sie war wie immer elegant, um nicht zu sagen konservativ gekleidet, unterstützte aber eindeutig Stephanie Bohlmann, die Zeitler sicher als die Rebellin in der Gruppe identifiziert hatte. Er nickte Bettina kurz zu.

»Wo sehen Sie einen Zusammenhang zwischen der Tötung des Frank Sassen und den BCB?«

»Wie jetzt?«, rief Stephanie und Thal wusste, dass nichts und niemand sie in diesem Augenblick zurückhalten konnte. »Das sieht doch ein Blinder, dass diese Bodensee-Pegidioten etwas mit unserem Fall zu tun haben. Schließlich lag die Leiche im Wagen ihres Anführers!«

»Ja und?« Zeitler war sichtlich wütend. »Deshalb ist Jakobsen doch nicht der Mörder? Im Gegenteil! Es ist genauso gut möglich, dass jemand ihm die Tat unterschieben wollte. Vielleicht sogar Ihre Freunde, Frau Bohlmann?«

»Möglich ist alles«, beeilte sich Thal das Wort an sich zu reißen. Er erhob sich von seinem Sitz und ging zum Fenster. Sie brauchten frische Luft, um die vergiftete Atmosphäre im Raum zu reinigen. »Wir können im Moment nichts ausschließen. Anstatt weiterhin zu spekulieren, sollten wir versuchen, Fakten zusammenzutragen. Wenn es keine weiteren Neuigkeiten gibt, würde ich gerne damit weitermachen.«

Sechzehn

»Du musst vorsichtiger sein, Stephanie!«

Jonas steuerte den Wagen auf den Parkstreifen vor dem Restaurant ›Brigantinus‹. »Wenn der Imam das Gefühl hat, dass du persönlich betroffen bist, zieht er dich von dem Fall ab.«

»Er sollte lieber diesen Staatsschützer an die Leine legen«, sagte Stephanie. »Der Mann scheint mir auf dem rechten Auge blind zu sein.«

Sie hatte sich immer noch nicht beruhigt. Zum Glück hatte Thal rechtzeitig eingegriffen, sonst hätte sie sich mit diesem Zeitler gefetzt. Vermutlich hatte er sie deshalb mit Jonas zum Vorstandsfrühstück der Flüchtlingshilfe geschickt. Jeden Sonntag trafen sich die Verantwortlichen der Gruppe im ›Brigantinus‹. Sie waren alle berufstätig und setzten ihre Freizeit für die Flüchtlingshilfe ein. Für eine abendliche Vorstandssitzung blieb keine Zeit, so war man vor Monaten dazu übergegangen, die administrativen Dinge am Sonntagvormittag zu besprechen.

Stephanie hatte mit Timon Wildermuth telefoniert und ihren Besuch angekündigt. Der Sozialarbeiter gehörte dem Vorstand zwar nicht an, nahm aber an den Sitzungen teil, weil er praktisch Vollzeit in der Volkmaringer Unterkunft arbeitete. So waren die acht Anwesenden im Vorfeld vom Besuch der beiden Ermittler unterrichtet und sie konnten sofort zur Sache kommen, was ihnen allerdings nicht leicht fiel. Die Niedergeschlagenheit der Menschen war mit Händen zu greifen. Sie trauerten um Frank Sassen und sie hatten Angst. Die Ereignisse der Nacht spiegelten sich in den gehetzten Blicken. Die meisten waren zum ersten Mal direkt mit Gewalt konfrontiert worden. Die freiwilligen Helfer galten als gute Bürger. Niemand stammte aus einem Milieu, in dem Gewalt im Alltag eine Rolle spielte. Konflikte trug man mit Worten aus, nicht mit Fäusten. Als die Fackeln in die Scheiben flogen, wurde ihnen klar, dass von nun an alles anders war. Stephanie spürte, dass einige mit sich kämpften. Noch war nicht ausgemacht, ob sie unter diesen veränderten Spielregeln dabei blieben oder das Spielfeld verließen. Wer wollte es den Menschen verdenken? Den Neonazis in einem Disput entgegenzutreten, scheute niemand von ihnen. Flüchtlinge gegen körperliche Gewalt zu schützen, war etwas ganz anderes. Nicht alle waren dazu bereit.

Jonas erklärte den Zweck ihres Besuches. Sie waren immer noch dabei, die letzten Lebensstunden von Frank Sassen zu rekonstruieren. Vor allem wussten sie nicht, was er am Nachmittag vor seinem Tod gemacht hatte. »Hat jemand von Ihnen am Freitag nach vierzehn Uhr mit Sassen gesprochen?«

Stephanie schaute in die Runde. Ein kleiner, dicklicher Mann hob die Hand, als wäre er ein Schüler, der die richtige Antwort kannte. »Ich habe mit ihm telefoniert, das muss so gegen halb fünf gewesen sein.«

»Welche Nummer haben Sie gewählt?«, fragte Stephanie. »Festnetz oder Mobil?«

»Moment«, sagte der Mann und zog sein Smartphone aus der Tasche. Er tippte und wischte mit unbeholfenen Bewegungen auf dem Display herum. »Gleich habe ich es.« Ein paar Wischbewegungen später, nickte er. »Ich habe ihn auf dem Handy erreicht. Exakt um sechzehn Uhr zweiundzwanzig. Wir haben drei Minuten telefoniert.«

»Was wollten Sie von ihm?«, fragte Jonas und Stephanie fand, dass die Frage zu inquisitorisch klang, aber sie sagte nichts.

Der kleine Dicke schien keine Probleme damit zu haben, sondern gab bereitwillig Auskunft. »Wir hatten keine Formulare mehr für die provisorische Registrierung. Frank wollte sich darum kümmern.«

Die Erwähnung des Namens holte die Trauer zurück in den Raum, die durch das Alltagsgeschäft für einen Moment verdrängt worden war. Jonas hakte trotzdem sofort nach.

»Ist Ihnen bei dem Gespräch irgendetwas aufgefallen?« Er schaute den Mann eindringlich an und setzte hinzu: »Jede Kleinigkeit kann wichtig sein.«

Der korpulente Mann lehnte sich in seinem Stuhl zurück und legte die Hände auf den Bauch. Er zog die Stirn kraus, während er nachdachte. Plötzlich hob er den Zeigefinger der rechten Hand. »Kinderlachen«, sagte er. »Ich habe eindeutig Kinderlachen gehört.«

Sassen war zu diesem Zeitpunkt also nicht zu Hause, dachte Stephanie. Ehe sie die Befragung übernehmen konnte, kam Quandt zum eigentlichen Grund ihres Besuchs.

»Es tut mir leid, dass wir dieses Thema so unvermittelt ansprechen müssen. Wir haben gehört, dass Frank Sassen eine Geliebte gehabt haben soll. Kennt jemand diese Frau?«

Jedes Geräusch im Raum verstummte. Lediglich das Summen der Belüftung war zu hören. Stephanie schaute in die Runde. Alle hatten ihre Köpfe gesenkt und starrten auf die Tischplatte vor sich. Jonas fragte noch einmal nach, aber alle schüttelten den Kopf. Auf diese Frage würden sie hier keine Antwort bekommen. Zur Sicherheit verteilten sie ihre Visitenkarten, für den Fall, dass jemandem noch etwas einfiele, und verabschiedeten sich.

Jonas hatte gerade den Motor angelassen, als eine Frau auf ihren Wagen zulief. Sie war über sechzig und das älteste Vorstandsmitglied der Flüchtlingshilfe. Ihr Atem blies stoßweise Wattewölkchen in den Himmel.

»Warten Sie!«, rief sie und schwenkte einen Zettel in der Hand.

Jonas ließ eine Fensterscheibe herunter. Die Frau beugte sich in das Auto.

»Reden Sie mit Neyla.« Sie reichte Jonas den Zettel. Bettina erkannte einen Namen und eine Adresse. Neyla wohnte in Konstanz.

Siebzehn

»Warum sind Sie überhaupt hier, wenn Sie uns nicht helfen wollen?« Thal sah der Frau die Erregung an. Sie warf ihren Kopf zurück und ihre langen Haare wirbelten durch die Luft. Die übrigen zwanzig Helferinnen und Helfer klatschten Beifall. Ihre Kollegin und Freundin hatte es auf den Punkt gebracht. Thal ärgerte sich, dass er Zeitler nach Volkmaringen begleitet hatte. Schober hatte darauf bestanden, dass sie die aufgebrachten Mitarbeiter und Freiwilligen des Flüchtlingsheims beruhigten. Nach den Ereignissen der Nacht war die Stimmung aufgeheizt. Man warf der Polizei vor, die Gefahr durch rechtsradikale Gewalttäter unterschätzt zu haben. Die Forderung nach Polizeischutz für das Heim wurde Thal und Zeitler sofort nach ihrer Ankunft entgegengeschleudert. »Das ist das Mindeste, was die Bewohner und die Helfer erwarten dürfen.« Ein grauhaariger Mann in Cordhose und Norwegerpulli brachte es auf den Punkt, ein pensionierter Lehrer, hatte Thal gedacht und seine Meinung über diesen Berufsstand positiv revidiert. Zeitlers Antwort war derart ausweichend, dass Thal die Aggression verstand, die ihnen entgegenschlug.

»Wenn Sie uns schon nicht schützen wollen, suchen Sie wenigstens Marwan!«

Wieder war es der Lehrer, der eine klare Ansage machte. Thal hatte schon im Präsidium erfahren, dass ein Asylbewerber seit der vergangenen Nacht vermisst wurde. Es gab die wildesten Gerüchte über seinen Verbleib. Die einen glaubten, dass er von Neonazis entführt worden wäre. Wieder andere meinten, ihn gesehen zu haben, als er über das Feld hinter der Sporthalle gelaufen war. Eine Frau behauptete steif und fest, er sei von einem Stein am Kopf getroffen worden.

»Wahrscheinlich erinnert er sich an nichts mehr und irrt jetzt durch die Gegend.«

Die Spekulationen schossen ins Kraut. Was sie brauchten, waren Fakten. Thal öffnete demonstrativ seinen Notizblock und zog einen Stift aus der Tasche.

»Nun mal langsam und Punkt für Punkt. Wie heißt der Mann?«

In den nächsten fünf Minuten füllte sich Thals Notizzettel mit Daten und Beschreibungen.

Marwan Badawi hieß der Vermisste. Sein genaues Alter konnte niemand angeben, die meisten schätzten ihn auf Mitte zwanzig. Er stammte aus dem Sudan und war seit sechs Wochen in Volkmaringen. Marwan Badawi war durch die Erlebnisse auf der Flucht schwer traumatisiert. Er war vor dem Bürgerkrieg in seiner Heimat geflohen. Seine gesamte Familie kam bei einem Angriff auf seine Heimatstadt zu Tode. Er hat sich durch die Zentralafrikanische Republik und den Tschad nach Libyen durchgekämpft. Dort hatte er ein Boot bestiegen, das auf der Überfahrt fast gesunken wäre. Mehrere der Passagiere ertranken. Einige verdursteten, weil nicht genug Trinkwasser an Bord war. Schließlich strandete Marwan Badawi auf Lampedusa. Man brachte ihn aufs italienische Festland, wo sein Marsch durch halb Europa begann. Über Österreich kam er nach Deutschland. Und jetzt war er von der Bildfläche verschwunden. Einfach so.

»Spricht Herr Badawi Deutsch?«, fragte Thal.

Der Lehrer in Cordhose und Norwegerpulli erhob sich. »Nein. Ich habe versucht, ihn zu unterrichten, aber dazu ist er noch nicht in der Lage. Er sprach überhaupt nicht, müssen Sie wissen. Weder Deutsch noch in irgendeiner anderen Sprache. Zumindest habe ich ihn nie auch nur ein Sterbenswörtchen sagen gehört.«

»Ich habe ihn an dem Abend gesehen.« Die Frau mit den langen Haaren erhob sich ebenfalls. Sie hatte ihre Mähne inzwischen zu einem Knoten gebändigt.

»Er redete mit diesem Scheusal.«

»Wen meinen Sie bitte?«, fragte Thal.

»Na, diesen Jakobsen, das Schwein!«

»Sie meinen, dass Marwan Badawi gestern Abend vor seinem Verschwinden mit Thies Jakobsen gesprochen hat?«

»Ja, das hat er«, rief die Frau.

»Kokolores«, flüsterte Zeitler. »Bisher fehlt jeder Beweis, dass Thies Jakobsen überhaupt in Volkmaringen war.«

Zum Glück sprach Zeitler so leise, dass niemand außer Thal ihn verstand. Am liebsten hätte er ihm gesagt: »Und ob wir einen Beweis haben. Seit gerade haben wir nämlich eine Zeugin für Jakobsens Anwesenheit.« Stattdessen steckte Thal seinen Notizblock ein.

»Ich danke Ihnen für Ihre Hinweise. Wir werden alles tun, um Marwan Badawi zu finden. Wohlbehalten, versteht sich.«

Achtzehn

Der Mann war nett gewesen. Und wie gut sein Auto gerochen hatte! Er hatte noch nie in einem Auto gesessen, das so gut duftete. Nach Vanille und nach Schokolade. Es kam ihm vor wie der Verkaufsraum des Geschäfts, vor dem er mit seinen Freunden herumgelungert hatte. Sie hatten es nie betreten, warum auch?

Der Mann war klug, sprach wie ein Wasserfall.

Er hatte kein Wort verstanden, aber das machte nichts. Der Geruch des Autos war gut. Der Fahrer würde es ebenfalls sein. Er hatte ihm sofort vertraut. Vielleicht lag es auch an der Brille, die der Mann trug. So eine runde Brille mit kleinen Gläsern hatte der Doktor getragen. Genau wie ihm rutschte sie auch dem Fahrer ständig von der Nase und er schob sie mit ausgestrecktem Zeigefinger nach oben. Auch diese Geste gab ihm Vertrauen.

Er zeigte dem Fahrer den Zettel. Er konnte nicht lesen, was dort stand, aber der Fahrer nickte, nachdem er einen kurzen Blick darauf geworfen hatte. Er konnte nur hoffen, dass man ihn nicht belogen hatte. Wenn man ihm die Wahrheit gesagt hatte, stand auf dem Zettel die Adresse der ›Großen Mutter‹. Er hatte ihn schon am vierten Tag nach seiner Ankunft bekommen. Von dem Mann mit den vier Fingern an der rechten Hand, dessen Namen er nicht kannte. Der Mann sprach seine Sprache, als wäre er einer von ihnen. Er hatte ihm den Zettel gegeben.

»Wenn du Probleme hast, geh zur ›Großen Mutter‹«, hatte er gesagt und dabei auf den Zettel getippt. Drei Zeilen mit Wörtern. »Name, Straße, Stadt«, hatte der Mann mit den vier Fingern an der rechten Hand gesagt.

Der Fahrer konnte die Wörter lesen.

Der Fahrer fuhr und redete.

Er schaute hinaus. Schnee lag auf den Feldern. Sie fuhren über sanfte Hügel, kamen durch zwei Dörfer. Es waren keine Menschen auf der Straße. Die Deutschen mochten die Kälte nicht. Genauso wenig wie er sie mochte.

Er wusste nicht, wie lange sie unterwegs waren. Manchmal kam ihm eine Stunde vor wie eine Minute. Ein anderes Mal war eine Stunde ein ganzer Tag. Wenn er so müde war wie heute, konnte er die Zeit nicht messen. Er hatte in der Nacht nicht geschlafen. Hatte sich in einem Wartehäuschen versteckt, bis am Morgen der erste Bus kam. Dann war er aus dem Dorf gelaufen und hatte endlich das Auto angehalten.

Sie kamen in ein großes Dorf. Viele Menschen waren auf den Straßen. Er hörte Musik.

Der Fahrer hielt und sagte etwas. Dann machte er mit der Hand eine Bewegung, als schriebe er etwas auf, und deutete auf ein Haus auf der anderen Straßenseite.

Er verstand. Sie waren am Ziel. Hier wohnte die ›Große Mutter‹.

Er stieg aus, nahm die Hände des Fahrers und küsste sie.

Der Mann zog die Hände weg und lachte.

Er stellte sich in den Hauseingang gegenüber. Er wusste nicht, ob er es wagen durfte, die ›Große Mutter‹ zu besuchen. Er brauchte Zeit, darüber nachzudenken. Wenn es nur nicht so kalt wäre. Er schlang die Arme um den Körper und begann zu singen. Gesang wärmte ihn immer.

Neunzehn

»Die Adresse stimmt.« Jonas deutete auf den Zettel, den ihnen die Frau vor dem ›Brigantinus‹ überreicht hatte. Sie standen vor der Eingangstür eines Sechsfamilienhauses in Wollmatingen. Nicht die beste, aber auch nicht die schlechteste Wohngegend in Konstanz. Durchaus bürgerlich, wenn auch am unteren Ende der Skala und eher vom Abstieg bedroht, als mit der Chance behaftet, nach oben zu kommen. An fünf Klingeln standen Namen. Kein Bewohner hieß Neyla Lado. Die sechste Klingel war unbeschriftet. Stephanie drückte lange auf den Knopf.

»Ja bitte?« Die Frau sprach Hochdeutsch mit einem leichten badischen Einschlag. Eine vor vielen Jahren Zugezogene, dachte Stephanie enttäuscht.

»Polizei!« Jonas sprach energisch. »Wir müssen mit Frau Lado sprechen. Neyla Lado.«

Das Rauschen der Sprechanlage erlosch. Stephanie zuckte mit den Schultern und wandte sich zum Gehen, als der Türsummer ertönte.

Die Wohnungstür im rechten Obergeschoss war nur angelehnt. Jonas klopfte und schob sie auf.

»Du bist gar kein Polizist.« Der Junge war höchstens fünf Jahre alt. Die Hosenbeine der Jeans waren aufgekrempelt, seine gesamte Kleidung war neu, aber ein paar Nummern zu groß. Er schüttelte enttäuscht den Kopf, wobei seine Haarkrausen leicht wippten. »Polizisten sind anders angezogen«, sagte er.

»Wie heißt du denn, du Schlaumeier?«

»Oscar.«

»Nun Oscar, nicht alle Polizisten tragen Uniform. Aber schau mal hier?« Jonas schob seine Jacke zur Seite, bis das Pistolenholster sichtbar wurde.

»Uiii«, rief Oscar aufgeregt und rannte aus dem Flur in die angrenzende Küche, aus der seine Mutter kam, einen Säugling auf dem Arm. »Wie oft habe ich dir gesagt, dass du nicht an die Tür gehen sollst, wenn Fremde zu Besuch kommen!«

Der getadelte Oscar ließ sich nicht mehr blicken und so wandte sich die Frau Stephanie und Jonas zu. Sie war groß und bewegte sich auf der Grenze zwischen schlank und korpulent, was ihr allerdings gut stand. Sie trug ein weites Hauskleid in leuchtenden Farben und war barfuß. Ihre Haut war makellos, sie schimmerte in Alabastertönen. Stephanie hatte Mühe, sich vom Gesicht der Frau loszureißen, das sie an die afrikanische Statue erinnerte, die sie vor Jahren beinahe einmal auf dem Trödelmarkt gekauft hätte. Es wurde von riesigen Augen dominiert, deren Dunkelheit unergründlich war. Stephanie warf Jonas einen schnellen Blick zu, weil sie sicher war, dass sich kein Mann auf dieser Welt dieser hinreißenden Frau entziehen konnte. Als sie sah, dass Jonas gelassen sein Tablet aus der Tasche zog, konnte sie sich ein Lächeln nicht verkneifen. Jonas war ja immun gegen weibliche Reize, wie konnte sie das nur vergessen.

»Frau Lado?«, eröffnete er das Gespräch.

»Und wer sind Sie?«, fragte die Frau statt einer Antwort. Jonas stellte Stephanie und sich vor. »Haben Sie fünf Minuten Zeit für uns?«

Neyla Lado deutete auf die Tür, durch die Oscar verschwunden war. Sie gingen in die Küche, die deutlich überheizt und in jenem chaotischen Zustand war, in den Kinder jeden Raum in wenigen Minuten versetzen konnten. Auf dem Boden und dem großen Tisch hatten sie Malbücher, Spielsachen und Kleidungsstücke verteilt, ein Teller mit Kuchenresten stand neben einer Plastiktasse, die noch halb mit Kakao gefüllt war. Oscar kauerte auf dem Boden und spielte mit einem Zwergkaninchen. Er war derart in seine Beschäftigung versunken, dass er die anderen nicht bemerkte. Seine Mutter räumte einen Stuhl für Stephanie frei, bot Jonas die rechte Seite der Eckbank an und lehnte sich selbst an eine Anrichte.

Stephanie beschloss, ohne Umschweife zur Sache zu kommen. »Kennen Sie Frank Sassen?«

Sie fixierte das Gesicht der Frau, in dem sich kein Muskel zu bewegen schien. Nur ein Zucken des rechten Augenlids verriet eine mögliche emotionale Bewegung. Neyla Lados Augen wanderten kurz zur Decke, bevor sie Stephanie anschaute. »Ich kenne ihn nicht persönlich, aber natürlich habe ich Nachrichten geschaut. Er war augenscheinlich ein guter Mann. Die Guten sterben immer zu früh.«

Sie sprach ein akzentfreies Deutsch.

»Wie lange leben Sie schon in Konstanz?«, fragte Stephanie. Vielleicht konnte sie über Umwege das Vertrauen der Frau erwerben.

»Über zehn Jahre.« Sie schaukelte den Säugling vorsichtig auf dem Arm und lächelte ihn an. Es gab augenscheinlich nichts Wichtigeres als ihn.

»Sie haben zwei Kinder?« Stephanie schaute sich kurz zu Oscar um, der versuchte, das Kaninchen in den Käfig zu bugsieren.

»Vier«, sagte Neyla Lado und deutete mit dem Kopf auf ein Foto an der Wand. Es war vor nicht allzu langer Zeit auf dem Steg vor der ›Imperia‹ aufgenommen worden. Oscar war unwesentlich kleiner als jetzt und der Säugling schon geboren. Rechts und links neben der Mutter standen ein Mädchen und ein fast gleich großer Junge, beide noch keine zehn Jahre alt und mit deutlich hellerer Hautfarbe als Neyla.

»Ihre Kinder sind in Deutschland geboren?«

Die Mutter nickte.

»Wer ist der Vater?«, fragte Jonas.

Neyla Lados Mundwinkel zuckten. War sie überrascht, weil Quandt sich ebenfalls am Gespräch beteiligte? Oder rief die Frage diese Reaktion hervor?

»Das geht Sie nichts an.«

Sie hatte sich wieder gefangen. Ihre Aufmerksamkeit galt wieder ihrer jüngsten Tochter. Nichts war wichtiger als herauszufinden, welches Bedürfnis die Kleine hatte und wie sie es befriedigen konnte. Gleich würde sie aufstehen und die beiden Besucher bitten zu gehen, weil ihre Jüngste gestillt werden musste. Stephanie atmete tief durch. Sie hatten nur noch einen Versuch.

»Frank Sassen ist der Vater Ihrer Kinder, habe ich recht?«

Neyla Lados Augen füllten sich mit Tränen. Sie starrte Stephanie an, die das Gefühl hatte, die ganze Welt spiegelte sich auf der Oberfläche dieser beiden Seen. Sie öffnete ihren Mund für einen stummen Schrei.

Zwanzig

Dieses Mal erwischten sie Thies Jakobsen nicht in einem derangierten Zustand. Thal hatte sogar das Gefühl, er hätte ihren Besuch erwartet. Er führte Bettina und Alexander ins Wohnzimmer. Der Blick ging über niedrige Häuser direkt auf den See. Am anderen Ufer glänzte Meersburg in der Wintersonne, die endlich mal wieder für ein paar Minuten schien und die Tristesse des Bodenseenebels vertrieb. Zwei Fähren begegneten sich genau auf der Mitte zwischen dem Konstanzer Fährhafen und dem kleinen Tourismusort auf der anderen Seeseite, der in diesen Wintermonaten mehr oder weniger ausgestorben war.

»Kommen Sie voran? Haben Sie die Bande endlich geschnappt, die mein Auto gestohlen hat?«

»Wir sind von der Mordkommission, nicht vom Diebstahldezernat«, sagte Bettina gereizt. Thal wusste, dass er das Gespräch an sich reißen musste, wenn er eine Eskalation verhindern wollte, die sie nicht weiterbringen würde. Er hatte Zeitler verschwiegen, dass er Jakobsen aufsuchen wollte, der LKA-Mann hätte mit Sicherheit darauf bestanden, ihn zu begleiten. Er brauchte keinen Aufpasser.

»Die Kollegen arbeiten dran«, versuchte Thal die Wogen zu glätten. Jakobsen wollte sich aber nicht so leicht von seinem Lieblingsthema abbringen lassen.

»Vermutlich werkeln sie genauso akkurat daran wie die Beamten, die für die Kriminalstatistik am Bodensee verantwortlich sind.« Er beugte sich vor und nahm eine Elektrozigarette von einer fein ziselierten Halterung aus Silber. Thal konnte nicht sehen, wie er das Gerät in Gang setzte, aber als Jakobsen daran zog, leuchtete die Spitze auf und kurz darauf blies er einen süßlich riechenden Dampf in die Luft.

»Glauben Sie im Ernst, dass Ihnen noch ein einziger Bürger am Bodensee die Zahlen abnimmt, die da Monat für Monat publiziert werden? Ich kenne niemanden, der nicht über Verbrechen in seiner direkten Nachbarschaft berichten kann. Und dabei sind Diebstähle und Einbrüche noch die harmlosen Varianten.«

»Und für all das sind selbstverständlich die Ausländer zuständig«, giftete Bettina. Thal bedauerte, sich nicht über die Vorschrift hinweggesetzt zu haben, dass Vernehmungen grundsätzlich zu zweit durchzuführen waren. Alleine käme er mit Jakobsen besser zurecht, vermutlich hätte er ihm sogar die Kumpelnummer abgenommen, die in Bettinas Anwesenheit ausgeschlossen war.

Jakobsen lehnte sich zurück, zog provozierend langsam an der elektronischen Zigarette und fixierte Bettina aus halb geschlossenen Augen. »Natürlich nicht, Frau Kommissarin. Die Ausländer sind nur für die exorbitante Steigerung der Verbrechenshäufigkeit zuständig.« Er blies eine dichte Rauchwolke in Bettinas Richtung.

»Aber, ich vergaß ... Offiziell gibt es diese erhöhte Verbrechensrate ja gar nicht.« Jakobsen lachte auf. »Und da wundern Sie sich, wenn immer mehr Leute Begriffe wie ›Lügenpresse‹ in den Mund nehmen? Ich nenne das, was Ihre Dienststelle und andere tun, eher politisch korrekte Desinformation. Es kann nicht sein, was von den Regierenden nicht gewollt wird.«

»Und gegen diese Desinformation gehen Sie und Ihre Mitstreiter auf die Straße.« Thal bemühte sich um einen sachlichen Ton.

»Unter anderem«, antwortete Jakobsen und schlug die Beine übereinander. Dabei drehte er seinen Körper komplett von Bettina weg, als wäre sie überhaupt nicht anwesend. »Vor allem geht es darum, die Wahrnehmung der Mehrheitsgesellschaft in den Blickpunkt zu rücken.«

Jakobsen wartete einen Moment, als erwartete er, von Thal unterbrochen oder korrigiert zu werden. Der tat ihm den Gefallen nicht und Jakobsen sprach nach einem Zug an der Zigarette weiter. »Nehmen Sie zum Beispiel Volkmaringen. Bis vor ein paar Monaten war das ein friedliches Dorf im schönen Hegau. Die Bürger gingen ihren Geschäften nach, es gab ein funktionierendes Vereinsleben, die Kinder konnten auf den Wohnstraßen spielen, ohne dass die Eltern Angst um sie hatten. Und heute?«

Wieder eine kurze Pause, diesmal eher als spannungssteigerndes Element gedacht, weshalb Thal eingriff.

»Heute haben die Menschen, die vor Krieg und Tod zu uns geflohen sind, Angst um ihr Leben.«

»Sagen wir es klarer!«, mischte sich Bettina ein und beugte sich dabei so weit vor, dass sie Jakobsen trotz seiner abweisenden Körperhaltung ins Gesicht sehen konnte. »Die Flüchtlinge haben Angst vor Ihnen, Herr Jakobsen. Vor Ihnen und Ihren Mitstreitern, die sich hinter dem harmlosen Namen ›Bürger für einen christlichen Bodenseeraum‹ verstecken.«

»Natürlich!« Jakobsen lachte auf. »Das musste ja kommen. Wann immer jemand in diesem Land nicht mehr weiterweiß, holt er die Nazikeule heraus. Genau das wollten Sie doch sagen, Frau Berg! Die BCB sind Nazis. Dabei kennen Sie vermutlich außer mir überhaupt niemanden von uns, denn Sie leben ja in Ihrer Gutmenschenblase.«

Thal überlegte, ob er Bettina weitermachen lassen sollte, entschied sich aber dagegen. Wenn sich Jakobsen auf politische Sprechblasen zurückziehen konnte, kamen sie keinen Schritt weiter.

»Wo waren Sie gestern Abend zwischen zwanzig und dreiundzwanzig Uhr, Herr Jakobsen?«

»Das wissen Sie doch genau, Herr Kommissar. Natürlich war ich in Volkmaringen, wie es sich für jeden guten Christen gehört. Ich habe mit vielen anderen meine Trauer über den Tod von Frank Sassen zum Ausdruck gebracht.«

»Wagen Sie es nicht ...« Bettina sprang auf und Thal befürchtete eine Sekunde, sie könnte Jakobsen schlagen. Zum Glück hatte sie sich sofort wieder im Griff und setzte sich. »Sie wissen, dass es zu gewalttätigen Übergriffen gekommen ist? Streiten Sie etwa ab, damit zu tun zu haben?«

»Selbstverständlich tue ich das! Halbstarke haben ein paar Fackeln auf das Heim geworfen, na und? Ist etwas Nennenswertes passiert? Nein!«

Jakobsen zog an der Zigarette und inhalierte tief.

»Allerdings ist nicht zu bestreiten, dass die Gefahr gewalttätiger Auseinandersetzungen von Tag zu Tag größer wird. So wie die Wut der Bürger von Volkmaringen jeden Tag wächst. Oder glauben Sie im Ernst, dass Sie in ein Hegau-Dorf von nicht einmal viertausend Einwohnern einfach so zweihundert Asylanten setzen können. Zu achtzig Prozent junge Männer, die seit Monaten keine Frau mehr gehabt haben. Die Bürgerinnen von Volkmaringen trauen sich längst nicht mehr auf die Straße.«

»Jetzt reicht's!« Bettina sprang erneut auf. »Fehlt nur noch, dass Sie die Schlagworte von der Überfremdung und der Islamisierung hervorkramen.«

Sie schnaubte kurz auf. Thal wusste, dass dieses Gespräch zu keinem weiteren Ergebnis führen würde. Sie wussten jetzt sicher, dass Jakobsen gestern Abend in Volkmaringen war – eine Erkenntnis, die sie im Moment zu nichts führte. Die entscheidende Frage musste er trotzdem noch stellen.

»Wir haben einen Zeugen, dass Sie gestern Abend in Volkmaringen mit Marwan Badawi gesprochen haben.«

Jakobsen legte sein Rauchgerät auf den Tisch und hob die Augenbrauen. »Wer soll das sein?«

»Ein Bewohner des Flüchtlingsheims.«

»Ich habe mit vielen Leuten geredet«, sagte Jakobsen. »Möglicherweise auch mit diesem Herrn. Ich habe nämlich nichts gegen die Menschen, woher auch immer sie kommen.«

Bettina stöhnte auf und Thal schob schnell eine Frage nach.

»Herr Badawi wird seit gestern vermisst und ...«

»Daher weht der Wind«, sagte Jakobsen und sprang auf. »Erst wollen Sie mir den Mord an Sassen in die Schuhe schieben und als das nicht geklappt hat, muss ein anderes Vergehen her. Soll ich jetzt etwa diesen Herrn Flüchtling entführt haben?«

Er breitete beide Arme aus und drehte sich um die eigene Achse. »Bitte sehr, die Kommissare! Schauen Sie sich um! Suchen Sie Ihren Verschwundenen. Meine Wohnung steht Ihnen offen.«

Er lachte. Thal lief ein kalter Schauer über den Rücken.

Einundzwanzig

»Was für ein überhebliches Arschloch!«

Bettina warf ihre Tasche auf den Besprechungstisch in Thals Büro und rannte mit stampfenden Schritten auf und ab.

»Dieser Typ macht sich lustig über uns und wir müssen das ertragen!«

Thal füllte Kaffeebohnen in die Mühle. Wie konnte er sich jetzt nur so seelenruhig einen Espresso zubereiten!

»Setz dich hin, Bettina! Du machst mich noch ganz kirre!«

Bettina zog einen Stuhl hervor und ließ sich auf den Sitz fallen. »Das ist doch wirklich unerträglich!«

»Ja, das ist es.« Thal hantierte an seiner chromblitzenden Maschine herum. »Allerdings haben wir nicht den geringsten Beweis, dass Jakobsen irgendetwas mit dem Tod von Frank Sassen zu tun hat. Und unsere Aufgabe ist ausschließlich die Aufklärung dieses Mordfalls. Für die politische Dimension sind andere zuständig.«

»Du meinst doch nicht etwa Zeitler, dieses Äffchen vom LKA?«

Thal grinste und auch Bettina konnte sich ein Lächeln nicht verkneifen. Die Maschine brummte und Bettina roch schon den Duft des frischen Kaffees. Sie wusste, dass sie Thal jetzt besser nicht störte, der Genuss eines seiner fünf Espressi täglich war ein geradezu heiliges Ritual. Mit geschlossenen Augen nahm er den ersten Schluck, den er im Mund kreisen ließ, während er die Tasse zurück auf die Untertasse stellte. Zwanzig Sekunden später leerte er die Tasse mit dem zweiten Schluck, der fast noch länger im Mund blieb. Er hatte die Augen gerade geöffnet, als es an der Tür klopfte. Grendel hatte einen älteren Herrn im Schlepptau, den er als Bodo Reichl vorstellte. »Herr Reichl hat gerade bei den Kollegen vom Diebstahl eine interessante Aussage gemacht«, sagte Grendel. »Die solltet ihr euch mal anhören.«

Der Zeuge war fünfundsiebzig Jahre alt. Er trug einen abgewetzten Lodenmantel und drehte einen dunkelgrauen Hut in der Hand. Er hatte im Fernsehen den Aufruf gesehen, dass sich Zeugen melden sollten, die Hinweise zum ausgebrannten Autowrack geben konnten.

»Ich trinke jeden Freitagabend ein Viertel Wein mit meinen Freunden, wir treffen uns immer abwechselnd. Vorgestern war der Karle dran, der wohnt in der Bodanstraße.«

Bodo Reichl drehte seinen Hut immer schneller. Bettina atmete tief ein. »Und da haben Sie etwas beobachtet?«

»Genau!«

Er starrte auf seine Fußspitzen.

»Und was, wenn ich fragen darf?«

»Na, wie ich so aus dem Haus komme, sehe ich einen Abschleppwagen, der ein ausgebranntes Auto am Haken hat. Erst habe ich gedacht, dass es einen Unfall gegeben hat, aber dann ...«

»Ja?«, fragte Thal, der seine Kaffeetasse auf das Sideboard stellte.

»Dann habe ich das Kennzeichen von dem Abschleppwagen gesehen«

»Was war denn daran bemerkenswert, Herr Reichl.«

Bettina wandte Thal das Gesicht zu und verdrehte die Augen.

»Es war ein bulgarisches Kennzeichen!«

»Haben Sie es sich gemerkt?«

Der Zeuge schüttelte den Kopf. »Nein, das nicht. Aber bulgarisch war es, das steht fest. Das war bestimmt das Auto von der Bande, die hier seit Wochen Autos klaut. Das sind doch Zigeuner und die kommen doch aus Bulgarien, gell!« Er schaute erst Bettina und dann Thal an, der ihm aufmunternd zunickte. »Wahrscheinlich ist bei einem Autoklau was schiefgegangen und das Fahrzeug in Flammen aufgegangen. Da haben die Kerle es einfach vor dem Bahnhof abgestellt. Also, wenn Sie mich fragen ...«

»Danke, Herr Reichl.«

Thal komplimentierte den Rentner aus dem Raum.

»Was hältst du von dem Mann?«, fragte Bettina.

»Ich glaube ihm. Er hat auf jeden Fall einen Abschleppwagen mit bulgarischem Kennzeichen gesehen, der einen ausgebrannten Wagen am Haken hatte.«

»Bringt uns das weiter?«

»Nein!«

Bettina sah das genauso und seufzte. Sie waren in einer Sackgasse gelandet. Sie wollte gerade fragen, wo Stephanie und Jonas blieben, als die beiden Kollegen mit einer Schwarzen den Raum betraten, die einen Säugling auf dem Arm trug und drei weitere Kinder im Schlepptau hatte.

»Ich möchte euch Neyla Lado vorstellen«, sagte Stephanie und zog der Frau einen Stuhl hervor.

»Möchtet ihr mal in einem richtigen Polizeiwagen fahren?«, fragte Jonas die drei Kinder.

»Oh ja!«, rief der Kleinste. Die anderen schienen weniger begeistert, trotteten aber hinterher.

Fünf Minuten später kannten Berg und Thal Neyla Lados Lebensweg in groben Zügen. Sie stammte aus dem Sudan und war vor zehn Jahren nach Konstanz gekommen. Ihr Asylantrag wurde vor drei Jahren rechtskräftig abgelehnt, seitdem drohte ihr die Abschiebung. Sie lebte illegal in einer Wohnung, die Frank Sassen gehörte. Er war der Vater ihrer vier Kinder. Sie hatte ihn wenige Monate nach ihrer Ankunft kennengelernt, seitdem hatten die beiden ein Verhältnis.

»Wann haben Sie Frank Sassen zuletzt gesehen?«, fragte Thal und alle im Raum hielten den Atem an.

»Vor über einer Woche. Er besuchte mich jeden Freitag, dieser Tag gehörte mir.«

»Und damit waren Sie zufrieden?« Die Frage rutschte Bettina heraus und sie schämte sich im nächsten Moment dafür.

Neyla Lado schüttelte langsam den Kopf und ihre Augen wurden feucht. »Nein, das war ich nicht. Frank hat immer mal wieder davon gesprochen, dass er sich von seiner Frau trennen wollte, aber ich habe es ihm schon lange nicht mehr geglaubt. Also habe ich mich in mein Schicksal gefügt. Er liebte die Kinder, das wusste ich. So konnte ich sicher sein, dass er zumindest unsere Freitagsverabredung einhielt.«

»Und vorgestern?«, fragte Bettina.

»Ist er nicht gekommen.«

»Passierte das öfter?«

»Nein, niemals. Manchmal verspätete er sich, aber dann rief er mich jedes Mal an und entschuldigte sich. Am letzten Freitag hörte ich nichts von ihm, bis ...«

Die Polizisten schwiegen. Es dauerte ein paar Sekunden, bis sich Neyla Lado gefangen hatte.

»Ich habe in der Zeitung gelesen, was passiert ist. Ich habe mich nicht getraut, mich zu melden. Können Sie das verstehen?«

Bettina war froh, dass Thal mit dem Kopf nickte.

»Was soll nur aus mir werden? Jetzt, wo Frank nicht mehr lebt, beschützt mich niemand mehr.«

Sie drückte das Bündel mit dem Säugling fest an sich.

»Im Moment kann Ihnen niemand etwas tun, Frau Lado. Sie sind eine wichtige Zeugin in einer Mordermittlung, da sind Sie sicher. Sie dürfen allerdings die Stadt nicht verlassen.«

Die Frau atmete tief ein, bevor ein Heulkrampf sie schüttelte.

Bettina setzte sich neben sie und nahm sie in den Arm.

Zweiundzwanzig

Er huschte durch die Tür, bevor sie ins Schloss fiel. Er musste vorsichtig sein, die Leute sahen sich bereits nach ihm um. Er stand schon zu lange vor dem Haus und wartete. Die ›Große Mutter‹ war nicht zuhause. Niemand hatte ihm gesagt, wo man auf sie warten sollte, wenn man sie nicht anträfe. Er hatte nur diese Adresse. Er stieg die Stufen hinauf und bemühte sich, dabei unsichtbar und unhörbar zu sein. Er durfte nicht auffallen, sonst würden sie ihn einfangen und zurückbringen. Wenn er Glück hatte, schafften sie ihn wieder in das Lager. Wenn er Pech hatte, setzten sie ihn in ein Flugzeug und flogen ihn irgendwohin. Auf dem Boot hatten sie davon gesprochen, dass die Deutschen manchmal Menschen einfach in ein fremdes Land brachten. Das durfte nicht passieren. Er musste mit der ›Großen Mutter‹ sprechen. Sie würde ihm helfen. Sie konnte Papiere besorgen. Echte Pässe, mit denen man legal in Deutschland bleiben konnte. Dann würde er Deutsch lernen. Das war nicht leicht, hatte der alte Mann auf dem Boot gesagt, der seine Enkelin nicht halten konnte und zusehen musste, wie der Ozean sie verschlang. Er sprach diese Sprache mit ihren seltsam klingenden hellen Tönen und den Zischlauten. Er hatte ihnen ein paar Wörter beigebracht. »Danke. – Bitte. – Wie geht es Ihnen? – Es geht mir gut. – Ich habe Hunger.«

Marwan spürte, wie sein Magen sich zusammenzog. Wann hatte er zuletzt gegessen? In der Unterkunft vor vielen Stunden. Wie hatte er nur so unvorsichtig sein können und weglaufen, ohne an Essen zu denken.

Er stand vor der Tür, hinter der die ›Große Mutter‹ wohnen sollte. Er drückte den Knopf, der eine Glocke ertönen ließ. Er legte das Ohr an das kalte Metall. Nichts war zu hören. Kein Geräusch. Keine Stimmen. Es war niemand zuhause.

Er stieg langsam die Treppen herunter und verließ das Haus. Draußen war es sehr kalt, der Wind pfiff um die Ecke. Er zog den Reißverschluss seiner Jacke bis nach oben und zog den Kopf so weit wie möglich in den wärmenden Kragen.

Er muss etwas zu essen finden und einen Platz zum Schlafen. Langsam, den Kopf nach unten geneigt, um niemandem in die Augen sehen zu müssen, ging er die Straße entlang. Aus einem Haus kam ein Duft nach geschmolzenem Käse. Ein Restaurant, dachte er. Die Menschen saßen an Tischen und aßen. Andere kamen mit riesigen Pappschachteln heraus, die den gleichen Duft verströmten. Auf der anderen Straßenseite sah er in einem an einen Laternenpfahl geschraubten Behälter eine dieser Pappschachteln. Er schaute sich um und überquerte die Straße. Vorsichtig zog der die Schachtel heraus und öffnete sie.

Jemand brüllte etwas. Ein Mann kam auf ihn zugerannt. Er trug einen kamelfarbenen Mantel, der bis auf den Boden reichte. Sein Bart war wild und bedeckte das ganze Gesicht. Als er näher kam, sah er, dass sein Kopf voller Narben war. Der Mann schrie ihn an und griff nach der Schachtel. Marwan überlegte wegzurennen, aber er durfte kein Aufsehen erregen. Er ließ los. Der Mann nahm ein Stück Pizza heraus und schob es sich gierig in den Mund. Dabei redete er ununterbrochen auf Marwan ein. Spucketropfen und Speisereste regneten auf ihn herab. Der Mann stank entsetzlich nach Alkohol. Er ist betrunken, dachte Marwan und beschloss, ihn alleinzulassen. Man wusste nie, was passierte, wenn man mit jemandem in diesem Zustand zu tun hatte.

Marwan drehte sich um und erschrak. Er stand vor einem sehr großen Mann, der ihn anlächelte.

»Hungry?«, fragte er. Marwan nickte.

Der Riese griff in seinen Mantel und holte eine kleine Mappe heraus. Er nahm einen Geldschein und hielt ihn Marwan hin. »Pizza«, sagte er und deutete auf das Restaurant auf der anderen Straßenseite.

Marwan überlegte einen Augenblick. Für ihn gab es nichts Schlimmeres als zu betteln. Aber er hatte den Riesen nicht um das Geld gebeten, er bot es ihm freiwillig an. Marwan lächelte dem Mann zu und nickte. »Danke«, sagte er und hoffte, dass es das richtige Wort war. Der Mann drückte ihm den Geldschein in die Hand und schlug ihm sanft auf die Schulter.

»God bless you«, sagte er und ging.

Der stinkende Alte sprang neben Marwan und schnappte nach dem Geld, aber Marwan war schneller. Der Betrunkene hatte keine Chance.

Marwan nahm seinen Mut zusammen und betrat das Restaurant. Er ging langsam auf einen freien Tisch zu und setzte sich. Niemand beachtete ihn. Ein paar Minuten später trat ein junger Mann an den Tisch und sagte etwas, das er nicht verstand. Marwan legte den Geldschein auf den Tisch.

»Pizza«, sagte er. »And tea.« Als der junge Mann sich umdrehte, rief Marwan ihm »Bitte« hinterher.

Zehn Minuten später stand ein riesiges, wunderbar duftendes Rad mit Käse und Tomaten vor ihm. Dazu ein Glas heißen Tees.

Marwan fühlte sich im Paradies.

Dreiundzwanzig

Am liebsten hätte Thal sich Ohropax in die Ohren gestopft, er konnte das Weihnachtsgedudel in diesem Jahr noch weniger ertragen als sonst. Es war Quandts Idee gewesen, gemeinsam auf den Weihnachtsmarkt zu gehen und etwas zu essen. Für einen Sonntagabend war es erstaunlich leer, die Schweizer Gäste blieben in diesem Jahr zu einem großen Teil aus. Nach den Attentaten von Paris hielt die Angst vor Anschlägen ganz Europa in Atem und die Schweizer vom Besuch des größten Weihnachtsmarktes am See ab. Thal hatte für derartige Vergnügungen noch nie etwas übriggehabt. Das Essen war schlecht und der ungenießbare Glühwein stammte aus dem Container. Missmutig stocherte er mit einer Plastikgabel in einer Portion Schupfnudeln herum und trank einen Schluck zuckersüßen, alkoholfreien Punsch. Quandt biss mit sichtbarem Appetit ein großes Stück von einer Bratwurst ab, während Stephanie und Bettina es bei einem Glas Wein beließen.

»Ich habe gerade Pranom angerufen, sie kommt mit Leah vorbei«, sagte Bettina und steckte ihr Smartphone in die Manteltasche.

Wenigstens ein Lichtblick, dachte Thal, der das Gefühl hatte, seine Enkelin viel zu selten zu sehen. Es gab viel, das er in seinem Leben ändern sollte, Zeit für Leah stand ganz oben auf der Agenda.

Seit sie das Präsidium verlassen hatten, versuchten sie, Ordnung in den Fall zu bringen. Ohne Erfolg, denn es schien nichts zusammenzupassen. Fest stand nur, dass Frank Sassen seit zehn Jahren ein Verhältnis mit Neyla Lado hatte und dass aus dieser Beziehung vier Kinder hervorgegangen waren.

»Glaubt Ihr wirklich, dass Sassens Frau nichts davon gewusst hat?«, fragte Quandt mit vollem Mund und tunkte das angebissene Ende der Bratwurst in den Senf auf seinem Pappteller.

»Nie und nimmer«, antwortete Bettina. »Eine Frau merkt, wenn ihr Mann ein Verhältnis hat.«

Stephanie wiegte den Kopf hin und her. »Mag sein, Bettina, aber augenscheinlich war Sassen ein guter Schauspieler. Ich habe jedenfalls nie auch nur den Anflug eines Gerüchts gehört, dass er eine Freundin hätte. Eine Beziehung zu einem Flüchtling wäre Tagesgespräch unter den Helfern gewesen, das steht fest.«

Thal neigte eher zu Stephanies Ansicht. Sassen hatte seine Beziehung zu der Frau aus dem Sudan geschickt verheimlicht. Dafür musste es Gründe geben.

»Wie sieht es mit den Vermögensverhältnissen der Sassens aus?«, fragte Thal und schob die durchgeweichte Pappschale mit den Schupfnudeln so weit wie möglich von sich weg.

»Du meinst, ob Frank von seiner Frau finanziell abhängig war und sich deshalb nicht von ihr trennen konnte.«

Thal nickte. »Das wäre das klassische Motiv, warum ein Paar zusammenbleibt, und vor allem würde es erklären, warum Sassen dafür sorgte, dass nichts an die Öffentlichkeit kam.«

»Das Ehepaar Sassen ist durchaus vermögend«, sagte Quandt, »aber das Geld haben sie sich selbst erarbeitet. Das Architekturbüro wirft ordentliche Gewinne ab, ich habe keine Indizien dafür gefunden, dass er von seiner Frau abhängig war.«

Und wieder eine Sackgasse, dachte Thal. Es war wie verhext, immer wenn sie den Anflug eines Ermittlungsansatzes hatten, führte er zu nichts.

Bettina hob die Hand und winkte. Thal drehte sich um und sah Pranom, Bettinas thailändische Kinderfrau. Sie schob den Kinderwagen mit seiner Enkelin vorsichtig auf sie zu. Bettina nahm die zierliche Asiatin, die ihr nicht einmal bis zu den Schultern reichte, in den Arm. Die beiden Frauen waren Freundinnen geworden, das machte es für Bettina leichter, ihre Tochter den ganzen Tag in Pranoms Obhut zu geben.

»Leah schläft«, sagte sie. Thal beugte sich über den Wagen. Die Kleine hatte ihre winzigen Hände zu Fäusten geballt, eine lag auf der Brust, die andere neben dem von einer rosafarbenen Strickmütze bedeckten Kopf.

Bettina gab Pranom für den Rest des Tages frei; die versprach, morgen spätestens um sieben Uhr zur Arbeit zu kommen.

»Was für ein Glück du mit dieser Frau hast«, sagte Stephanie. Bettina nickte. »Ich wüsste nicht, wie ich ohne sie klarkommen sollte.« Sie trank einen Schluck Wein. »Zurück zu Sassen! Vielleicht verschwieg er seine Beziehung aus einem anderen Grund.«

Bettina schaute in die Runde, ihr Blick blieb für eine Sekunde bei Thal hängen, der die Müdigkeit in ihren Augen sah.

»Seine Freundin Neyla hält sich illegal in Deutschland auf. Ist sie vielleicht nur eine von vielen? Hat Sassen illegale Flüchtlinge gedeckt?«

»Du meinst, es könnte noch mehr Menschen geben, von denen wir nichts wissen?«, fragte Thal.

»Warum nicht? Möglicherweise hat Sassen weitere Wohnungen angemietet ...«

»Und mit weiteren Frauen Kinder gezeugt«, ergänzte Quandt. »Wenn sie illegal sind, können sie sich kaum dagegen wehren.«

»Hört auf!« Stephanie schüttelte energisch den Kopf. »Frank Sassen war bestimmt kein Mann, der die Not von Flüchtlingsfrauen ausnützte und sie sexuell missbrauchte.«

»Davon spricht ja auch keiner«, sagte Bettina beschwichtigend. »Neyla Lado macht nicht den Eindruck, als hasse sie Sassen. Ich glaube, dass sie eine glückliche Mutter ist und den Vater ihrer Kinder sehr geliebt hat.«

»Trotzdem wäre es möglich, dass der Typ noch weitere Beziehungen zu anderen hier illegal lebenden Frauen hat.«

»So eine Art moderner Harem als neuer Lebensstil?«, fragte Thal und zog sich einen bitterbösen Blick von Stephanie zu.

»Ich habe nicht viel mit Frank Sassen zu tun gehabt, aber alles, was ich von ihm weiß, weist ihn als integren Mann aus, der es sich zur Lebensaufgabe gemacht hatte, Kriegsflüchtlingen zu helfen. Da passen eure Theorien absolut nicht ins Bild.«

Stephanie nahm ihren Glühweinbecher und trank einen kräftigen Schluck.

»Ich frage mich viel mehr, was jetzt mit Neyla passiert.« Quandt hatte sich eine zweite Bratwurst besorgt, die er bereits zur Hälfte aufgegessen hatte. Er zog eine Dose Krating Daeng aus der Tasche und öffnete sie. »Ganz schön salzig diese Würstchen«, sagte er und trank gierig.

»Was machst du eigentlich, wenn dein Freund in Thailand dich eines Tages nicht mehr mit dieser Wachmacherbrause beliefert?«, fragte Bettina. »Steigst du dann auf Red Bull um?«

»Gott bewahre!« Quandt lachte. »Dann werde ich Pranom anbaggern, die hat bestimmt Möglichkeiten, an das Zeug ranzukommen.«

»Sag mal Stephanie, du kennst dich von uns wahrscheinlich am besten aus. Wenn Neylas Asylantrag rechtsgültig abgewiesen wurde, wie sehen ihre Chancen dann aus?«

»Eine Abschiebung in den Sudan ist zwar grundsätzlich möglich, momentan aber eher unwahrscheinlich.«

»Solange wir Neyla als Zeugin brauchen, ist sie ohnehin geschützt«, sagte Thal.

Aus der Ferne näherten sich Sirenen. »Das hört sich nach einem größeren Unfall an«, sagte Jonas.

»Apropos Unfall.« Bettina beugte sich über den Kinderwagen, Leah schlief noch immer. »Was ist mit diesem bulgarischen Abschleppwagen, von dem der Zeuge gesprochen hat.«

»Die Kollegen vom Diebstahl sind dran. Konkret gibt's da aber noch nichts Neues.« Quandt stellte sich auf die Zehenspitzen.

»Verdammt! Was ist da los?«

Obwohl der Markt nur schwach besucht war, stauten sich die Menschen in der Unterführung zum Hafen. Vereinzelt waren Schreie zu hören. Eine Frau drängte sich gegen den Strom zurück und rannte die Rampe nach oben.

»Eine Bombe«, schrie sie. »Eine Bombe!«

Thal spürte einen Schlag in den Rücken, jemand hatte ihm den Ellbogen ins Kreuz gerammt, um sich an ihm vorbeizudrängen. Bettina starrte ihn mit aufgerissenen Augen an.

»Nimm Leah aus dem Wagen«, rief er und versuchte, sich einen Überblick zu verschaffen. Die Menschen strömten aus der Unterführung Richtung Marktstätte zurück. Zum Glück gab es genug Abstand zwischen den Buden, sodass die Leute die Straße so schnell wie möglich verlassen konnten.

»Bitte bewahren Sie Ruhe!« hörte er eine Lautsprecherstimme. »Räumen Sie den Weihnachtsmarkt in Richtung Obermarkt. Die Unterführung und das Hafenareal sind geschlossen. Bitte ...«

Thal nahm Bettina in den Arm, die Leah an sich drückte. Derart unsanft aus dem Schlaf gerissen, hatte die Kleine zu schreien begonnen. Ihre Mutter redete beruhigend auf sie ein. Quandt schloss zu Thal auf, und gemeinsam schoben sie sich relativ schnell nach vorne, die beiden Frauen folgten in ihrem Windschatten. Thal bog in die Brotlaube ab, er wollte dem Strom der Flüchtenden so schnell wie möglich entkommen. Er hoffte, dass sein Instinkt richtig war und tatsächlich rannten sie bald ungehindert in Richtung Westen. Thal kämpfte nicht nur mit seiner schlechten Kondition. Vor allem war es der Dämon der Vergangenheit, der seine Krallen nach ihm ausstreckte.

Vierundzwanzig

Stephanie kuschelte sich in Fridolins Armbeuge. Sie hatte die Augen geschlossen und spürte dem Atem ihres Freundes nach. Lange hatte sie sich nicht mehr so gut gefühlt.

»Vorhin«, sagte er mit seiner sonoren Stimme, »bevor wir ...« Er brach den Satz ab. Stephanie lächelte. Fridolin war der rationalste Mensch, den sie kannte, aber über Sex zu sprechen, fiel ihm immer noch schwer. »Du hast gesagt, dein Chef hätte kurz vor einer Panik gestanden – und das wegen eines falschen Alarms. Ehrlich gesagt, kann ich das nicht verstehen. Ein Polizist ...«

Stephanie öffnete die Augen und streichelte ihm über den Bauch. »Alexander Thal hat seine erste Frau Leah bei einem Bombenanschlag verloren, der eigentlich ihm gegolten hat. Kein Wunder, dass er eine Art Déjà-vu hatte, als er jetzt mit seiner Enkelin durch die Dunkelheit rannte.«

Fridolin sagte nichts, aber sie wusste, dass er sofort verstand, was passiert war. Obwohl Naturwissenschaftler, war er zum Glück einfühlsam genug, sich in Thals Lage zu versetzen.

Sie schwiegen eine Weile, bis Stephanie sich vorsichtig aufsetzte und ihren Arm um Fridolin legte.

»Hast du gehört, dass ein Bewohner des Flüchtlingsheims in Volkmaringen verschwunden ist?«

Er nickte. »Es kam in den Nachrichten. Wie heißt der Mann noch mal?«

»Marwan Badawi.«

»Aus dem Sudan?«

Stephanie nickte. »Ich mache mir ehrlich gesagt Sorgen um ihn. Er soll schwer traumatisiert sein und spricht kein

Wort Deutsch. Bei den Temperaturen kann er unmöglich die Nächte draußen verbringen.«

Auch Fridolin richtete sich auf. Er ließ seinen Blick über Stephanies Körper wandern, was ein Kribbeln auf ihrer Haut erzeugte, als hätte er sie mit einer Feder gekitzelt. Seine Augen glänzten vor Begierde und Bewunderung.

»Man erzählt sich Geschichten ...«

»Was meinst du?«

»Es halten sich seit einiger Zeit Gerüchte, dass es rund um den Bodensee ein Netzwerk gibt, das untergetauchten Flüchtlingen hilft.«

»Untergetaucht heißt illegal, oder?«

»Das ist ein böses Wort«, sagte Fridolin. Seine Stimme war sanft, als spräche er über ein freudiges Ereignis. »Kein Mensch ist illegal.«

»Natürlich nicht«, sagte Stephanie und ärgerte sich über diese Belehrung. »Unser System baut aber nun mal auf bestimmten Rechtsprinzipien auf. Wer sich bedroht fühlt, kann in Deutschland Asyl beantragen. Danach beginnt ein kompliziertes und langwieriges Verfahren, in dem der Asylsuchende alle rechtsstaatlichen Möglichkeiten für sich nutzen kann. Wenn er aber abgelehnt ist ...«

Sie ließ die Konsequenz offen, weil sie selbst schon oft genug an diesem Verfahren gezweifelt hatte. Andererseits kannte sie kein Land, das die Anträge genauer prüfte.

»Glaubst du nicht auch, dass hin und wieder ein Asylantrag ungerechtfertigt abgewiesen wird?«

»Natürlich kann das passieren.«

»Und hat in diesem Fall nicht der Flüchtling das Recht, die Sache in die eigene Hand zu nehmen? Und handeln in einem solchen Fall nicht diejenigen gerecht und richtig, die ihm helfen unterzutauchen?«

Stephanie fühlte sich nicht wach genug für derart philosophische Betrachtungen. Sie wollte lieber bei den handfesten Fakten bleiben.

»Was ist denn das für ein Netzwerk, von dem du da gesprochen hast.«

»Ich weiß nichts Genaues darüber«, sagte Fridolin. Stephanie hatte den Eindruck, dass er sich beeilt hatte, diesen Satz auszusprechen, als müsste er seine zuvor getroffene Aussage revidieren. »Es gibt Gerüchte in dieser Richtung«, setzte er hinzu. Es klang, als wäre damit in seinen Augen alles gesagt.

»Tauchte in diesen Gerüchten der Namen Frank Sassen auf?«

Fridolin schüttelte den Kopf. »Namen wurden nie genannt, das wäre viel zu gefährlich.«

»Aber wie funktioniert das dann?«

Jetzt war Stephanie hellwach. Sie rückte ein paar Zentimeter von ihrem Freund weg und schaute ihn mit leicht schräg gestelltem Kopf an. »Nehmen wir an, ein Asylbewerber wurde abgelehnt und will sich vor der drohenden Abschiebung in Sicherheit bringen. Wie kommt er an Namen und Adressen dieses ominösen Helfernetzwerks, von dem du sprichst.«

»Keine Ahnung«, antwortete Fridolin und Stephanie hatte Schwierigkeiten, ihm das zu glauben. »Ich war ja noch nie in der Situation«, sagte er und fügte leise hinzu: »Zum Glück! Und ich hoffe, dass ich niemals illegal irgendwo leben muss.«

Es versetzte Stephanie einen Stich. Sie lebte seit ihrer Kindheit sicher und behütet in Deutschland. Was wusste sie schon von den Ängsten der Menschen, die hier Zuflucht suchten?

»Du wirst immer in diesem Land leben können, dafür werde ich sorgen, Frido«, sagte sie und benutzte die Abkürzung des Namens, obwohl sie wusste, dass er das nicht leiden mochte.

Dieses Mal protestierte er nicht, sondern zog sie an sich heran und flüsterte: »Und wenn nicht, wende ich mich an die ›Große Mutter‹«.

»Und wer bitte soll das sein?«, fragte sie und schmiegte ihre Wange an seine Brust.

»Alle sprechen von ihr«, sagte er. »Angeblich kann sie Wunder vollbringen, macht aus illegalen legale Bürger dieses Landes.«

»Die ›Große Mutter‹ ist also so etwas wie der Kopf deiner Hilfsorganisation für untergetauchte Flüchtlinge?«

»Genau das.«

Fridolin küsste Stephanie zärtlich und strich ihr durchs Haar. »Oder sie ist nur eines von tausend Märchen und Mythen, die wir uns nachts am Lagerfeuer erzählen, wenn wir in der Steppe hocken und frieren.«

Stephanie lachte auf und boxte ihn in die Seite. »Du sollst mich nicht ...«

»... veräppeln?«, sagte er und grinste über beide Ohren, weil er sein deutsches Lieblingswort gebrauchen konnte.

Montag

Fünfundzwanzig

»Da können Sie Gift drauf nehmen!«

Stephanie zischte den Satz mehr als sie ihn sprach. Sie saßen seit einer halben Stunde im großen Besprechungsraum des Präsidiums. Schober hatte in seiner umständlichen Art die Lage wahlweise als »brandgefährlich« oder »hochexplosiv« beschrieben. Beide Begriffe waren unangemessen, fand Bettina, aber sie hielt den Mund. Es nutzte nichts, den Chef zu provozieren.

Stephanie war weniger gelassen. Lag das an der Jugend? Oder war sie stärker persönlich involviert, weil ihr Freund von einer Eskalation der Gewalt gegen Ausländer direkt betroffen gewesen wäre? Wie dem auch sei, Stephanie hatte seit Beginn der Besprechung Zeitler provoziert. Der LKA-Mann verhielt sich aber auch derart ungeschickt, dass er zur Zielscheibe werden musste.

Dabei hatte die morgendliche Runde mit einer neuen Spur begonnen. Am Abend und in der Nacht hatte es in Konstanz drei Wohnungseinbrüche gegeben. Die im Vergleich zu den letzten drei Wochenenden gesunkene Zahl wollte Schober als Erfolg ausgeben, aber Zeitler warnte ihn davor. Die Öffentlichkeit könnte das Wort »nur« vor der Zahl drei als Provokation ansehen. In diesem Moment rastete Stephanie zum ersten Mal aus und unterstellte dem Staatsschutzmann, dass er keine Ahnung von der Situation in der Stadt und der Kriminalstatistik habe. Bettina verstand Zeitlers Argumentation durchaus. Die Bürger waren aufgebracht, sie hatten das Gefühl, von der Polizei im Stich gelassen zu werden. Jeder Versuch, die Gefährdung herunterzuspielen, würden sie den Verantwortlichen übel nehmen.

Die drei Einbrüche hatten in Dettingen stattgefunden, was der üblichen Vorgehensweise der osteuropäischen Bande entsprach, die seit Wochen rund um den Bodensee operierte. Sie suchten sich ein Viertel, oftmals sogar nur einen Straßenzug. Die Einbrüche selbst dauerten nur Minuten, vermutlich gab es eine An- und Abfahrtslogistik, die auf Schnelligkeit und Effizienz setzte. Konzentrierte man sich auf Häuser in einem eng gesteckten Bereich, reichte ein Fahrzeug, die Einbrecher einzusammeln und schnell vom Tatort wegzubringen. Die Kollegen vom Einbruchskommissariat vermuteten, dass die Männer vom Ort des Verbrechens zu einem in der Nähe liegenden Parkplatz gefahren wurden und dort in verschiedene Fahrzeuge umstiegen, die sie aus der Stadt, möglicherweise sogar außer Landes brachten. Die Beute wurde mit anderen Autos abtransportiert, in der Regel handelte es sich ohnehin nur um Kleinelektronik, Schmuck und Bargeld. Größere Gegenstände hatten die Männer bisher grundsätzlich verschmäht. Apropos: Bettina fragte sich an diesem Morgen zum ersten Mal, warum sie sich so sicher waren, dass keine Frauen unter den Einbrechern waren. Es gab weder für das eine noch das andere Indizien.

Neben dem genannten Diebesgut hatte die Bande es auf teure PKW abgesehen. Vor allem SUV der Luxusklasse standen auf ihrer Liste. Die Ermittler gingen davon aus, dass die Autos auf Bestellung gestohlen wurden. Gestern lieferte man ihnen dafür ein weiteres Indiz. In Dettingen verschwand aus einer Garage ein SUV desselben Fabrikats wie das ausgebrannte Fahrzeug von Thies Jakobsen.

»Die Schlussfolgerung dürfte klar sein«, sagte Zeitler und schaute in die Runde.

»Hätten Sie die Güte, uns an ihrer Weisheit teilhaben zu lassen?«

»Bitte, Frau Bohlmann!« Schober schüttelte den Kopf. »Wir ziehen alle am gleichen Strang. Niemand in diesem Raum hat ein größeres Interesse, den Mörder von Frank Sassen zu finden als der Kollege Zeitler.«

Stephanie schmollte, behielt dabei den LKA-Mann im Auge, der keine Anstalten machte, eine weitere Erklärung abzugeben. Thal stöhnte kurz auf und übernahm diese Aufgabe.

»Wenn wir davon ausgehen, dass es sich beim Diebstahl des Wagens von Thies Jakobsen um eine Auftragstat gehandelt hat, lag die Leiche vermutlich schon im Kofferraum, als das Fahrzeug entwendet wurde.«

Bettina lächelte still vor sich hin. Thal hatte sich der Beamtensprache bedient, die ihm normalerweise kaum über die Lippen kam. Da war seine Art, sich mit Stephanie gegen Zeitler zu solidarisieren. Schober hatte es zum Glück – oder leider – nicht bemerkt, denn er nickte sichtlich zufrieden.

»Die Täter dürften einen ziemlichen Schreck bekommen haben, als sie die Heckklappe öffneten und den toten Sassen sahen.«

»Was würdet ihr in so einem Fall tun?«, fragte Hartmut Grendel. Bettina wusste sofort, dass er cin neues Untersuchungsergebnis haben musste, das er nicht mir nichts, dir nichts auf den Tisch legen wollte. Er liebte es, mit den Ermittlern Katz und Maus zu spielen.

»Die Klappe schließen und so schnell wie möglich abhauen«, sagte Zeitler.

»Andere Vorschläge?« Grendel grinste in die Runde.

»Ich würde in einen Wald fahren und die Leiche dort vergraben«, sagte Quandt.

»Oder in den See werfen«, schlug Bettina vor.

»Bei allen drei Varianten geht ihr ein großes Risiko ein. Stellt euch vor, ihr werdet erwischt. Wir würden garantiert Spuren von Sassen und der Tat im Wagen finden. Und dann geht ihr nicht wegen Autodiebstahls, sondern wegen Mordes ins Gefängnis.«

»Du meinst, die Diebe haben das Auto angezündet, um die Spuren zu beseitigen?«, fragte Stephanie Bohlmann.

»Ich meine das nicht nur, ich habe Beweise für diese These.«

Grendel zog ein paar Blätter Papier aus der Tasche und verteilte sie. »Die Daten zum Nachlesen und von mir die Kurzfassung. Mittels Gaschromatografie haben wir im Wagen Ethanol nachgewiesen.«

Bis auf Grendel starrten alle auf das Blatt Papier. Bettina war sich sicher, dass niemand vom KK 1 damit etwas anfangen konnte. Zeitler nickte lächelnd. »Ein typischer Brandbeschleuniger.«

»Bravo, Herr Kollege«, sagte Grendel. »Damit ist klar, warum Sie Karriere gemacht haben, während der Rest der naturwissenschaftlich unbeleckten Truppe am Bodensee einfachen Dienst verrichtet.«

Bettina hatte Mühe, nicht laut loszulachen und auch Stephanie schien sich nur schwer beherrschen zu können.

»Wir haben so viel von dem Zeug im Wagen gefunden, dass wir eindeutig davon ausgehen müssen: Jemand wollte das Fahrzeug samt Fracht möglichst vollständig verbrennen.«

»Was schiefgegangen ist«, brummte Zeitler.

»Stimmt«, sagte Grendel. »Allerdings wissen wir nicht, warum.«

»Kommen wir zurück zur Ausgangsthese, dass die Leiche bereits im Auto lag, als die Diebe das Schloss knackten und die Karre entwendeten«, sagte Stephanie. Ihre Wangen waren leicht gerötet. »In diesem Fall ist Thies Jakobsen der Hauptverdächtige, schließlich ist es sein SUV, von dem wir hier reden«

»Grundsätzlich können viele Leute sich Zugang zum Kofferraum des Fahrzeugs verschafft haben«, wiegelte Zeitler ab, was Stephanie in Rage brachte.

»Alles andere wäre völlig unlogisch«, sagte sie.

»Dann beweisen Sie das!«

»Darauf können Sie Gift nehmen!«

Sechsundzwanzig

»Wie hat die Kleine das Chaos auf dem Weihnachtsmarkt überstanden?«

Bettina lachte über Thals Frage. »Ich gehe davon aus, dass sie nichts davon mitbekommen hat.«

»Glaubst du nicht, dass sich die Unruhe der Mutter auf das Kind überträgt?«

»Alexander! Deine Enkelin ist viel zu klein, um ihre Umwelt bewusst wahrzunehmen. Und sie bekommt jeden Tag genau das, was sie braucht. Hör auf, dir ständig Sorgen zu machen!«

Bettina parkte den Wagen vor Thies Jakobsens Haus. Sie hatten Zeitler nicht über diesen Besuch unterrichtet, aber es konnte nicht lange dauern, bis er selbst auf eine Befragung des Hauptverdächtigen bestehen würde. Sie sollten sich also beeilen, wenn sie bei diesem Gespräch keinen Aufpasser dabeihaben wollten.

Jakobsen öffnete die Tür mit einer Kaffeetasse in der Hand.

»Ah, die Konstanzer Ordnungsmacht.« Er trank einen Schluck und musterte Bettina von oben bis unten. Thal musste zugeben, dass sie sich heute besonders vorteilhaft angezogen hatte. Der sandfarbene Wildlederrock endete knapp über dem Knie, ihre Beine steckten in blickdichten Strümpfen und ihre Füße in Stiefeletten mit einem ansehnlichen Absatz. Auf dem Kopf trug sie eine frech zur Seite geschobene Kappe. Bettina Berg bewies immer wieder aufs Neue, dass Polizisten keineswegs nur Jeans und Schlabberpulli tragen konnten.

Jakobsen bat Berg und Thal umständlich in seine Wohnung. An diesem Morgen hatte er nicht nur seinen Schädel rasiert, sondern auch sein Gesicht; das glänzte wie ein frisch poliertes Schmuckstück. Die beiden Ermittler lehnten den angebotenen Tee oder Kaffee ab.

»Es gibt neue Erkenntnisse, die wir Ihnen mitteilen möchten, Herr Jakobsen«, eröffnete Thal das Gespräch.

»Das hört sich ja fast nach guten Nachrichten an«, sagte Jakobsen und der Zynismus war unüberhörbar.

Thal informierte ihn über den Nachweis des Brandbeschleunigers.

»Ach was?«, sagte Jakobsen und grinste.

»Wir gehen davon aus, dass die Leiche sich bereits im Auto befand, als der Wagen in Brand gesteckt wurde«, setzte Bettina das Gespräch fort. Thal beobachtete Jakobsen genau, er wollte sich keine Reaktion entgehen lassen, mochte sie auch noch so unscheinbar sein. Im Moment sah er nichts außer Schadenfreude.

»Und was hat das mit mir zu tun?«

Bettina lächelte den Mann an. »Da es sich um Ihr Auto handelt, liegt es nahe, dass Sie Frank Sassens Leiche in das Fahrzeug gelegt haben.«

Das Lächeln erstarb in Jakobsens Gesicht, seine Augen verengten sich innerhalb einer Sekunde zu Schlitzen. Thal erwartete einen Ausbruch, aber der Typ hatte sich in der Gewalt. Seine Augen veränderten ihre Form kaum, nur sein Mund verzog sich und er begann zu lachen. Lang und laut.

»Natürlich«, sagte er und japste nach Luft. »Wenn eine Leiche in meinem Wagen liegt, muss ich sie dort abgelegt haben.«

Berg und Thal schwiegen. Thal wusste, dass Bettina kein Sterbenswörtchen über die Lippen kommen würde, bis Jakobsen ihnen ein Alibi geliefert hatte. Er wartete den Lachanfall ab, ehe er fragte: »Wo waren Sie letzten Freitag zwischen fünfzehn und zweiundzwanzig Uhr?«

»Hier im Haus.«

»Gibt es dafür Zeugen?«

»Fünf, um genau zu sein.«

Thal warf Bettina einen kurzen Blick zu. Sie saß kerzengerade auf dem Rand des Sofas, bis in die letzte Nervenfaser auf Jakobsens Reaktionen konzentriert.

»Können Sie uns die Zeugen benennen?«

Jakobsen beugte sich nach vorn und zog eine Illustrierte zu sich heran. Es handelte sich um eines dieser Hochglanzmagazine, die hauptsächlich aus Werbung bestanden und in Arztpraxen und Friseursalons auslagen. Er riss ein Stück der Titelseite ab, zog einen Kugelschreiber aus der Tasche und schrieb.

Als Thal einen Blick auf den Zettel geworfen hatte, schob er ihn Bettina zu und schnaubte. »Sie wollen uns doch nicht erzählen, dass Geert Wilders, Marine Le Pen, Heinz-Christian Strache, Umberto Bossi und Bruno Valkeniers in Ihrer Wohnung waren?«

Jakobsen lachte schon wieder auf und jedes Mal klang es in Thals Ohren unsympathischer. »Wo denken Sie hin, Herr Kommissar! Ich mag mir gar nicht vorstellen, was es für Sie bedeutet hätte, wenn die geschätzten Kolleginnen und Kollegen tatsächlich in unsere schöne Stadt gekommen wären. Der Auftrieb an Sicherheitskräften wäre unvorstellbar gewesen.«

»Mir hätte das aus anderen Gründen Bauchschmerzen gemacht«, sagte Bettina. Thal warf ihr einen tadelnden Blick zu. Es war nicht ihre Aufgabe, sich politisch zu äußern, sie hatten ausschließlich einen Mord aufzuklären.

»Das kann ich mir denken, Frau Berg«, sagte Jakobsen und grinste Bettina anzüglich an. »Sie gehören bestimmt zur Fraktion der Gutmenschen. Aber das sollte Sie nicht davon abhalten, mich mit der rechtsstaatlichen Fairness zu behandeln, die mir wie jedem Bürger dieses Landes zusteht.« Jakobsen erhöhte mit jedem Wort dieses Satzes sein Sprechtempo, die letzten Worte spuckte er geradezu heraus.

»Wie können die Damen und Herren auf diesem Zettel Ihre Anwesenheit in dieser Wohnung bezeugen, wenn sie nicht persönlich hier waren?«, fragte Thal. Er war stolz, dass es ihm gelungen war, sachlich zu klingen. Er wollte Jakobsen keinen Grund liefern, sich über diese Befragung zu beschweren.

»Haben Sie schon mal etwas von Skype gehört, Herr Kommissar?«

»Sie meinen, Sie haben eine Telefonkonferenz abgehalten?«

»Genau so ist es!«

»Von der nichts in die Öffentlichkeit geraten ist?« Bettina zog ihre Stirn in Falten. »Das glauben Sie doch selber nicht, so publicitygeil wie die meisten von Ihrem Haufen sind!«

»Nun ist es aber gut, Frau Berg!« Jakobsen erhob die Stimme. »Ich habe Verständnis dafür, dass ein Beamter seine politische Meinung nicht bei Dienstantritt abgibt. Was Sie sich aber hier leisten, muss ich mir nicht bieten lassen.«

Thal hob für Jakobsen kaum sichtbar die überkreuzten Zeige- und Mittelfinger der rechten Hand. Es war eines der Geheimzeichen, die sie vor langer Zeit ausgemacht hatten, um in Vernehmungen ein Wechselspiel treiben zu können. Dieses Signal war eindeutig; es hieß: Du hältst dich ab jetzt raus!

Bettina schluckte und senkte den Kopf. Jakobsen deutete dieses Kopfsenken als Eingeständnis der Niederlage und setzte noch eine Demütigung drauf. »Aber keine Angst, Frau Berg. Ich werde mich nicht über Sie beschweren. Ich bin ein Gentleman und Sie sind die attraktivste Polizistin, die mir jemals untergekommen ist.«

Thal spürte, dass Bettina kurz davor war zu explodieren. Er musste das Gespräch so schnell wie möglich beenden, ohne dass es nach einem Rückzug aussah.

»Gut, Herr Jakobsen. Sehen wir Ihre Videokonferenz als geheimes Treffen ...«

»Es wird nicht lange dauern, und Sie werden viel davon hören«, sagte Jakobsen, der angesichts seiner Bedeutung vor Stolz zu platzen schien. Thal fiel es wie Schuppen von den Augen. Für den Vorsitzenden einer in Deutschland kaum beachteten Organisation von Montagsspaziergängern war es eine ungeheure Aufwertung, dass diese Politiker, vor denen die etablierten Parteien Europas zitterten, mit ihm redeten. Er konnte gar nicht anders, als noch ein paar Details zum Besten zu geben. »Wir planen etwas wirklich Großes, müssen Sie wissen. In Kürze wird eine Partei die Bühne betreten, die ohne Zweifel die politische Landschaft in Deutschland verändern wird. Die Kolleginnen und Kollegen warten schon lange darauf, dass bei uns endlich etwas passiert. Jetzt ist es so weit. Und es wird nicht bei Deutschland bleiben, das ist erst der Anfang.«

Thal fischte nach dem Zettel, der vor Bettina lag, und wedelte damit herum.

»Wir werden Ihr Alibi überprüfen.«

»Tun Sie das, Herr Kommissar. Tun Sie das auf jeden Fall!«

Siebenundzwanzig

Marwan klopfte sich den Staub aus der Jacke. Der Boden der Halle, in der er die Nacht verbracht hatte, war dreckig gewesen. Und hart. Seine Knochen schmerzten und er hatte Durst. Eine halbe Stunde hatte er die stillgelegte Fabrikhalle nach einem Wasserhahn abgesucht. Die Leute im Heim hatten gesagt, dass man in Deutschland das Wasser aus jedem Hahn trinken kann. »Was für ein Land!«, hatte er damals gedacht. Sauberes Wasser in jedem Haus und überall. Möglicherweise stimmte das, aber was nützte es ihm, wenn er keinen Wasserhahn fand.

Er lief durch den Schneeregen. Seine Jacke war durchnässt, er fror. Der Durst war noch schlimmer geworden und langsam stellte sich auch wieder Hunger ein. Zu Hause war er nie so hungrig gewesen wie in Deutschland. Er hatte die Hände in den Jackentaschen vergraben und stapfte durch die Kälte. Seine Augen wanderten nach links und nach rechts. Er fühlte sich einsamer als jemals zuvor auf dieser Flucht. Warum hatte er nur sein Handy vergessen? Sein Smartphone war sein Ein und Alles, er hatte es über das Meer gerettet. Und jetzt lag es nutzlos in Volkmaringen. Wie gerne hätte er versucht, ein offenes Netz zu finden. Vielleicht hatte ihm jemand geschrieben. Oder er könnte Skype nutzen, um Freunde anzurufen, eine Stimme zu hören, die ihn beruhigte.

In hundert Meter Entfernung sah er einen Supermarkt. Es war ein sehr großes Geschäft, der riesige Parkplatz höchstens zu einem Viertel gefüllt. Er sollte später nicht sagen können, was ihn dazu drängte. War es die Kälte, vor der er in die Wärme des Marktes fliehen wollte? War es der

Durst? Irgendetwas zog ihn dorthin. Er trat auf die Eingangstür zu, die sich automatisch öffnete. Er ging durch das Drehkreuz und spürte die Wärme. Die Gänge waren lang und zahlreich. Kurz hinter dem Eingang lag Obst auf einer schrägen Ablage. Ganz am Ende sah er einen Stapel grün-roter Mangos. Vor seinem Auge erschien das friedlichste Bild, das er kannte. Seine Mutter saß auf einem niedrigen Schemel, im Schoß ein Teller aus Metall. Mit sicherer Hand führte sie das lange Messer und schälte eine Mango. Sie schnitt Fruchtstücke heraus und hielt sie ihren Kindern hin, ohne das Messer aus der Hand zu legen. »Vorsichtig! Das Messer ist scharf, nicht dass ihr euch schneidet.«

Er lächelte. Jedes Mal hatte sie den gleichen Satz gesagt.

Wann hatte er das letzte Mal eine Mango gegessen?

Eine alte, gebeugt gehende Frau ging an ihm vorbei. Sie nahm eine Mango in die Hand und roch daran. Sie prüfte drei Früchte, ehe sie sich für eine entschied, die sie in einen riesigen, völlig leeren Einkaufswagen legte.

Marwan spürte den Drang, an der Frucht zu riechen, wie es die alte Frau getan hatte. Er nahm eine Mango in die Hand und schnupperte. Sie roch nur schwach. Er wählte eine zweite, doch auch die verströmte ihren Duft nur spärlich. Als er sie zurücklegen wollte, war es, als führte eine fremde Macht seine Hand. Die Mango wanderte in die große Tasche seiner Jacke.

Schnellen Schrittes ging er weiter in den Supermarkt hinein. Er musste so viel Abstand zwischen sich und den Ort der Früchte bringen, wie er konnte.

Er bog zwei Mal ab, einmal nach rechts und einmal nach links. Nach dem zweiten Mal begegnete er der alten Frau.

Ihr Einkaufswagen war noch immer fast leer, zur Mango war nur ein Paket Butter gekommen.

Sein Durst wurde immer unerträglicher. Er machte sich auf die Suche nach einer Toilette. Wo eine Toilette war, würde es Wasser geben. Er suchte fünf Minuten, ehe er eine Frau in einem dunkelblauen Kittel fragte. Sie verstand ihn erst nicht, deutete dann mit der Hand in Richtung Ausgang. Rechts von den Kassen sah Marwan das Schild. Er ging hinein und wusch sich die Hände. Die Mango war klebrig, er nahm sie aus der Tasche und hielt sie unter den Wasserhahn. Anschließend trank er gierig, bis der Durst gestillt war.

Als er die Toilette verließ, trug er die Mango in der rechten Hand. Ohne darüber nachzudenken, wandte er sich nach links zum Ausgang. An einer Kasse warteten keine Menschen. Die Mango duftete auf einmal verführerisch. Warum steckte er sie nicht wieder in die Jackentasche und verließ den Laden? Wer würde es bemerken? Er schloss für eine Sekunde die Augen und zog die Luft ein. Direkt neben ihm stand ein Ständer mit DVD. Er legte die Mango vorsichtig ab und ging in Richtung der unbesetzten Kasse.

Jemand rief etwas. Marwan brachte es nicht mit sich selbst in Verbindung. Erst als ein alter Mann mit seinem Stock auf seinen Arm schlug, begriff er. Der Greis hob erneut seinen Stock und stieß dabei Laute aus, die sich für Marwan wie Flüche anhörten. In einer Hand schwang der Mann die Rute, in der anderen hielt er die Mango in die Höhe wie eine Trophäe. Marwan wusste, dass er fliehen musste. Sie durften ihn nicht erwischen. Er drehte sich auf dem Absatz nach links, wo der Ausgang auf den Parkplatz war.

Er hatte die Frau nicht gesehen, die sich an einer Kasse vorbeischlängelte. Sie tauchte plötzlich vor ihm auf. Er sah ihren Bauch, in dem ein Kind herangewachsen war, das bald das Licht der Welt erblicken dürfte. Er hatte die ersten zwei Schritte Richtung Ausgang gemacht, als sie plötzlich einen weiteren Schritt nach vorne tat. Sie stand direkt vor ihm. Er versuchte auszuweichen, machte einen Schritt zur Seite, glitt dabei aus und wankte nach links. Sein Arm streifte die Frau, die auf dem glitschigen Boden das Gleichgewicht verlor. Sie schrie kurz auf und fiel zu Boden. Dabei trafen ihre Augen seine, er erkannte den Schreck und die Angst um das Baby. Er wirbelte herum, um ihr die Hand zu reichen und ihr aufzuhelfen. Aus dem Augenwinkel sah er den stockschwingenden Alten, der Verstärkung bekommen hatte. Neben ihm lief ein Mann in einem weißen Kittel mit einem Namensschild. Der alte Mann schrie. Der Mann im weißen Kittel wandte kurz den Kopf nach hinten und rief etwas. Die Frau auf dem Boden jammerte.

Marwan musste eine Entscheidung treffen. Es waren viele Männer im Supermarkt, die der Frau helfen würden. Wäre er allein gewesen, hätte er keine Wahl gehabt. So aber durfte er sich für die Freiheit entscheiden. Er rief der Frau seine Entschuldigung zu, obwohl sie ihn nicht verstehen würde. Zu seiner Überraschung schien sie ihm zuzunicken.

Er schaffte es zur Tür, die sich auch jetzt automatisch öffnete. Er rannte über den Parkplatz auf die eine schmale Straße zu. Seine Lungen brannten. Seine Seele schmerzte.

Marwan weinte.

Achtundzwanzig

»Stop!«

Stephanie Bohlmann hielt sich beide Mittelfinger an die Schläfen und schüttelte den Kopf. »Mir schwirrt der Kopf bei dem Durcheinander. Lass uns erst Struktur in die Ergebnisse bringen.«

Seit einer Stunde saß sie zusammen mit Jonas Quandt im Büro und recherchierte über Thies Jakobsen. Es war wie ein Stochern im Nebel, es gab keine konkreten Fragen, nur die Gewissheit, nicht genug Informationen über den Mann zu besitzen.

»Okay«, sagte Jonas und lehnte sich in seinem Sessel zurück. Stephanie erwartete, dass er eine Flasche Krating Daeng aus der Schublade ziehen würde, aber er nahm nur sein Tablet in die Hand und tippte darauf herum. »Thies Jakobsen, zweiundfünfzig. Vor acht Jahren ging die von ihm gegründete Werbeagentur pleite, seitdem arbeitet er als freier Journalist, Autor von Sachbüchern in Miniauflage und Werbetexter. Finanziell geht es im so leidlich; seinen SUV hat er aus besseren Zeiten rübergerettet. Privat ist Jakobsen völlig unauffällig. Er wurde vor sechs Jahren von seiner Frau geschieden, die daraufhin nach Norddeutschland zurückzog, von wo sie beide stammen. Aus der Ehe gibt es einen Sohn.«

»Über den wir allerdings gar nichts haben.« Stephanie nahm einen Kugelschreiber vom Tisch und klopfte damit auf ihre Handfläche.

»Stimmt«, sagte Jonas. »Er ist nicht aktenkundig und taucht auch in den Medien nicht auf.«

»Möglicherweise teilt der die politische Einstellung des Vaters nicht. Das wäre ja nicht ungewöhnlich.«

»Bringt uns aber auch nicht weiter.« Jonas legte das Tablet auf den Tisch. »Was wir hier machen, ist reine Zeitverschwendung. Dieser Jakobsen ist in der rechten Szene aktiv und hofft auf eine politische Karriere. Da müssen wir weitergraben.«

Stephanie zuckte mit den Achseln. Wem sagte Jonas das? Sie war sich absolut sicher, dass Jakobsen mit dem Fall zu tun hatte – und zwar nicht als Opfer, sondern als Täter. Wenn er Sassen nicht persönlich ermordet hatte, war er zumindest der Anstifter dieser Tat. Wer wie er mit ausländerfeindlichen Parolen zündelte, brauchte sich nicht zu wundern, wenn es plötzlich brannte.

Quandts Telefon klingelte. Das Gespräch war nur kurz.

»Endlich kommt Bewegung in die Sache«, sagte er und sprang auf. »Das war die Zentrale. Sie haben den in der vergangenen Nacht gestohlenen Wagen gefunden.« Er nahm seinen Wollmantel vom Haken – selbstverständlich schwarz, wie der Rest seiner Kleidung – und riss die Tür auf.

»Nun komm schon, Stephanie! Das MEK ist auch schon unterwegs.«

Zwei Minuten später steuerte Stephanie den Wagen mit deutlich überhöhter Geschwindigkeit die Reichenaustraße stadtauswärts. Sie wollten den Einsatz auf keinen Fall verpassen. Sie hatte Jonas' Bemerkung über das in Marsch gesetzte Mobile Einsatzkommando zunächst überhaupt nicht verstanden. »Seit wann rückt die Kavallerie aus, wenn sie ein gestohlenes Auto finden?«, hatte sie irritiert gefragt. Er erklärte es ihr, als er vor ihr zum Ausgang rannte. »Einer

Polizeistreife ist der SUV auf dem Hof einer Autowerkstatt im Industriegebiet aufgefallen. Als sie sich dort umsahen, entdeckten sie einen Abschleppwagen.«

»Den man bei einer Werkstatt durchaus erwarten kann«, wandte sie bereits leicht außer Atem ein.

»Das schon«, sagte Jonas. »Wenn er allerdings ein bulgarisches Kennzeichen hat ...«

Der Zeuge Bodo Reichl, dem Jakobsens ausgebrannter SUV am Haken eines Abschleppfahrzeugs aufgefallen war, hatte also nicht fantasiert, sondern bemerkenswert genau beobachtet. Jedenfalls hatte er von einem bulgarischen Kennzeichen gesprochen, und wenn er damit richtig lag, standen sie vielleicht kurz vor dem Durchbruch.

Vor dem Hof der Autowerkstatt standen drei Streifenwagen und zwei Kleintransporter des MEK. Die Männer in ihrer martialischen Ausrüstung hatten rechts und links der Einfahrt Stellung bezogen und warteten auf den Einsatzbefehl. Die Leitung hatte ein Kollege vom Diebstahl, den Stephanie nicht kannte. Als er die beiden Ermittler des KK 1 auf sich zukommen sah, grinste er übers ganze Gesicht.

»Dachte ich mir doch, dass euch das aus euren Löchern treibt.«

»Mach lieber voran, anstatt hier rumzuquatschen«, brummte Jonas.

Der Kollege nickte dem Leiter des MEK zu, der seine Männer eine Sekunde später losschickte. Stephanie war jedes Mal aufs Neue von der Präzision und Ruhe fasziniert, mit der solche Einsätze abliefen. Es dauerte keine zehn Sekunden, bis aus dem Inneren der Werkstatt die Meldung kam, das Gelände wäre gesichert und eine Person in Gewahrsam.

Langsam betraten Stephanie und Jonas den Werkstatthof, an den sich eine Halle anschloss. Zwei uniformierte Beamte öffneten eine schwere Stahlschiebetür, dahinter standen zwei Porsche Cayenne. »Sieh mal einer an«, sagte der Kollege vom Diebstahl derart zufrieden, dass Stephanie grinsen musste. Zumindest für ihn begann diese Woche erfreulich.

Hinter Jonas stieg sie zwei Metallstufen hoch und trat in einen engen, völlig überheizten Büroraum. Die Wände waren mit Stahlschränken vollgestellt, einige Schubfächer waren geöffnet und gaben den Blick auf wahllos hineingeworfene Papiere frei.

Hinter einem Stahlschreibtisch saß ein bulliger Mann mit fettigen Haaren und Dreitagebart. Stephanie fragte sich, warum er seinen Oberkörper so eigenartig krümmte, bis sie sah, dass seine Hände und Füße am Stuhl gefesselt waren. Seine Unterhose baumelte zwischen den Knien. Stephanie wunderte sich über diese unwürdige Behandlung eines Zeugen durch die Kollegen des MEK, bei einem Blick auf die Schreibtischplatte brach sie aber in schallendes Gelächter aus.

»Oh«, sagte sie und nahm das Heft in die Hand. »Tut mir leid, dass wir Sie bei Ihrem Hobby stören müssen.« Sie schlug das Heft zu und schaute sich den Titel an. Eine Mittvierzigerin mit riesiger Oberweite hatte die Zunge zwischen die Lippen geschoben und starrte den Betrachter aus aufgerissenen Augen an. ›Heiße Muttis‹ lautete der Titel des Magazins. »Na immerhin stehen Sie nicht auf Kinder«, sagte Stephanie und warf das Heft auf den Tisch.

»Was wollen Sie?«, brummte der Mann mit einem unüberhörbar osteuropäischen Akzent.

»Für den Anfang wäre es nett, wenn Sie uns Ihren Namen nennen?«, sagte Jonas, der ebenfalls ein breites Grinsen nicht aus dem Gesicht bekam.

»Papiere sind in der Schublade«, sagte der Mann und bewegte den Kopf nach links. Jonas nahm einen weinroten Pass heraus, der neben lateinischen mit fremdartigen Buchstaben bedruckt war. Stephanie vermutet, dass es sich um kyrillische Schrift handelte.

»Name?«, fragte Jonas und hatte jede Fröhlichkeit aus seiner Stimme verdrängt.

»Borisov«, antwortete der Mann wie aus der Pistole geschossen. Er spürte, dass sich die Atmosphäre im Raum geändert hatte und er es sich besser nicht mit den Polizisten verscherzte. »Petko Borisov.«

»Bulgarischer Staatsbürger?« Jonas überreichte Stephanie den Reisepass. Auf dem Foto war der Mann wesentlich jünger und machte einen gepflegten Eindruck. Was eine ordentliche Frisur und ein sauberer Hemdkragen doch ausmachten!

Der Mann nickte.

»Ist das Ihre Werkstatt?«

Wieder stummes Nicken.

»Und der Abschleppwagen?«

»Meiner.«

Petko Borisov war kein Mann, der viele Worte machte. Stephanie beschloss, sofort zur Sache zu kommen.

»Wo waren Sie am vergangenen Freitag in der Zeit zwischen zwanzig Uhr und Mitternacht?«

Der Bulgare hob die Schultern und legte den Kopf zur Seite. »Hier.«

»Und was haben Sie *hier* gemacht?«

Er zog die Schultern noch ein bisschen höher.

»Vermutlich gelesen«, sagte Jonas und nahm das Pornoheft vom Tisch.

Bevor Stephanie etwas sagen konnte, wurde die Tür aufgerissen und Grendel steckte den Kopf herein.

»Hartmut«, sagte sie überrascht. »Wo kommst du denn so schnell her?«

Der Techniker schüttelte den Kopf, als verstünde er die Frage nicht. »Ich habe mir gerade mal den Abschleppwagen angesehen. Auch wenn wir die Ergebnisse noch im Labor überprüfen müssen, lege ich mich schon mal fest.«

Stephanie hielt die Luft an. Was auch immer Grendel ihnen mitteilen wollte, er musste sich seiner Sache sehr sicher sein, wenn der Augenschein ihm reichte.

»An der Stoßstange und am hinteren Teil des Wagens finden sich eindeutige Spuren, die nur von einem Feuer herrühren können.«

»Na, das sind ja mal gute Nachrichten«, sagte Jonas und schlug dem Bulgaren mit der flachen Hand auf die Schulter, der daraufhin theatralisch zusammenzuckte.

»Herr Borisov, ich nehme Sie hiermit vorläufig fest wegen des dringenden Verdachts, am vergangenen Freitag ein Kraftfahrzeug gestohlen zu haben. Möglicherweise haben Sie dieses Fahrzeug zudem in Brand gesetzt, um Beweise zu vernichten. Inwieweit Sie zudem des Mordes an Frank Sassen verdächtig sind, werden die weiteren Vernehmungen ergeben.«

Petko Borisov schüttelte die Hand des jungen Polizisten ab und spuckte auf die Tischplatte.

Neunundzwanzig

Donatos Feinkostgeschäft war wie üblich bis auf den letzten Platz besetzt. Donato war hinter der Theke mit dem Anrichten mehrerer Teller beschäftigt und bemerkte das Eintreffen der Polizisten erst, als Thal ihn begrüßte.

»Ah commissario! Warum haben Sie nicht angerufen, damit ich einen Tisch freihalte.«

Thal winkte ab und schaute sich im Raum um. Am Stehtisch in der hinteren Ecke winkte ihm ein junger Mann zu, den Thal nicht kannte. »Kommen Sie, Kommissar! Wir gehen gleich!«

Thal trat auf den Tisch zu, der Mann lachte ihn an. »Sie erinnern sich natürlich nicht.«

Thal schüttelte den Kopf.

»Kein Wunder, bei den vielen Leuten, mit denen Sie es Tag für Tag zu tun bekommen. Palme ist mein Name. Nicolas Palme.«

Thal hatte immer noch keinen Schimmer, wer der Mann war, dessen äußerst attraktive Frau oder Freundin ihren Mantel zuknöpfte.

»Ich habe als Volontär bei Ihrem Sohn begonnen und da sind wir uns ein paar Mal über den Weg gelaufen.«

Allzu intensiv können die Begegnungen nicht gewesen sein, dachte Thal, denn er hatte immer noch keine Erinnerungen daran.

»Wie geht es Tobias?«, fragte der hagere Mann, dem der dunkle Anzug eine Nummer zu groß zu sein schien.

»Gut«, murmelte Thal, der keine Lust hatte, sich über seinen Sohn zu unterhalten.

»Schön«, sagte Palme. »Für mich war es ein Glück, dass er sich so plötzlich entschieden hat, nach Berlin zu gehen. Wäre er geblieben, hätte ich über kurz oder lang von Konstanz weggehen müssen. Ich glaube nicht, dass Frida das gefallen hätte.« Er nickte seiner Freundin zu, die den Mund zu einem schiefen Grinsen verzog.

»Was meinen Sie damit, es war für Sie ein Glück?«, fragte Bettina, die neben Thal getreten war.

»Oh«, sagte Palme. »Frau Berg, richtig?«

Bettina beließ es bei einem Kopfnicken.

Palme lachte kurz auf. »Ich vergesse immer wieder, dass die Öffentlichkeit erst in der nächsten Woche unterrichtet wird.«

Er stellte sich aufrecht hin und hielt Bettina die Hand entgegen. »Darf ich mich vorstellen: Nikolas Palme, ab Januar Leiter der Konstanzer Lokalredaktion und damit Nachfolger Ihres ...«

Bettina ignorierte die ihr dargebotene Hand. »Angenehm«, sagte sie und trat einen Schritt zur Seite.

»Dann wollen wir Sie nicht länger stören«, sagte der frischgebackene Redaktionsleiter. »Sie haben sicher genug zu besprechen. So einen heiklen Mordfall haben Sie nicht alle Tage.«

Palme winkte Donato, dass er bezahlen wollte und ging zur Kasse. Seine Begleiterin lächelte Thal an. »Viel Erfolg!«, hauchte sie und rauschte von dannen.

»Oh lala«, sagte Quandt und quetschte sich auf den Barhocker in der Ecke. »Hier brennt ja die Luft. Gut, dass Madlaina nicht da ist.«

Thal hatte keinen Sinn für diese Scherze. Er wusste nicht was, aber irgendetwas sagte ihm, dass es über kurz oder lang mit diesem Palme und seiner Frida Ärger geben würde.

Donato stellte drei Weingläser auf den Tisch, er hatte inzwischen, wenn auch zähneknirschend, akzeptiert, dass Jonas keinen Alkohol trank. Sie bestellten vier Mal das Tagesessen und anschließend berichtete Stephanie von Borisovs Festnahme. Thal war froh, Schober diesen kleinen Fahndungserfolg präsentieren zu können, auch wenn sie noch nicht wussten, ob der Abschleppwagen tatsächlich Jakobsens Auto am Haken gehabt, geschweige denn, ob der Bulgare irgendetwas mit Sassens Tod zu tun hatte.

Donatos Frau Maria trug die Teller voll dampfender Pasta aus der Küche nach oben. Sie begrüßte die vier Ermittler mit Küsschen auf die Wange. Thal bemerkte sofort, dass sie angespannt wirkte.

»Irgendetwas nicht in Ordnung?«

»Doch.« Sie fuhr sich mit der Hand durchs Haar. »Obwohl ... Was ist schon in Ordnung?«

Thal nickte. Die Spannung lag wie die winterliche Nebeldecke über der Stadt und nahm allen den Atem. Donatos kleines Geschäft bildete diesen großen Kosmos wie ein Spiegel ab. Seit Tagen gab es bei den Gästen kein anderes Thema mehr als die Montagsspaziergänge der BCB, brennende Flüchtlingsheime und überforderte Helfer. Der Mord an Sassen hatte die Atmosphäre weiter vergiftet. Man spürte die Angst der Menschen. Was passierte in ihrer heilen Welt am Bodensee? Waren sie nicht immer so stolz auf ihre Internationalität gewesen? Darauf, dass hier Menschen aus vielen Ländern seit Jahrzehnten friedlich zusammenlebten. Am liebsten hätte Thal Maria gefragt, ob sie als Spanierin jemals angefeindet worden war. Vermutlich nicht, sie sprach wie eine Einheimische. Und Donato?

Quandts Handy klingelte. Während sich die anderen über die Penne al salmone hermachten, starrte er auf das Display.

»Was zum Teufel ...«, murmelte er. Stephanie legte ihre Gabel auf den Teller und beugte sich über das Handy. Ihr Gesicht erstarrte.

»Findet ihr nicht, dass ihr während des Essens die Handys in den Taschen lassen solltet«, sagte Bettina und schüttelte den Kopf.

Wortlos lehnte Quandt sein Smartphone an die Weinflasche. Thal schaute auf und sah die undeutlichen Bilder einer Überwachungskamera.

»Den Link hat mir ein Freund geschickt«, sagte Quandt. »Das Video steht seit ein paar Minuten auf der Internetseite der BCB.«

Das Bild war schwarz-weiß und nicht besonders deutlich. Augenscheinlich handelte es sich um die Überwachungsanlage eines Supermarkts. Ein Mann trat ins Bild. Er drehte sich ein Mal um die eigene Achse. Für eine Sekunde schaute er nach oben. Der Mann war schwarz. Von rechts erschien ein anderer Mann im Bild, der mit einem Stock auf den Schwarzen einschlug, der nach hinten stolperte. Dabei riss er eine Frau zu Boden. Für einen Moment verharrte der Mann, als wollte er der Frau aufhelfen, doch dann rannte er davon.

Als das Video zu Ende war, scrollte Quandt nach unten.

»Hundertacht Kommentare innerhalb von ein paar Minuten«, sagte er. »Und das Video verbreitet sich im Netz wie ein Lauffeuer.«

Thal las die ersten Kommentare. Langsam schob er den Teller zur Seite. Der Appetit war ihm vergangen. Die Hatz hatte begonnen.

Dreißig

»Was für eine Ehre, dass uns einer der besten Kriminalisten dieser Stadt mit seinem Besuch beehrt.«

Der Zynismus triefte geradezu aus Thies Jakobsens Worten, und Bettina hatte Mühe, nicht gegen den Applaus im Saal anbrüllen zu wollen. Sie hatte vergeblich versucht, Thal von einem Besuch der Pressekonferenz der BCB abzubringen. Er hielt es für ihre Pflicht, sich vor Ort über die Planungen der Gruppe zu informieren.

»Wir sitzen auf einem Pulverfass, Bettina. Außerdem wissen wir nicht, welche Rolle Jakobsen beim Mord an Sassen spielt. Da schadet es wohl kaum, wenn wir ihm ein bisschen auf die Füße steigen.«

Im Grunde hatte er recht, aber Bettina hatte geahnt, dass Jakobsen ihren Besuch nutzen würde, um Häme und Spott über sie auszuschütten. Sie fand es ohnehin bemerkenswert, dass die BCB zu einer Pressekonferenz einluden. In ihren Kreisen hatte es sich eingebürgert, die Medien grundsätzlich als ›Lügen- oder Pinocchiopresse‹ zu diffamieren. Jakobsen sah das anders. Er wusste, dass er die veröffentlichte Meinung brauchte. Lokalzeitungen und regionales Radio und Fernsehen waren seine wichtigsten Multiplikatoren. In der Sprache gab er sich deshalb auch gemäßigter als andere ausländerfeindliche Gruppierungen. Er taktierte eher, suchte hin und wieder sogar die Nähe zu den Konservativen in der Kommunalpolitik. Noch hatte der Schulterschluss nicht geklappt, aber Bettina war sich keineswegs sicher, dass er nicht dazu in der Lage war.

Der Raum bot etwa fünfzig Menschen Platz und war zum größten Teil mit Anhängern der BCB besetzt. In der ersten

Reihe saß Nikolas Palme, der zukünftige Leiter der Konstanzer Lokalredaktion des ›Südkurier‹. Er nickte Bettina freundlich lächelnd zu, aber sie erwiderte den Gruß nicht. Sowohl der öffentlich-rechtliche SWR wie der private Regionalfernsehsender hatten ein Team geschickt, dazu kamen zwei Radiosender. Damit waren alle relevanten Medien der Stadt vertreten – und das, obwohl die Pressekonferenz äußerst kurzfristig anberaumt worden war. Soweit war es also schon gekommen. Thies Jakobsen war wichtig genug, dass die Medienvertreter angerannt kamen, wenn er ihnen einen Informationsbrocken hinhielt.

Jakobsen verzichtete auf eine lange Eröffnungsrede und kam schnell zur Sache. »Was viele Bürgerinnen und Bürger am Bodensee schon lange ahnten und wovor wir schon immer warnten, wird jetzt Gewissheit. Die Flüchtlingsflut schwemmt die Kriminalität an den Bodensee.«

Die BCB-Anhänger im Raum klatschten frenetisch.

Bettina atmete tief durch. Sie hatte Mühe, sich zurückzuhalten. Am liebsten wäre sie aufgesprungen und hätte diesen Aufwiegler auf der Bühne gefragt, was ihn antrieb, einen Begriff wie ›Flut‹ mit Menschen in Not in Verbindung zu bringen. Das Vokabular dieses Mannes stammte zu einem großen Teil direkt aus dem Wörterbuch des Unmenschen. Thal legte ihr eine Hand auf den Unterarm und drückte sanft zu.

Jakobsen nickte in alle Richtungen und wartete, bis sich das Publikum beruhigt hatte. Er richtete das Mikrofon, als wollte er sicherstellen, dass jeder seine Ausführungen bestens verstand. »Die Polizei ist seit Monaten untätig.« Er machte eine Pause, von der Bettina wusste, dass sie rhetorisch war. »Oder ist sie möglicherweise unfähig? Die Bewertung überlasse ich Ihnen.«

Wie gerne hätte Bettina Jakobsen sein hämisches Grinsen aus dem Gesicht geschlagen. Kaum hatte sich dieser Gedanke in ihr Hirn geschlichen, schämte sie sich. Derartige Gewaltfantasien gehörten normalerweise nicht zu ihrer Art, mit Andersdenkenden umzugehen.

Der BCB-Vorsitzende schwamm auf der Welle der Zustimmung im Saal. Bettina bemerkte, dass Nikolas Palme sich hilflos umsah. Mit einer Pressekonferenz hatte die Veranstaltung wenig zu tun, vielmehr war es eine Propagandaveranstaltung zur Mobilisierung der Mitglieder. Jakobsen wartete eine Weile, ehe er mit beiden Händen eine beruhigende Geste machte. Sofort trat Ruhe ein. »Seit Wochen marodiert eine Roma-Bande durch die Stadt und stiehlt, was nicht niet- und nagelfest ist. Bulgarische Autodiebe stehlen auf Bestellung vornehmlich teure Luxuswagen. Auch mein Auto fand auf diese Weise einen neuen Besitzer.«

Thal drückte noch einmal Bettinas Arm. »So kann man eine unliebsame Faktenlage umdeuten«, flüsterte er.

Jakobsen hatte sich in Fahrt geredet. »Aber all das, die Einbrüche, Diebstähle und Raubüberfälle sind nur der Anfang. Bald geht es um viel mehr: ums nackte Überleben.«

Als wäre ein Stichwort gefallen, wurden die Verblendungen an den Fenstern wie von Geisterhand nach unten gefahren und eine Leinwand entrollte sich an der Stirnseite des Raums. Bettina ahnte, was gezeigt werden sollte, und sie behielt recht. Das Video aus dem Supermarkt hatte auf der Seite der BCB inzwischen über zweihundert meistens hasserfüllte Kommentare. Es hatte längst seinen Weg in die sozialen Netzwerke gefunden. Via Facebook, Twitter und Co. wurde es tausendfach verbreitet. Bettina spürte eine beginnende Übelkeit wie in der Schwangerschaft. Als die letzten Bilder des Videos auf der Leinwand flackerten, sprach Jakobsen weiter.

»Die Qualität dieses Films ist nicht besonders gut, die Bilder sind leider etwas unscharf. Dafür ist die Botschaft umso klarer. Dieser Mann, den wir auf dem Video sehen und unschwer als Farbigen erkennen können, geht nicht nur in einen Supermarkt, um zu stehlen. Wissen Sie übrigens, was er klauen wollte? Kein Brötchen, weil ihn der Hunger dazu trieb. Keinen Apfel, weil sein Magen knurrte. Nein, liebe Mitbürgerinnen und Mitbürger! Der Herr Asylant stiehlt eine Mango. Und zwar eine der teuersten Sorte. Ein Luxuslebensmittel, das sich die meisten hier im Saal vermutlich nicht leisten könnten.«

Der Aufruhr war zu erwarten. »Pfui«, rief eine Frau, deren Leibesfülle keineswegs auf den Genuss von Obst zurückgeführt werden konnte. »Schmarotzer«, rief ein über Achtzigjähriger. »Raus mit dem Pack!«, schrie ein junger Mann.

Jakobsen hob beide Hände. »Nun gut, in Afrika ist eine Mango vielleicht so etwas wie bei uns ein Apfel. Wollen wir das dem Asylanten zugutehalten. Der Diebstahl, so schlimm er sein mag, ist ohnehin nicht das, weswegen wir hier zusammengekommen sind.«

Jetzt hatte Jakobsen endgültig vergessen, dass er nicht auf einem Montagsspaziergang der BCB redete, sondern auf einer Pressekonferenz, dachte Bettina, aber den Leuten im Saal war das ohnehin egal. In deren Augen schrieb die Lügenpresse doch eh, was sie wollte – nur nicht die Wahrheit.

Jakobsen hatte sich in Rage geredet und machte einfach so weiter. »Dieser Asylant stiehlt nicht nur eine Luxusfrucht, sondern er schlägt eine schwangere deutsche Frau zu Boden, die nichts anderes getan hat, als zufällig dort zu stehen. Sie war einfach nur zur falschen Zeit am falschen Ort.«

Der Tumult steigerte sich noch weiter, aber diesmal griff Jakobsen schnell ein, als hätte er bemerkt, dass er dabei war, den Bogen zu überspannen. »Gott sei Dank haben die werdende Mutter und ihr ungeborenes Kind keine bleibenden Schäden davongetragen. Der Täter aber konnte fliehen. Weit wird er allerdings nicht kommen, denn wir konnten ihn identifizieren.«

Auf der Leinwand erschien das Foto eines jungen Mannes schwarzer Hautfarbe.

»Es handelt sich um den flüchtigen Asylanten Marwan Badawi, der sich unerlaubt aus dem Asylantenheim in Volkmaringen entfernt hat. Dieser Mann ist eine Gefahr für die Öffentlichkeit, für unsere Kinder und für unsere Frauen. Wir müssen ihn finden.«

Die Menschen im Saal sprangen auf und alle schrien durcheinander. Bettina spürte, wie die Angst ihren Rücken hinaufkroch. Der Mob tobte, und sie war sich sicher, dass einige dieser Leute zu allem bereit waren.

Jakobsen nahm einen Stapel Papier in die Hand und stieg vom Podium. »Ich verteile jetzt eine Personenbeschreibung des Marwan Badawi. Ich bin sicher, dass wir ihn finden werden.«

Er reichte die Blätter stapelweise an die um ihn Herumstehenden.

»Bis heute Abend sollten wir ihn aufgespürt haben.«

Applaus brandete auf. Ein Mann mit längeren Haaren hielt einen Stapel mit den Flugblättern in die Höhe und rief: »Und dann gnade ihm Gott!«

Einunddreißig

»Das kann nicht Ihr Ernst sein!« Stephanie stellte die Teetasse schwungvoll auf den Tisch. Es bildete sich eine kleine Lache um die Tasse, durch die sie mit dem Zeigefinger fuhr wie ein Maler mit dem Pinsel durch die Farbe. »Jakobsen hat in seiner Pressekonferenz ganz klar zur Selbstjustiz aufgerufen oder habe ich da irgendetwas nicht richtig verstanden?«

Thal hätte die junge Kollegin am liebsten in den Arm genommen, aber sie saß am anderen Ende des Tisches im großen Besprechungsraum. Schober, Zeitler und die vier Ermittler des KK 1 versuchten seit zehn Minuten, die Lage zu analysieren. Stephanie Bohlmann hatte die Pressekonferenz im Fernsehen verfolgt und war so erregt, dass Thal sich Sorgen machte. Andererseits musste er aufpassen, dass er nicht selbst zu emotional wurde. Manchmal hatte er das Gefühl, sich gegenüber den Kollegen wie ein Vater zu verhalten, der sich schützend vor seine Küken stellt. Dabei waren Bettina, Stephanie und Jonas alles andere als das.

Der Imam hatte einen hochroten Kopf und schaute ständig hilfesuchend zum LKA-Mann Zeitler, der bisher kein Wort gesprochen hatte. Stephanie war noch nicht fertig. »Jakobsens Auftritt war nichts anderes als eine ›öffentliche Aufforderung zu Straftaten‹ und verstößt damit gegen Paragraf 111, Absatz 1 des Strafgesetzbuchs.«

»Und jetzt?« Schober wirbelte auf seinem Drehsessel herum und sprang auf. »Was sollen wir Ihrer Meinung nach jetzt tun? Jakobsen verhaften?«

Stephanie hatte mit diesem Ausbruch nicht gerechnet und hob nur die Schultern.

»Aha, Frau Bohlmann, Sie wissen es also selbst nicht.«

»Vor allem sollten wir alle einen kühlen Kopf behalten.« Zeitler fand es augenscheinlich an der Zeit, sich in das Gespräch einzumischen. Thal musste grinsen, weil Schober die Äußerung des Staatsschützers als direkte Kritik an seinem impulsiven Verhalten deutete und wie ein begossener Pudel mit eingezogenem Kopf zurück zu seinem Schreibtischstuhl schlich. Mit einem kurzen Nicken signalisierte er Zeitler, dass er weitersprechen sollte.

»Jakobsen hat nur gesagt, dass man diesen Marwan Badawi finden muss. Damit hat er recht – schließlich suchen wir ihn auch.«

»Ich glaube, ich spinne«, flüsterte Stephanie. Thal war froh, dass augenscheinlich weder Schober noch Zeitler sie verstanden hatten. Bevor die Situation eskalierte, musste er eingreifen, aber Schober kam ihm zuvor. »Außerdem würde es in der aufgeheizten Stimmung zu weiteren Eskalationen führen, wenn wir gegen die ›Bürger für einen christlichen Bodenseeraum‹ und insbesondere gegen Thies Jakobsen vorgehen. Wir sollten uns besser ruhig verhalten.«

»Das kann nicht Ihr Ernst sein, Herr Kriminaldirektor!« Jetzt konnte sich auch Bettina nicht mehr zurückhalten und Quandt unterstützte sie mit einem lauten »Genau!« Thal wusste, dass Schober große Stücke auf Bettina hielt, deshalb lehnte er sich zurück. Im Gegensatz zu Stephanie würde sie weniger emotional argumentieren. Diesmal aber irrte er sich, denn Bettina beugte sich weit über die Tischplatte und fixierte Schober mit einem eisigen Blick.

»Es ist ein paar Jahrzehnte her, dass Ermittlungsbehörden in Deutschland aus Angst vor braunen Horden auf den Straßen ihre Arbeit nicht konsequent taten. Wir alle wissen, wo das endete.«

Die Ungeheuerlichkeit des in diesem Satz schlummernden Vorwurfs löste eine gespenstische Stille im Raum aus. Es schien, als wagte niemand mehr zu atmen. Bettina legte den Kopf leicht schief. »Ich kann mir nicht vorstellen, dass Sie tatsächlich so denken, Herr Schober.« Ruckartig wandte sie den Blick zu Zeitler, der mit zusammengekniffenen Lippen und gesenktem Kopf einen Kugelschreiber auf der Tischplatte drehte.

Thal räusperte sich. »Ganz ohne Zweifel müssen wir Jakobsen im Auge behalten. Er versucht, sein eigenes Süppchen zu kochen und Stephanie hat völlig recht: Die Verteilung der Steckbriefe könnte man als Verstoß gegen ...«

»Geschenkt!«, rief Schober, dessen Gesichtsfarbe sich wieder normalisiert hatte. »Kommen Sie zur Sache, Thal. Wir haben nicht ewig Zeit.«

»Was unseren Mordfall angeht, wissen wir immer noch zu wenig über das Opfer und auch über Jakobsen. Wir sollten Durchsuchungsbeschlüsse für deren Wohnungen und Büros beantragen.«

»Hausdurchsuchung bei Jakobsen?« Schober drohte schon wieder in Schnappatmung zu verfallen. »Das können Sie vergessen! Und mit welcher Begründung soll der Staatsanwalt bei Sassen zum Richter gehen? Der Mann ist Opfer, nicht Täter!«

»Nun ja«, sagte Thal und versuchte, ein bisschen Zeit zu gewinnen. Er wusste, dass er sich auf äußerst dünnes Eis begab. »Frank Sassen hat Neyla Lado illegal Unterschlupf gewährt.«

»Alexander!« Stephanie schlug mit der Faust auf den Tisch. »Nicht auch noch du!«

Thal winkte ab und schaute Schober fragend an, der langsam mit dem Kopf nickte. »Wenn Sie sich davon Erkenntnisse in der Mordsache versprechen! Ich rede mit dem Staatsanwalt.«

»Perfekt!«, sagte Thal und stand auf. Er wollte diesen Raum mit seiner vergifteten Atmosphäre so schnell wie möglich verlassen. Im Flur wartete er auf Stephanie. »Wir müssen reden. Um acht im Weinwinkel?«

Stephanie nickte stumm.

»Und bring Fridolin mit«, rief Thal ihr hinterher, während er Madlainas Telefonnummer im Adressspeicher suchte.

Zweiunddreißig

Die Kälte verlangsamte jede seiner Bewegungen. Seine Muskeln versagten beinahe ihren Dienst, seine Gelenke knirschten, als wäre er ein alter Mann. Seit Stunden irrte er durch die Stadt, ständig auf der Hut vor Entdeckung. Als er zwei Polizisten begegnete, einem Mann und einer Frau, die mehr durch die Stadt zu schlendern schienen als zu patrouillieren, hätte er beinahe aufgegeben. Die beiden wirkten vertrauenerweckend. Am liebsten hätte er sie angesprochen und ihnen erklärt, wer er war und warum sie ihm helfen mussten. Doch dann kam ihm die Ermahnung des alten Mannes in den Sinn, der als Erster mit ihm gesprochen hatte, als er im Aufnahmelager in Volkmaringen angekommen war. »Verhalte dich unauffällig, mein Sohn«, hatte er gesagt. »Und halte dich an alle Regeln. Die Deutschen mögen keine Menschen, die sich nicht an die Regeln halten. Und wen sie nicht mögen, den schicken sie nach Hause.«

Er hatte gegen eine Regel verstoßen, indem er Volkmaringen verlassen hatte; seine Aufenthaltsgenehmigung galt nur für das Dorf. Welche Strafe stand auf dieses Vergehen? Er wusste es nicht, aber das Risiko war zu groß. Wenn sie ihn dafür ins Gefängnis steckten, wäre das in Ordnung. Deutsche Gefängnisse waren nicht so schlimm, hatte ihm ein Syrer erzählt, an dessen Gesicht er sich nicht mehr erinnern konnte. Umso besser hatte er die Worte des Unbekannten im Gedächtnis behalten: »Jede Zelle in einem deutschen Gefängnis ist besser als ein Palast in Aleppo, auf den vielleicht morgen eine Fassbombe fällt.«

Aber was wäre, wenn sie ihn aus dem Land jagten? Wohin sollte er gehen, wenn er Deutschland verlassen müsste? Nach Hause? Unmöglich. Sein Zuhause existierte nicht mehr, war nichts anderes als eine Steinwüste aus verbrannten Häusern und zerstörten Träumen.

Er musste einen Platz zum Schlafen finden. Die ›Große Mutter‹ war immer noch nicht in ihre Wohnung zurückgekehrt. Es hatte keinen Sinn, dass er es vor morgen früh erneut bei ihr probierte. Vielleicht sollte er wieder zu der Fabrikhalle laufen, in der er die letzte Nacht verbracht hatte. Wenn er sich nur den Weg dorthin gemerkt hätte. Es war in der Nähe des großen Flusses gewesen, der aus dem See herauskam.

Zwei Männer kamen ihm entgegen. Sie trugen rote, spitz nach oben laufende Mützen, an deren Rand rote Lampen an und ausgingen. Sie hielten sich im Arm und wankten. Betrunkenen musst du aus dem Weg gehen, hatte seine Mutter ihm schon als Kind auf den Weg gegeben. Er hatte den Rat zu Hause nie gebraucht. In Deutschland tranken die Menschen viel. Oder hatte das mit dem Fest zu tun, das vor der Tür stand? Er wusste zu wenig über die Bräuche in diesem Land.

Die beiden Männer schwankten von links nach rechts. Sie sangen ein Lied, das er in der letzten Zeit ein paar Mal gehört hatte. Er kannte die Melodie nicht und vom Text verstand er kein Wort. Er drückte sich in einen Hauseingang und hielt die Luft an. Die Männer hatten ihn nicht gesehen und gingen vorbei. Er wartete eine Minute, bis er sein Versteck verließ. Er stellte sich für ein paar Sekunden mitten auf den Bürgersteig und versuchte, den Wind zu spüren. Vielleicht gelang es ihm, das Wasser des Flusses zu riechen und den Weg zur Fabrikhalle zu finden. Es fiel ihm schwer, die Gerüche der Stadt zu interpretieren. Lange durfte er nicht stehen bleiben, er musste sich bewegen, sonst fror er noch mehr. Langsam schlurfte er in die vor Minuten eingeschlagene Richtung, von der er nicht wusste, wohin sie ihn führte.

An einem Laternenpfahl sah er einen Zettel, der sich leicht im Wind bewegt. Es sah aus wie eine Bekanntmachung, die man ihrer Bedeutung wegen schnell unters Volk bringen musste und deshalb nur eilig mit Klebeband befestigt hatte.

Marwan wusste nicht, warum er seinen geraden Weg verließ und nach links auf den Pfahl mit dem Zettel zutrat. War es die Tatsache, dass er schon von Weitem erkannt hatte, dass ein Drittel des Zettels von einem Foto bedeckt war? Bilder waren in dieser fremden Welt seine wichtigste Orientierung.

Seltsamerweise blieb er ruhig, als er sich selbst auf dem Foto erkannte. Es war die Aufnahme, die sie für die vorläufigen Papiere im Lager gemacht hatten. Ein Fremder mochte denken, dass Marwan Badawi auf diesem Foto traurig schaute. Er aber wusste, dass es in einem der glücklichsten Momente seines Lebens entstanden war. Er war nur zu müde, um den Mund zu einem Lächeln zu bewegen.

Unter dem Foto standen mehrere Zeilen mit Wörtern, die er nicht lesen konnte. Dann entdeckte er seinen Namen. Vorsichtig fuhr er mit den Fingern über die beiden Wörter, als könnte er sie damit ausradieren. Er ließ den Blick nach unten schweifen. Mit einem Stift mit dickem, feuerrotem Strich hatte jemand etwas hinzugesetzt. Im ersten Moment glaubte er, dass ihm seine übermüdeten und erschöpften Sinne einen Streich spielten. Er schloss für einen Moment die Augen, doch als er sie wieder öffnete, schienen die Buchstaben noch feuriger zu leuchten. Es kam ihm vor, als hätte jemand die drei Wörter nur für ihn geschrieben. ›Dead or alive!‹

Dreiunddreißig

»Du siehst müde aus, mein Lieber.«

Madlaina legte Thal beide Hände auf die Wangen und drückte sanft zu. Sie war direkt aus dem Probenkeller in den ›Weinwinkel‹ gekommen und strahlte wie immer, wenn der hämmernde Sound der Rockmusik ihren Körper auf Touren gebracht hatte. Die ›Olsenbande‹ würde in drei Wochen wieder auf Tour gehen und die Vorbereitungen liefen auf Hochtouren. Niemand, die Musiker selbst am wenigsten, hätte damit gerechnet, dass die Band so erfolgreich werden würde. Inzwischen spielten sie in großen Sälen vor mehreren Tausend Zuhörern und fast alle Konzerte waren ausverkauft.

Madlaina trug wie immer einen kurzen Rock, diesmal mit einer blickdichten, schwarzen Strumpfhose, dazu Stiefel mit hohem Schaft und ebensolchen Absätzen. Das Oberteil betonte ihre weibliche Figur, die langen, pechschwarzen Haare fielen sanft auf ihre Schultern. Thal genoss es noch immer, dass die Männer sich sofort umdrehten, wenn seine Freundin den Raum betrat. Auch jetzt glotzten einige Augenpaare sie begierig an.

Sie setzten sich an einen freien Tisch im hinteren Teil des Lokals, das für einen Montag ordentlich besucht war. Clara Hämmerle, die resolute Wirtin, hatte es geschafft, ihre Weinstube als Institution für die Einheimischen zu bewahren und vor einfallenden Touristenhorden und Schweizer Schnäppchenjägern zu schützen. »Wie immer?«, fragte sie von der Theke aus. Madlaina und Thal nickten.

»Ist es diesmal so schlimm?«, fragte Madlaina. Thal wusste im ersten Augenblick nicht, was er auf die Frage antworten sollte. War dieser Fall härter als die anderen der letzten Jahre? Nein, nicht was die Tat an sich anging. »Der Hass ist es, der mich so fertig macht. Und die Angst, was passieren könnte.«

Clara brachte die Getränke, als Stephanie und Fridolin die Weinstube betraten. Thal ertappte sich dabei, dass er die Reaktion der anderen Gäste auf den Farbigen beobachtete. Nichts. Niemand schaute auf oder machte eine abfällige Handbewegung, geschweige denn eine Bemerkung. Er konnte sich entspannen. Stephanie allerdings war immer noch auf hundertachtzig.

»Was sollte das vorhin, Alexander? Musstest du dem Imam derart in den Hintern kriechen?«

»Nun mach mal halblang, Stephanie!«

»Ist doch wahr«, sagte sie und zog einen Schmollmund, was sie sonst niemals tat. Thal nahm es als eine Art Friedensangebot. »Wir dürfen uns nicht von Jakobsen und seinem wild gewordenen Haufen besorgter Bürger die Ermittlungen diktieren lassen.«

»Aber das kann doch nicht bedeuten, dass wir sie einfach so gewähren lassen.«

Clara brachte eine Apfelschorle für Fridolin und eine Weinschorle für Stephanie. »Redet Ihr euch etwa auch die Köpfe über diese BCB hciß?«

»Waren wir so laut?«, fragte Thal besorgt.

»Nein, aber man muss nur sehen, wie verkniffen ihr seid.«

Die Wirtin drehte sich um und ging zurück zur Theke. Über die Schulter fügte sie hinzu: »Wir sollten aufpassen, dass wir diese Typen nicht durch zu viel Aufmerksamkeit aufwerten.«

Fridolin nahm seine Saftschorle und prostete den anderen zu. »Ich finde, sie hat recht. Jakobsen giert nach Öffentlichkeit. Dummerweise bekommt er sie auch, weil das Flüchtlingsthema nun mal alles andere überschattet. Ich denke oft, es wäre besser, wir würden die Scheinwerfer von ihren Montagsspaziergängen abziehen. Lasst sie doch im Dunkeln um den See laufen.«

Madlaina ließ ihr tiefes, gutturales Lachen hören. »Wunderbar, Fridolin. Die Pegidioten stehen für Dunkeldeutschland – und da gehören sie auch hin.«

Schweigend nippten sie an ihren Gläsern, bis Stephanie Thal die Hand entgegenstreckte. »Okay, Chef! Frieden?«

Thal lachte und schlug ein. »Frieden!«

»Dann kannst du uns jetzt vielleicht erklären, warum du einen Durchsuchungsbeschluss für Sassens Wohnung haben willst?«

Thal hatte mit der Frage die ganze Zeit gerechnet und doch keine Antwort parat. Er holte tief Luft, eher er eine Erklärung versuchte.

»Es ist eher ein Gefühl, ich kann euch nicht sagen, worin es genau begründet liegt.«

Madlaina und Stephanie schauten ihn überrascht an, während Fridolin sich entspannt zurücklehnte. Thal wusste, was die beiden Frauen verwirrte. Normalerweise war die Intuition ihr Part bei Ermittlungen, während er auf Fakten bestand, bevor er eine Theorie überhaupt in Erwägung zog. Thal lächelte. »Wie ihr seht, kann man selbst in meinem hohen Alter noch was lernen.«

Madlaina beugte sich vor und gab ihm einen Kuss auf die Wange.

»Ich will auch«, sagte Stephanie und hielt Fridolin ihren gespitzten Mund entgegen, der sich nicht zweimal bitten ließ.

»Dass ich euch dermaßen überwältige, hätte ich nicht gedacht«, sagte Thal lachend. »Im Grunde genommen treten wir doch im Mordfall Sassen noch immer auf der Stelle. Wir wissen nur, dass er seit Jahren eine heimliche Beziehung zu Neyla Lado unterhielt.«

»Und die ihm verdankt, dass sie nicht längst abgeschoben wurde«, ergänzte Stephanie.

Thal nickte. »Wer sagt uns denn, dass Neyla die Einzige ist.«

»Du meinst ...?« Obwohl dieser Gedanke nicht neu war, schien Stephanie sichtlich entsetzt.

»Wer weiß? Vielleicht gibt es ja noch mehr Menschen, denen er Schutz gewährt. Damit hätte er sich angreifbar gemacht.«

»Hhm ...« Madlaina trank einen Schluck Rotwein. »Könnte es nicht auch ganz anders sein? Sassen hat sich intensiv um die Lage der Flüchtlinge am Bodensee gekümmert und ist ständig mit Jakobsen und seinen ›Bürgern‹ aneinandergeraten. Vielleicht ist er irgendeiner krummen Sache auf die Spur gekommen.«

Thal lächelte Madlaina an und schnippte mit zwei Fingern der rechten Hand. Ihre Profiler-Ausbildung beim FBI hat ihre Instinkte bemerkenswert entwickelt, sie sprach oft aus, was bei ihm erst ein diffuser Gedanke in einer hinteren Hirnwindung war.

»Genau das meine ich. Es muss irgendetwas geben, das zum Motiv für Frank Sassens Ermordung taugt. Vielleicht finden wir das in Sassens Wohnung. Ich wüsste jedenfalls nicht, wo wir sonst suchen sollten.«

»Bei Jakobsen zum Beispiel«, sagte Stephanie mehr zu sich selbst als in die Runde.

»Du hast Schober gehört. Er wird uns keinen Durchsuchungsbeschluss für dessen Wohnung besorgen. Also fangen wir morgen bei Sassen an.«

Stephanie wollte etwas erwidern, aber Thals Handy klingelte. Die Nummer auf dem Display war ihm unbekannt, deshalb meldete er sich mit Namen und Dienstgrad.

»Warum so förmlich, Paps?«

Thal wusste nicht, was er antworten sollte. Sein Sohn räusperte sich. »Wir müssen reden. Sofort.«

Vierunddreißig

Thal schaute auf den Heizungsthermostat und wunderte sich, dass er wie gewöhnlich auf zweiundzwanzig Grad eingestellt war. Es schien ihm deutlich kühler in der Wohnung zu sein und ihn fröstelte.

Tobias hatte bereits vor der Haustür gewartet, dabei war der Weg vom ›Weinwinkel‹ in die Schreibergasse nur kurz. Madlaina hatte sich sofort ins Schlafzimmer zurückgezogen und die beiden Männer allein gelassen. Tobias saß auf der Couch, während Thal im breiten Ledersessel am Fenster Platz genommen hatte. Sein Sohn hatte das Angebot zum erstklassigen Malt Whisky abgelehnt und trank nur Wasser. Er selbst hatte sich einen großzügigen Lagavulin der ›Destillers Edition 1998‹ eingeschenkt und schwenkte die goldgelbe Flüssigkeit im Glas. Er hatte Tobias seit Monaten nicht gesehen. Der Junge hatte etwas zugenommen, was ihm gut stand. Sein Haar schien Thal kürzer geschnitten, aber er konnte sich auch irren.

»Und?«, fragte er. »Was treibt dich aus der Hauptstadt in die Provinz?«

»Ich möchte mal wieder meine Tochter sehen«, sagte Tobias und schaute seinen Vater mit einem leicht schiefen Lächeln an. »Kannst du mir sagen, was mit Bettina los ist?«

Thal hatte keinen blassen Schimmer, worauf Tobias hinauswollte. »Was soll mit ihr sein?«

»Als ich sie vorhin anrief, ging eine fremde Frau ans Telefon.«

Thal lächelte und trank einen Schluck. Bettina ließ ihren Ex so gut wie nicht an ihrem Leben teilhaben. Als Thal sie vor ein paar Wochen darauf angesprochen hatte, meinte sie lapidar: »Tobias hat seine Chance gehabt und verspielt. Heute geht ihn mein Leben einen feuchten Kehricht an.«

Tobias war ungeduldig. »Was ist los, Paps?«

»Gar nichts«, antwortete Thal. »Du hast mit Pranom geredet, dem Kindermädchen.«

Tobias schüttelte energisch den Kopf. »Ich kenne Pranom, das war sie nicht.«

Thal versuchte, seine Überraschung zu verbergen. Wann hatte sein Sohn mit Bettinas Nanny geredet? Er unterdrückte den Impuls, ihn zu fragen, ob er hinter dem Rücken seiner Exfreundin spionierte? »Wahrscheinlich hatte Bettina Besuch. Im Gegensatz zu dir ist sie ein soziales Wesen.«

Am liebsten hätte er sich für diesen Satz geohrfeigt. Endlich tauchte sein Sohn aus der Versenkung auf, und er hatte nichts Besseres zu tun, als ihn zu beschimpfen. So sanft wie möglich sagte er: »Mach dir keine Sorgen, Bettina geht es gut. Und der kleinen Leah auch.«

»Und warum war sie dann so panisch, als ich sie endlich am Telefon hatte?«

»Was soll das heißen?« Thal stellte das Glas auf den niedrigen Rauchglastisch und beugte sich vor.

»Das frage ich dich, Paps. Sie wollte auf keinen Fall, dass ich sie besuche. Es klang, als würde sie jemand unter Druck setzen.«

Thal lehnte sich zurück. Er war zwar nicht beruhigt, vermutete aber, dass Tobias Bettinas Ablehnung missverstand. »Wenn du mir endlich sagen würdest, warum ihr euch getrennt habt, könnte ich dir auch besser helfen.«

Tobias lachte kurz auf. »Du weißt genau, was der Grund war. Ich wollte weg aus Konstanz und hatte das Angebot aus Berlin. Bettina krallte sich hier fest, als wäre es ihr Untergang, den Bodensee zu verlassen. Am Ende passten unsere Lebensplanungen einfach nicht zusammen.«

»Und das Kind?«, fragte Thal.

»Ist bei der Mutter gut aufgehoben. Zumindest dachte ich das bis vorhin.«

»Machst du es dir nicht ein bisschen einfach?«

Tobias schlug ein Bein über das andere und blickte nach oben. »Du weißt, dass ich allen Verpflichtungen nachkomme. Wenn die Kleine älter ist, werden Bettina und ich eine Besuchsregelung treffen, im Moment reicht es, wenn ich einmal im Monat an den See komme.«

Thal nahm das Glas vom Tisch und trank. Er hatte das Gefühl, das alles gesagt war.

»Sag mal, Paps, was ist da eigentlich in Volkmaringen los? Seit wann brennen auch hier die Flüchtlingsheime?«

»Nun mach mal halblang«, sagte Thal. »Erstens brennen hier keine Heime und zweitens ist das eine laufende Ermittlung. Du weißt, was das heißt.«

»Ach komm!« Tobias lehnte sich zurück und grinste. »Du willst doch bestimmt, dass du morgen in der Hauptstadtpresse gut wegkommst.«

»Ihr wollt über uns berichten?«

»Na klar, was glaubst du ...«

Thal schnaubte laut auf. »Weshalb du hier bist?«

Tobias hob die Hand. »Gut, du hast mich durchschaut. Ich wollte das Dienstliche mit dem Privaten verbinden und nach meiner Tochter schauen.«

»Und deinen Vater aushorchen, damit du morgen in deinem Drecksblatt mit den großen Buchstaben eine Exklusivgeschichte bringen kannst.«

Thal stellte das Glas so hart auf den Tisch, dass er fürchtete, einen Kratzer in die Rauchglasscheibe gemacht zu haben. Er stand auf und ging zur Tür. Es gab nichts mehr zu reden.

Dienstag

Fünfunddreißig

»Das ging flott!« Jonas wedelte mit einem weißen Blatt Papier, durch das man ein Dienstsiegel durchscheinen sah. »Der Imam hat sich diesmal selbst übertroffen. So schnell hatten wir selten einen Durchsuchungsbeschluss.«

»Wohnung und Büro?«, fragte Thal.

Quandt schaute kurz auf das Blatt und nickte. »Ja, für beides.«

»Gut!« Thal stand auf und öffnete den Garderobenschrank, um seinen Mantel herauszunehmen. »Jonas und Stephanie, ihr nehmt euch Sassens Büro vor. Dreht alles auf links. Bettina und ich fahren zu seiner Wohnung. Am besten teilt Grendel sein Team auf, wir brauchen ihn an beiden Orten.«

Fünf Minuten später steuerte Bettina den Wagen auf der Reichenaustraße Richtung Hegau.

»Mit meiner Enkelin alles in Ordnung?«

»Klar«, antwortete Bettina und Thal bemerkte ihr spöttisches Lächeln.

»Wer ist bei ihr?«

»Na wer wohl? Pranom natürlich.«

Thal hatte am Morgen mit Madlaina darüber gesprochen, ob er Bettina auf Tobias' Besuch und seine Andeutung über die fremde Frau am Telefon ansprechen sollte. »Frag sie einfach!«, hatte Madlaina gesagt, aber er war sich nicht sicher, ob das tatsächlich richtig war. Bettina ließ sich nicht gerne in ihr Privatleben hineinreden, und er wusste, dass er auf einem sehr schmalen Grad zwischen Kollege und Freund balancierte.

»Tobias war gestern Abend bei mir«, sagte er schließlich doch.

Ein leichtes Zucken um Bettinas Mundwinkel verriet ihre Überraschung. »Du wusstest ja, dass er in der Stadt ist.«

Bettina nickte. »Er hat mich angerufen.«

»Und? Alles okay zwischen euch beiden?«

»Okay würde ich es nicht nennen«, brummte Bettina und trommelte mit zwei Fingern jeder Hand auf dem Lenkrad herum.

»Was ist los?«

»Nichts, worüber sich zu reden lohnt.«

Thal wusste, dass Bettina das Gespräch über dieses Thema damit beendet hatte. Es hatte keinen Sinn nachzubohren. Das Einzige, was er damit erreichen würde, wäre ein Arbeitstag in einem miesen Klima.

So verbrachten sie die Fahrt mehr oder weniger schweigend, sah man von Bettinas Flüchen ab über Sonntagsfahrer und Schweizer, die ihren Führerschein grundsätzlich in der Lotterie gewonnen hatten.

Vor Sassens Haus hatte bereits Grendel seinen Wagen geparkt und wartete auf die Kollegen mit dem Durchsuchungsbeschluss.

»Bist du geflogen, Hartmut?«

»Schleichwege«, murmelte der Techniker, der augenscheinlich nicht bester Laune war.

Hertha Sassen öffnete ihnen erst nach mehrmaligem Klingeln. Sie trug ein schwarzes Kostüm, ihre Augen waren blutunterlaufen. Als Thal ihr den Durchsuchungsbeschluss überreichte, schüttelte sie den Kopf und bewegte sich keinen Zentimeter zur Seite, um die Ermittler einzulassen.

»Sind denn alle verrückt geworden?«, fragte sie mit einem deutlich wahrnehmbaren Zittern in der Stimme. »Es kann nicht anders sein! Alle sind verrückt!«

»Frau Sassen, bitte lassen Sie uns in die Wohnung.«

Thal legte ihr vorsichtig die Hand auf den Oberarm und schob sie sanft nach hinten. »Wir suchen nach Indizien, die uns zum Mörder ihres Mannes führen.«

Hertha Sassen trat zwei Schritte zurück und verschränkte die Arme. »Fragen Sie doch dieses Flittchen.« Ein Spuckeregen ergoss sich auf den blank gewienerten Fußboden. »Dieses Weib, mit der er vier Bälger hat.«

Der Hass der unfruchtbaren Frau auf die Mutter, dachte Thal und ärgerte sich über diesen Gedanken. Wer war er, dass er sie verurteilte? Sie hatte nicht nur den Tod ihres Mannes zu verkraften, sondern auch den emotionalen Untergang ihrer Ehe. anders konnte man es nicht nennen, wenn ihr Mann seit zehn Jahren ein Doppelleben führte.

Grendel zwängte sich an ihm und der Hausherrin vorbei.

»Wo finde ich den Computer Ihres Mannes, Frau Sassen?«

Sie hob ruckartig den Kopf, als wäre sie aus einer Trance erwacht. »Im Arbeitszimmer. Die Treppe rauf und dann links.«

Als würde sie sich plötzlich ihrer Rolle als Gastgeberin bewusst, führte sie Berg und Thal ins Wohnzimmer. »Tee? Kaffee?«

Beide baten um ein Glas Wasser, das sie umgehend aus der Küche holte. Thal wäre es am liebsten gewesen, sie hätten Hertha Sassen aus dem Haus komplimentieren können. Eine Hausdurchsuchung war in jedem Fall eine unangenehme Situation, für Frau Sassen musste es eine Tortur sein. Lag ihr überhaupt noch etwas daran, dass der Mörder ihres Mannes gefunden wurde? Sie hatten sie von Frank Sassens Beziehung mit Neyla Lado und der Tatsache, dass er mit dieser Frau sogar Kinder hatte, in Kenntnis setzen müssen. War sie derart verletzt, dass sie an nichts anderes denken konnte und ihr die Aufklärung des Verbrechens gleichgültig war?

»Sie müssen nicht hier bleiben, Frau Sassen. Wenn Sie etwas zu erledigen haben ...«

»Ich war heute Morgen schon einkaufen.« Sie ließ sich in das Sofa rechts von Thal fallen. »Habe sogar in der Bäckerei Kuchen gekauft.« Sie stierte auf den Fußboden. »Möchten Sie Kuchen, Herr Kommissar?«

Thal schwieg, Hertha Sassen hatte keine Antwort erwartet. »Vor der Tür der Bäckerei standen zwei Männer. Groß und ganz in Schwarz. Sie waren von diesen ›Bürgern für irgendwas‹. Sie wissen schon, diesen Idioten, die glauben, dass die Flüchtlinge uns allen die Arbeit und die Frauen wegnehmen.«

Sie machte eine Pause, und Thal glaubte für einen Moment, dass sie die Ironie in ihren Worten erkannte, schließlich war es eine Flüchtlingsfrau, die ihr den Mann ausgespannt hatte. Er hatte sich getäuscht, denn sie hob langsam den Kopf und schaute ihn an. Ihr Blick schien ihm noch trauriger als zuvor.

»Angeblich müssen sie uns Frauen vor dem Monster schützen.« Sie schluckte und Thal konnte förmlich den Kloß sehen, der sich in ihrer Kehle löste. »Sie haben doch davon gehört, oder? Von dem Mann, der geflohen ist, als sie das Flüchtlingsheim angegriffen haben. Jetzt veranstalten sie eine Hetzjagd auf ihn.«

Hertha Sassen sank immer mehr in sich zusammen. Sie neigte den Kopf nach unten und flüsterte: »Sie sind alle verrückt geworden. Ausnahmslos.«

Thal bedeutete Bettina, mit der Durchsuchung im Erdgeschoss zu beginnen. Sie ging zur Eingangstür, um die uniformierten Beamten hereinzulassen, die sie zur Verstärkung angefordert hatten. Er selbst stieg die Treppe hinauf. Aus dem Arbeitszimmer kam ihm Grendel entgegen. »Wir sind fertig.« Er trug einen PC unter dem Arm.

»Wie lange braucht ihr?«, fragte Thal.

»Kommt drauf an«, antwortete der Techniker.

Thal nickte stumm. Natürlich. Es kam immer darauf an.

Sechsunddreißig

Vorsichtig stieg er die Treppe hinauf. Zum wievielten Male klingelte er an dieser Tür? Er betete, dass er dieses Mal Glück hatte. Bitte habe ein Einsehen, Gott! Lass die ›Große Mutter‹ dieses Mal zu Hause sein. Er hörte sein Herz schlagen. Die wenigen Treppen hatten ihn bereits erschöpft. Er hatte kaum Schlaf gefunden in der Nacht. Nachdem er den Steckbrief gelesen hatte, wollte er nicht mehr durch die Stadt laufen auf der Suche nach der Fabrikhalle. Er hatte sich umgesehen und die Einfahrt in einen Hinterhof entdeckt, in den er mehr gestolpert als gegangen war. In einer Ecke befand sich ein Blechschuppen. Die Tür war nicht verschlossen und er schlüpfte hinein. Im Inneren roch es muffig und die Feuchtigkeit schien ihm schlimmer als im Freien. Aber immerhin hatte er ein Dach über dem Kopf und war vor neugierigen Blicken geschützt.

Er hatte den Text auf dem Steckbrief nicht entschlüsseln können, vielleicht hatten sie ein Kopfgeld auf ihn ausgesetzt. So hätten sie es in seiner Heimat gemacht und manchmal dachte er, dass die Deutschen seinen Landsleuten sehr ähnlich waren. Auch im Sudan hängte man Steckbriefe an Laternenpfähle. Ohne Kopfgeld hätte dort niemand einen Gesuchten verraten. War das in Deutschland anders? Er hoffte es, aber konnte er sich darauf verlassen? Nein, es war besser, aus der Öffentlichkeit zu verschwinden. So hockte er die ganze Nacht zwischen einem schmutzigen Rasenmäher, Säcken für Laub und zusammengeklappten Tischen aus abgewetztem Plastik und versuchte, wenigstens ein paar Minuten Schlaf zu finden. Gelegentlich schreckte er auf, weil ein Nachtschwärmer nach Hause kam oder zwei Kater lautstark einen Revierkampf ausfochten.

Am Morgen hatte er gewartet, bis die meisten Menschen das Haus verlassen hatten, um zur Arbeit zu gehen. Als die Luft rein war, öffnete er die Tür einen winzigen Spalt und schlängelte sich hinaus. Er hatte drei Schritte gemacht, als er den Mann im grauen Kittel sah, der bei den Mülleimern stand und ihn anstarrte. Bloß nichts sagen, dachte er und trat bedächtig auf die Straße, als wäre er zu Besuch in Khartum und schlenderte über die Nile Street.

Jetzt war er hier und verzweifelte, weil er wieder kein Geräusch aus der Wohnung der ›Großen Mutter‹ hörte. Warum war sie niemals zu Hause? Das konnte nicht sein. Alle hatten sie ihm gesagt, dass man sich auf die ›Große Mutter‹ verlassen könnte. Sie hätte Beziehungen, hatte er immer wieder gehört. Ganz nach oben. In die Politik, die deutsche Politik.

Er lehnte die Stirn an die Tür und hielt einen Finger auf den Klingelknopf.

»Hey!«

Marwan wirbelte auf dem Absatz herum. Die zweite Tür auf der Etage war halb geöffnet und ein glatzköpfiger Mann starrte ihn an.

»Hey! You!«

Marwan hatte das Gefühl, gelähmt zu sein. Sein Geist wollte fliehen, nur weg von hier. Sein Körper aber weigerte sich, war zu müde, auch nur einen Schritt zu tun.

»You waiting for black woman?«

Wen meinte der Glatzkopf mit den winzigen, kugelrunden Augen in einem ebenso runden Kopf mit ›schwarzer Frau‹? Die ›Große Mutter‹? Kannte er sie etwa? Marwan lehnte sich an die Wand und nickte stumm.

»Woman not home«, sagte der Mann und öffnete die Tür vollständig. Er war klein, reichte Marwan gerade bis zur Schulter. Er trug einen hellblauen Anzug, wie ihn die Fußballspieler trugen, wenn sie nach dem Training in der Teestube saßen und mit den Mädchen flirteten. Der Stoff knisterte und Marwan glaubte, die Blitze zu erkennen, mit denen sich die Energie entlud.

»Waiting hier.« Der Zwerg drückte die Tür noch weiter auf, trat zur Seite und deutete mit der Hand in seine Wohnung.

Marwan starrte den Mann an. Lud er ihn tatsächlich in seine Wohnung ein?

»Come!«, sagte der Mann. »Drink Coffee. Tea.«

Marwan schloss die Augen. Am liebsten hätte er sich auf den Boden gesetzt und nichts getan. Sollte er die Einladung des Mannes annehmen? Konnte er sie überhaupt abschlagen? Zu Hause wäre es undenkbar, Nein zu sagen. Aber hier? Was tat man in Deutschland, wenn einem ein Fremder Kaffee oder Tee anbot? Er musste eine Entscheidung treffen und wusste gleichzeitig, dass er keine Wahl hatte. Er stieß sich langsam von der Wand ab und ging auf den Mann zu.

»Thank you«, sagte er und verbeugte sich. Der Mann machte einen Schritt zur Seite, als wollte er ihm auf keinen Fall zu nahe kommen. Marwan legte sich die Hand auf die Brust und verbeugte sich erneut. »Marwan Badawi«, sagte er und schaute den Mann an. Er bemühte sich um ein Lächeln, auch wenn die Angst seine Mundwinkel zu lähmen schien. Der Mann streckte ihm die Hand entgegen. »My name Egon. Egon Ginter.«

Marwan ergriff die Hand und drückte sie. Für einen Moment wollte er sie sich an die Stirn drücken, wie man es mit höhergestellten Personen tat, aber irgendetwas hielt ihn davon ab.

»Come in«, sagte Egon und Marwan betrat die Wohnung. Es kam ihm vor, als ginge er geradewegs in die Wüste. Eine Welle heißer Luft schlug ihm entgegen, durchsetzt mit süßsauren Gerüchen, die er nicht definieren konnte. Im ersten Moment fürchtete er, dass ihm übel wurde und er sich übergeben müsste, aber das legte sich.

»Coffee«?, fragte Egon. Marwan schüttelte den Kopf.

»Tea?«

Er nickte und bedankte sich.

Egon ging in die Küche und Marwan folgte. Auf dem Herd standen drei Töpfe, im Spülstein stapelte sich das Geschirr. Der Tisch war mit alten Zeitungen bedeckt, darauf Tassen und Teller, die allesamt schmutzig waren.

Egon nahm eine Tasse aus der Spüle und wusch sie unter fließendem Wasser aus. Er befüllte den Wasserkessel und räumte eine Herdplatte frei. Es dauerte mehrere Minuten, bis er in dem Durcheinander in seinem Schrank einen kleinen, verschmutzten Karton gefunden hatte, aus dem er einen Teebeutel zog, den er in den Becher warf. Noch länger ging es, bis das Teewasser endlich kochte und Egon den Tee aufgoss. Die ganze Zeit radebrechte er in einer Sprache, die er selbst vermutlich für Englisch hielt, die Marwan aber kaum verstand. Zuerst dachte er, es läge daran, dass er selbst nicht besonders gut Englisch sprach, doch bald merkte er, dass der Deutsche lediglich Wörter aneinanderreihte, ohne dass sie in dieser Zusammenstellung einen Sinn ergaben. Augenscheinlich konnte Egon nicht schweigen, eine Eigenschaft, die viele in diesem Land zu haben schienen. Fast nirgendwo fand man wirklich Ruhe.

Marwan nahm den Becher und wartete, bis der Tee lange genug gezogen hatte.

»Sugar?«, fragte Egon. Marwan hätte gerne genickt, denn er liebte seinen Tee süß. Stattdessen schüttelte der den Kopf, weil er keine weitere Suchaktion provozieren wollte.

»Come. Sitting!« Egon ging voraus und Marwan folgte ihm über den Flur. Egon öffnete eine Tür. Marwan hielt den Atem an. So etwas hatte er noch nie gesehen.

Siebenunddreißig

»Die haben wirklich nicht mehr alle Tassen im Schrank!«

Bettina ließ sich in den Stuhl direkt am Fenster fallen. Als hätte sie einen Gewaltmarsch hinter sich, schob sie sich die Pumps von den Füßen. Der kleine Besprechungsraum des KK 1 war so etwas wie ein WG-Wohnzimmer, in dem sie sich gehen lassen konnte.

»Ich wollte mir nur was Süßes kaufen und deshalb haben wir an der Bäckerei in Volkmaringen gehalten. Hertha Sassen hatte schon davon erzählt, aber wenn ich es nicht mit eigenen Augen gesehen hätte ...« Sie massierte einen Fuß mit dem anderen. »Da standen wirklich zwei Typen in schwarzen Klamotten und quatschten jeden an, der den Laden betreten wollte. Sie hielten mir diesen Steckbrief unter die Nase und fragten mich, ob ich den Mann gesehen hätte. Ich sollte bloß vorsichtig sein, Frauen seien im Ort nicht mehr sicher. Als ich fragte, warum, schauten sie mich ungläubig an. ›Hunderte ausgehungerter junger Männer‹, raunte mir der eine zu. ›Sie verstehen ja wohl, was ich meine‹.«

»Und?«, fragte Stephanie. »Was hast du gemacht?«

»Was sollte ich schon tun? Am liebsten hätte ich dem Kerl eine gescheuert, aber ich war sogar zu perplex, um ihm wenigstens verbal eine zu verpassen.«

»Die braune Brut glaubt, dass sie Oberwasser hat«, sagte Jonas und legte sein Tablet auf den Tisch. »Ist ja auch kein Wunder, so wie sie von der Presse hofiert werden. Gestern sind ganze zweihundert Leute am See entlang spaziert und was macht der ›Südkurier‹? Bringt es als Aufmachergeschichte im Lokalteil.«

»Genug der Aufregung über unsere besorgten Mitbürger«, sagte Thal. »Kommen wir lieber zu den Ergebnissen der Hausdurchsuchung.«

Stephanie nahm einen dünnen Schnellhefter zur Hand und blätterte darin herum. »Im Büro hatten wir nicht allzu viel Glück. Am interessantesten waren noch die Steuerunterlagen, aber soweit man das nach der ersten groben Durchsicht sagen kann, scheint alles in Ordnung und unverdächtig zu sein.«

»Bemerkenswert ist nur, dass Sassen recht hohe Summen spendete. Das meiste Geld floss an die ›Flüchtlingshilfe‹ und an die ›Unabhängige Wählergemeinschaft‹, allerdings wurden auch noch zwanzig andere Hilfsorganisationen und soziale Einrichtungen bedacht.«

»Er war ein guter Mensch«, murmelte Thal.

»In der Tat«, sagte Jonas, »allerdings muss man sich so ein soziales Engagement auch erst mal leisten können. Und Sassen konnte.«

»Die Firma lief gut?«, fragte Bettina und schlüpfte wieder in ihre Schuhe.

»Kann man so sagen. Die Aufträge sprudelten reichlich, viele kamen von öffentlichen Stellen, aber er war davon nicht abhängig.«

»Und was hast du auf dem Computer aus der Wohnung gefunden, Hartmut?«

»Verträge«, sagte der Techniker.

»Soll heißen?«, fragte Thal, der schon jetzt genervt klang und dabei hatte Grendel sein gefürchtetes Rätselspiel, mit dem er die Nerven der Kollegen traktierte, noch gar nicht begonnen.

»Vor allem Mietverträge.«

»Häuser oder Wohnungen?« Bettina grinste über Thals Versuch, Grendel durch Rumpfsätze zu schnelleren Antworten zu bewegen.

»Sowohl als auch, aber nicht nur.«

Thal ließ den Kopf theatralisch nach hinten fallen, als gäbe er sich geschlagen und böte dem Sieger seine Kehle dar. Bettina klopfte Grendel auf den Arm. »Nun mach schon, Hartmut. Du siehst doch, dass Alexander kurz vor einem Nervenzusammenbruch steht.«

»Nun gut«, seufzte Grendel, »dafür will ich nicht verantwortlich sein. Auf dem Rechner fanden sich Scans von zahlreichen Wohnungsmietverträgen, aber auch über die Anmietung von Fahrzeugen.«

»Alle auf Sassens Namen?«, fragte Jonas.

»Kein einziger«, antwortete Grendel und reichte ihm ein Blatt Papier. »Ich habe euch die Namen aufgelistet. Ad hoc konnten wir damit nichts anfangen, zumindest ist keiner dieser Namen bei uns aktenkundig. Das will allerdings nichts heißen, ihr wisst ja, dass ältere Fälle nicht digital erfasst sind, und bis man im Archiv eine Auskunft bekommt …«

Thal war weiß Gott kein Freund der Computerisierung aller Lebensbereiche, aber dass der Fortschritt im Präsidium eine Schnecke war, ging selbst ihm auf die Nerven. Er schaute sich die Liste an. »Immerhin haben wir bei den Wohnungen die Adressen. Wir sollten uns die eine oder andere genauer ansehen.«

»Außerdem sollten wir Frau Sassen zu den Mietverträgen befragen.« Bettina goss sich ein Glas Mineralwasser ein. »Am besten laden wir sie vor, zu Hause kriegen wir bestimmt nichts aus ihr raus.«

Thal nickte. »Stephanie und Jonas, ihr fahrt zu einer der Wohnungen und versucht, mehr über die Mieter und vor allem den Vermieter herauszufinden.«

Er schaute auf die Uhr. Es war Zeit für den nächsten Espresso. Er hatte sich gerade halb erhoben, als Grendel ihn am Arm fasste.

»Der Kaffee muss noch ein paar Minuten warten.« Der Techniker grinste ihn an und Thal war wieder einmal überrascht, wie genau seine Leute ihn kannten.

»Ich hoffe, du hast einen Grund«, entgegnete er mit gespielter Entrüstung.

Zur Überraschung aller im Raum kam Grendel ohne Umschweife zur Sache. »Wir haben uns das Abschleppfahrzeug Millimeter für Millimeter angesehen und dabei am Haken Spuren von Jakobsens ausgebranntem SUV gefunden.«

»Sicher?«, fragte Thal und ließ sich zurück auf seinen Stuhl fallen.

»Absolut. Am Brandfahrzeug gab es ebenfalls Lackpartikel des Abschleppwagens. Es gibt keinen Zweifel, dass der Wagen dort am Haken hing.«

»Wir müssen sofort diesen Bulgaren befragen, wie hieß er noch mal?« Bettina war atemlos angesichts der Entwicklung.

»Borisov heißt der Mann und selbstverständlich haben ihn die Kollegen vom Diebstahl schon zur Sache vernommen.«

»Was fällt denen ein«, rief Jonas. »Wie kommen die dazu, sich in eine Mordermittlung einzumischen.«

Thal hob die Hand. »Langsam, Jonas. Die Kollegen stehen wegen der Diebstahlserie gehörig unter Druck, ich kann gut verstehen, dass sie keine Zeit verlieren wollen.«

»Im Übrigen war ich bei der Vernehmung dabei.« Grendel setzte sich aufrecht hin und streckte die Brust heraus. Er genoss die Aufmerksamkeit aller im Raum sichtlich. »Borisov ist mehr oder weniger sofort eingeknickt, die Beweislage war einfach zu erdrückend.«

»Das heißt, dass er zugegeben hat, das Fahrzeug gestohlen zu haben?« Thal versuchte, schon jetzt die möglichen Folgerungen aus dieser Faktenlage zu sortieren.

»So ist es. Sie waren angeblich zu dritt, die Namen seiner Komplizen wollte Borisov allerdings nicht nennen. Sie haben Jakobsens Wagen direkt in der Tiefgarage auf den Haken genommen und sind zu ihrer Werkstatt gefahren. Dabei haben sie nicht bemerkt, dass etwas über den Boden schleifte. In der Werkstatt haben sie sofort begonnen, den Lack abzuschleifen, um dem Auto eine neue Farbe zu verpassen. Als die ganze Bande beim Mittagessen war, wäre das Auto abgebrannt. Anschließend hätten sie es in der Stadt abgestellt.«

»So richtig glaubwürdig klingt das nicht, oder?«, fragte Quandt.

»Möglich wäre es aber«, sagte Grendel. »Wenn sich genug von dem Brandbeschleuniger auf der Oberfläche des Fahrzeugs verteilt hatte, reichte ein winziger Funke, um das Auto in Flammen aufgehen zu lassen.«

»Und sie haben nicht in den Kofferraum gesehen?«, fragte Stephanie und sprach damit den Knackpunkt in der Faktenlage an.

»Angeblich nicht.«

»Wer's glaubt, wird selig«, sagte Stephanie und warf ihren Kugelschreiber auf den Schreibtisch.

Achtunddreißig

»Da!«, sagte Stephanie und deutete auf den Parkplatz eines der vielen Autohäuser in der Max-Stromeyer-Straße.

»Nicht gerade eine bevorzugte Wohnlage.« Jonas steuerte den Dienstwagen an die Seite des Gebäudes. Sie wollten so wenig Aufsehen wie möglich erregen. Er schaute an der großen Halle mit der verglasten Front hinauf, hinter der sich blank polierte Familienkutschen aus Fernost dem geneigten Käufer präsentierten. Einziger zusätzlicher Blickfang war die nur mit einem roten Bikini, roten Lackstiefeln und einer roten Zipfelmütze bekleidete Schaufensterpuppe. ›Sex sells‹, nirgendwo galt dieser Grundsatz so sehr wie beim Verkauf von Autos.

Die beiden Ermittler stiegen aus und gingen zur Haustür an der steinernen Seitenfront der Verkaufshalle. Das Gebäude hatte drei Stockwerke. Quandt vermutete, dass sich über der hohen Halle die Büros befanden. Die Fenster im dritten Stock waren mit Gardinen versehen, was auf eine Privatwohnung schließen ließ.

Am Klingelbrett gab es drei Knöpfe. Einer war wie vermutet mit ›Büro‹ beschriftet, der zweite trug den Namen Holleried. Augenscheinlich wohnte zumindest einer der Besitzer des Autohauses hier, das unter ›Holleried & Voss‹ firmierte. Der dritte Klingelknopf war unbeschriftet. Stephanie drückte ihren Zeigefinger eine Spur zu lange darauf. Keine Reaktion. Sie versuchte es erneut, diesmal ließ sie es geschlagene fünf Sekunden läuten. Das Ergebnis war erneut negativ.

Quandt trat einen Schritt zurück und schaute die Fassade nach oben. Er konnte keine Bewegung hinter den Fenstern erkennen, nichts deutete daraufhin, dass einer der Bewohner daheim war.

»Kann ich Ihnen helfen?« Eine höchstens dreißig Jahre alte Frau kam auf sie zu. Sie trug einen beigefarbenen Hosenanzug, der den winterlichen Temperaturen in keiner Weise gerecht wurde. In der rechten Hand hielt sie eine Zigarette leicht affektiert vom Körper weg. Raucher sind inzwischen echt die ärmsten Schweine, dachte Quandt, müssen sich in kalten Ecken herumdrücken, um ihre Sucht zu befriedigen. Er ging auf die Frau zu, zog seinen Dienstausweis aus der Tasche und stellte sich und Stephanie vor. »Wissen Sie, wer dort oben wohnt?« Er deutete mit der Hand die Fassade hinauf.

»Ausländer«, antwortete die Frau und zog an ihrer Zigarette. »Die sind tagsüber nie da. Sind alle auf Arbeit.«

»Und wer hat die Wohnung gemietet?«

»Keine Ahnung, das müssen Sie Herrn Holleried fragen.«

»Ihren Chef?«, mischte sich Stephanie ein, die neben Jonas getreten war.

»Genau. Der ist aber im Moment nicht da.«

Quandt überlegte, ob es nicht sinnvoller war, eine der anderen Wohnungen aufzusuchen, sie hatten noch einige auf dem Zettel. Ein Gefühl riet ihm, nicht so schnell aufzugeben.

»Können Sie die Haustür öffnen, Frau ...?«

»Önal.« Sie warf den Zigarettenstummel auf den Boden und trat die Glut mit der Schuhspitze aus. »Dürfen Sie denn einfach so in das Haus gehen?«

»Ja, wir dürfen«, sagte Quandt.

Frau Önal zog einen Schlüssel aus ihrer Hosentasche, an dem ein langes Band hing, und schloss die Eingangstür auf.

Quandt nickte ihr kurz zu, bevor er und Stephanie die Treppe hinaufstiegen.

Die Wohnungstür war aus Holz und mit drei Schlössern gesichert. »Da hat aber jemand große Angst vor Einbrechern«, sagte Stephanie und klopfte. Erneut keine Reaktion.

»Lass mich mal«, sagte Quandt und hämmerte mit der Faust gegen die Tür. »Hallo! Ist da jemand?« Er legte das Ohr ans Holz. Totenstille.

»Und jetzt?«, fragte Stephanie. »Fahren wir zu einer anderen Adresse?«

Quandt schüttelte den Kopf und zog das Handy aus der Tasche. »Ich weiß nicht«, sagte er und wählte Thals Nummer, der sich schon beim zweiten Klingeln meldete.

»Keiner da, Chef«, sagte Jonas. »Aber irgendwie kommt mir das Ganze nicht geheuer vor.«

»Was ist los?«, fragte Thal.

»Nichts Konkretes, nur so ein Gefühl.«

Er hörte, dass sein Chef einmal tief durchatmete.

»Sollen wir reingehen?«, fragte Quandt.

»Auf keinen Fall.« Er klang gehetzt.

»Also abziehen?«

Thal atmete deutlich hörbar.

»Bleibt, wo ihr seid. Ich schicke euch das MEK.«

Quandt steckte das Smartphone in die Tasche und schüttelte den Kopf. Stephanie schaute ihn fragend an. Er zuckte die Schulter.

»Alexander wird alt.«

Neununddreißig

Der Mann namens Egon hatte ihm die Dose vorher gezeigt. Er konnte zwar nicht lesen, was auf der Banderole stand, aber das Bild zeigte eine weiße Schüssel mit einer Suppe, in der er nur Gemüse erkennen konnte.

»Vegetables«, hatte Egon gesagt. »Good for you.«

Er hatte einen der schmutzigen Töpfe mit Wasser gefüllt, auf den Herd gestellt und die Dose hineingeworfen. Nach ein paar Minuten zog er sich dicke Stoffhandschuhe an und holte die Konservenbüchse, von der sich die Banderole gelöst hatte, aus dem kochenden Wasser. Er öffnete sie geschickt, als wäre er es gewöhnt, mit dem heißen Blech und dem Öffner, der von einer dicken Fettschicht überzogen war, zu hantieren. Er stellte die Büchse auf den Küchentisch und wischte einen Löffel an einem Tuch ab, das an einem Haken neben dem Herd hing und weniger verdreckt aussah als der Rest der Küchengerätschaften.

»Hot!«, ermahnte er Marwan und drückte ihm den Löffel in die Hand.

»Eat!«

Marwan rührte in der Dose herum. Er fand kein Fleisch und hoffte, dass er die Suppe essen durfte. Wenn er ehrlich war, spielten die alten Regeln ohnehin keine große Rolle mehr. Er hatte Hunger, und Gott konnte nichts dagegen haben, wenn er die Einladung dieses seltsamen Mannes annahm. Er hielt sich den gefüllten Löffel vor den Mund und blies in die Flüssigkeit, um sie abzukühlen. Es schmeckte gar nicht mal so schlecht. Ein bisschen zu wenig gewürzt für seinen Geschmack, aber die Deutschen mochten es nicht scharf, das hatte er inzwischen gelernt.

»Good?«, fragte Egon.

»Good!«, sagte Marwan und löffelte begierig.

Er konnte sich keinen Reim auf diesen seltsamen Deutschen machen, der ihn in seine Wohnung eingeladen hatte und jetzt bewirtete. Er war zuvor in keiner Wohnung eines Deutschen gewesen, trotzdem kam es ihm nicht normal vor, wie Egon hauste. Der Zahl der Türen nach, die vom Flur abgingen, waren es zwei Zimmer, dazu die Küche und ein Bad mit Toilette. Es war sehr warm in der Wohnung und trotzdem trug Egon den Trainingsanzug. Alle Fußböden waren mit Stapeln von Zeitungen bedeckt, auf den Stühlen und Sesseln lagen wahllos verstreut Kleidungsstücke. Nichts schien zusammenzupassen, keine Ordnung war zu erkennen. In der Küche stapelte sich schmutziges Geschirr, Essensreste lagen auf der Anrichte und im Spülstein. Vermutlich kam der süßliche Geruch von den verdorbenen Lebensmitteln. Egon roch eher säuerlich. Als er Marwan das Bad gezeigt hatte, überkam ihn eine Sehnsucht danach, sich zu waschen, die er so nicht einmal nach seiner Ankunft in Volkmaringen empfunden hatte. Vermutlich wollte er den ganzen Dreck beseitigen, der ihn in diesen Räumen umgab.

Marwan führte die Hand vorsichtig an die Dose. Sie war nicht mehr heiß, er konnte sie schräg halten, um den Rest Suppe auszulöffeln.

Egon grinste ihn an und hob zustimmend den Daumen, mit dem er sich anschließend über das Kinn fuhr, als habe er eine schwierige Frage zu klären.

»Ah! Schokolade?«

Marwan kannte dieses deutsche Wort, das dem englischen so ähnlich war, und nickte.

Egon schlurfte zum Kühlschrank und öffnete ihn. Marwan wandte den Kopf ab und hörte nur, wie der Mann darin herumkramte und unverständliches Zeug brummte. Erst als er die Kühlschranktür zuschlug, wagte Marwan aufzublicken.

»Schokolade!«, sagte Egon und hielt ihm ein Mars entgegen. Marwan entfernte langsam das Papier, der Schokoriegel war von einer weißen Schicht überzogen, als hätte er den ganzen Staub der Wohnung wie ein Magnet angezogen. Wie zu Hause, dachte Marwan, wo Produkte aus dem Westen meistens überlagert und in zumindest optisch nicht einwandfreiem Zustand in die Läden kamen. Er biss ein kleines Stück ab. Es schmeckte muffig, war aber durchaus genießbar. Als er einen zweiten größeren Happen nahm, sah er Egons Blick. Marwan überlegte eine Sekunde, ehe er dem Deutschen den Riegel entgegenhielt. Egon strahlte, neigte den Kopf nach vorne und biss ein großes Stück ab. Ein Spuckefaden löste sich und hing an der Schokolade herunter. Marwan schloss die Augen, er hatte auf dem Boot gelernt, den Ekel zu überwinden. Als er den Rest der Süßigkeit im Mund hatte, nickte ihm Egon fröhlich zu. Er tippte sich mit dem Zeigefinger auf die Brust und deutete dann auf Marwan.

»Me and you«, sagte er und wiederholte die Geste. »Friends!«

Marwan nickte stumm.

Egon deutete zur Tür. »Mama Africa not coming.«

Marwan brauchte einen Moment, bis er begriff, was der Deutsche meinte. Die ›Große Mutter‹ würde heute nicht mehr kommen. Wohin sollte er gehen? Wo sollte er einen Ort zum Schlafen finden.

»You hier sleep.« Egon schloss die Augen, neigte den Kopf zur Seite und bettete ihn auf seine zusammengelegten Hände.

Alles in Marwan wehrte sich gegen den Gedanken, in diesen Räumen in Gegenwart dieses seltsamen Mannes die Nacht verbringen zu müssen.

Egon stand auf und riss den Schrank unter dem Spülstein auf. Auf den zwei Regalbrettern stapelten sich mindestens zehn Konservendosen mit unterschiedlichen Banderolen.

»I cook for you.«

Marwan schluckte und schüttelte langsam den Kopf.

»No problem«, sagte der Mann. »You work for me.«

Was sollte das heißen? Bot der Mann ihm einen Job an? Marwans Gedanken rasten. Es war ihm verboten, eine Arbeit anzunehmen. Wenn er erwischt wurde, konnten sie ihn abschieben.

»Cleaning room«, sagte Egon und griff einen imaginären Besen, mit dem er den Boden der Küche fegte. Er lachte dabei laut. »Dirty! You see?«

Marwan nickte.

Vierzig

»Lass es doch bleiben, Stephanie. Da ist niemand in der Wohnung!«

Jonas hatte recht, aber es kam ihr völlig falsch und der Situation in keiner Weise angemessen vor, dass sie hier vor verschlossener Tür auf das Mobile Einsatzkommando warteten. Die Jungs mussten sie doch für verrückt erklären, schließlich hätten sie die Tür mit einem gezielten Fußtritt öffnen können. Bei Gefahr im Verzug wäre das nicht einmal ein Rechtsbruch gewesen. Sie stimmte Jonas zu, Alexander Thal wurde langsam alt. Oder sogar zu alt? Sie verdrängte den Gedanken sofort. Der Chef war ein hervorragender Ermittler; dass ihn in der letzten Zeit gelegentlich der Mut vor der eigenen Courage verließ, war allerdings unübersehbar. Sie drehte sich langsam um – und erschrak. Quandt grinste sie unverschämt an, hinter ihm standen in schwarzer Einsatzkluft drei Kollegen des MEK.

»Seid ihr wahnsinnig, euch hier so anzuschleichen?« Sie legte die Hand theatralisch an die Brust. »Da kriegt man ja einen Herzinfarkt.«

»Anschleichen ist unser Job«, sagte der Schwarzgekleidete direkt neben Jonas. »Lage? Sind Leute in der Wohnung?«

»Negativ«, sagte Jonas.

»Soweit wir das wissen«, ergänzte Stephanie. »Wir haben schließlich nicht nachgesehen.«

»Die Kollegin hatte augenscheinlich einen Clown zum Frühstück«, brummte der MEK-Mann. Er trat an die Tür und überprüfte die Schlösser.

»Ramme«, sagte er nach hinten. Ein Mann mit einer Art überdimensioniertem Eisenhammer trat vor. Zehn Sekunden später war die Tür geöffnet und die gesamte MEK-Einheit in die Wohnung gestürmt. Sie durchkämmten Zimmer für Zimmer.

»Gesichert!«, rief einer nach dem anderen. Stephanie und Jonas warteten draußen.

»Alles klar!«, sagte der Einsatzleiter. »Ihr könnt jetzt rein. Viel Erfolg! Wir rücken wieder ab.«

Als Erstes fiel Stephanie der Gestank auf. Für eine Sekunde fürchtete sie, in der Wohnung eine verweste Leiche zu finden, aber dafür war der Geruch nicht durchdringend genug. Sie ging durch die Tür rechts vom Eingang und stand in der Küche, in der Jonas bereits das Fenster aufriss.

»Puh!« Er wedelte sich mit der Hand vorm Gesicht herum. »Hier müsste mal ein Tatortreiniger Großreinemachen!« Er lachte und hob den Deckel von einem der Töpfe auf dem Herd, woraufhin er sich blitzschnell die Nase zuhielt. »Das ist ja ekelhaft!«

Stephanie verließ die Küche, hier gab es nichts, das sie in irgendeiner Weise weiterbrachte. Die Wohnung war riesig, die Miete musste ein halbes Vermögen betragen. Manch einer würde für so eine Wohnung in Konstanz morden, dachte sie, Lage hin oder her. Insgesamt waren es fünf Zimmer, die alle nahezu identisch eingerichtet waren. In vier Räumen standen je vier Betten, in einem waren es sogar sechs. Dazu jeweils ein Kleiderschrank und ein kleiner Tisch mit zwei Stühlen. Das Bettzeug auf den Betten war zerwühlt und sah aus, als könnte es eine Wäsche vertragen. Stephanie wanderte von Raum zu Raum und spürte, wie ein Gemisch aus Wut und Scham Besitz von ihr ergriff. Sie erinnerte sich an Berichte über die menschenunwürdige Unterbringung von Gastarbeitern, die sie in der Schule gelesen hatte. Warum hatte sie nur geglaubt, dass so etwas der Vergangenheit angehörte?

Jonas öffnete einen Schrank. Es hingen nur wenige Kleider auf der Stange, in den Fächern lagen ein paar Habseligkeiten. Stephanie nahm einen Bilderrahmen heraus. Eine schwarze Frau in einer bunten Tracht hielt ein Baby auf dem Arm. Zu ihren Füßen hockten ein Junge und ein Mädchen, vielleicht drei und fünf Jahre alt. Sie lachten fröhlich, während die Frau die Trauer in ihrem Blick nicht verbergen konnte oder wollte. Sie musste viel jünger sein, als sie aussah, dachte Stephanie. Wem gehörte das Bild? Ihrem Mann? Vermutlich.

»Schau mal«, sagte Jonas und hielt einen Stapel Briefe in die Höhe. Stephanie war froh, als sich herausstellte, dass sie in französischer Sprache waren, die sie beide nur rudimentär beherrschten. Es wäre nicht richtig gewesen, diese Briefe zu lesen. Sie hatten kein Recht, in die Privatsphäre der Menschen einzudringen, die in diesen Zimmern hausten. Was taten sie hier überhaupt?

»Der Brief wurde in Yaoundé aufgegeben«, sagte Jonas. Sie wusste, dass sie diesen Städtenamen kannte, aber ihr Hirn war vernagelt. Jonas gab selbst die Antwort. »Kamerun«, sagte er.

»Flüchtlinge«, flüsterte Stephanie.

»Ich dachte immer, Kamerun ist ein sicheres Land«, sagte Jonas.

Stephanie schüttelte langsam den Kopf. Was wussten sie schon von der Situation dieser Menschen.

»Wo sie wohl alle hin sind?«, fragte sie.

»Diese Frau Önal meinte doch, sie würden arbeiten.«

»Sklavenarbeit«, flüsterte Stephanie.

Einundvierzig

»Nein! Nein! Nein!«

Hertha Sassens Oberkörper knickte nach vorne, als hätte jemand den Stab herausgezogen, der ihn bisher aufrecht gehalten hatte. Bettina hatte die Frau für ihre Haltung bewundert. Sie hatte sich klaglos ins Präsidium bringen lassen, obwohl jeder sehen konnte, wie schlecht es ihr ging. Ihr Gesicht war von einer Leichenblässe überzogen, die auch das auf die Wangen aufgetragene Rouge nicht überdecken konnte. Ihre Augen schienen noch geröteter zu sein als bei ihrem letzten Gespräch. Die Haare standen in einem seltsamen Kontrast zur übrigen Erscheinung, denn im Gegensatz zur Kleidung waren sie ungepflegt, bestanden nur aus fettigen Strähnen. Hertha Sassen trug dasselbe schwarze Kostüm wie beim letzten Mal. Entweder besaß sie keine andere Trauerkleidung oder hatte sich überhaupt nicht ausgezogen. Der Stoff wies Knitterfalten auf, die darauf hindeuteten, dass sie den Weg ins Bett nicht gefunden hatte. Bettina vermutete, dass sie auf dem Wohnzimmersofa geschlafen hatte. Der Weg ins Ehebett war ihr vermutlich auf alle Zeit versperrt. Hoffentlich hatte sie Freundinnen, die ihr Obdach boten und ihr zu gegebener Zeit halfen, ihren eigenen Weg zu finden.

Stephanie hatte sie vor zehn Minuten über den Einsatz in der Max-Stromeyer-Straße informiert. Augenscheinlich hatten sie ein Wohnheim ausgehoben, anhand der gefundenen Unterlagen hausten dort vermutlich illegale Einwanderer. In der ganzen Wohnung gab es keine Pässe oder andere Papiere, die auf die Identität der Bewohner schließen ließen. Typisch, dachte Bettina. Die wird der Vermieter in

Verwahrung haben, damit hatte er seine Opfer zusätzlich in der Hand. Wo sollten sie ohne Papiere hin? Sie hatten keine Chance, sich aus den menschenunwürdigen Umständen zu befreien.

Thal legte Hertha Sassen weitere Papiere vor. »Bitte schauen Sie sich das an. Wir haben Ablichtungen dieser Mietverträge auf dem Computer Ihres Mannes gefunden.«

Hertha Sassen gehorchte Thal, ein anderes Wort fiel Bettina dafür nicht ein. Sie beugte sich fügsam über die ausgebreiteten Seiten, ohne dass sie irgendetwas vom Inhalt zur Kenntnis nahm.

»Haben Sie diese Verträge schon gesehen, Frau Sassen?«

Sie hob den Kopf und schaute Thal an. »Nein.« Selbst dieses eine Wort sprach sie mit einer gebrochenen Stimme, die Bettina an die junge Marianne Faithfull erinnerte. Die Ballade von ›Lucy Jordan‹ kam ihr in den Sinn und sie hatte Mühe, die Melodie nicht zu summen. Zu perfekt passte Hertha Sassen zur Figur dieses Liedes. Auch sie stand vor den Trümmern ihres Lebens. Bettina hoffte, dass sie einen anderen Ausweg finden würde als den Selbstmord.

Thal zog einen Stuhl unter dem Tisch hervor und setzte sich neben die Zeugin. Er rückte viel zu nah an sie heran, fand Bettina. Wollte er Hertha Sassen einschüchtern oder ihr helfen? Er nahm eines der Papiere in die Hand. »Wir haben hier eine Liste von Personen«, sagte er und hielt das Blatt vor Frau Sassens Gesicht. »Sagen Ihnen diese Namen etwas?«

Wieder stierte sie auf das Papier ohne jedes Anzeichen des Erkennens.

»Frau Sassen, bitte!« Thal berührte die Frau am Oberarm, was eine erstaunliche Wirkung hatte. Sie ließ den Kopf nach vorne auf Thals Schultern fallen. Zuerst sah es aus, als wollte sie sich dort einen Moment erholen, doch dann sah Bettina, wie sich ihre Schulterblätter hoben und senkten. Hertha Sassen weinte. Thal schaute Bettina an und zuckte kaum merklich mit den Schultern, während er gleichzeitig den Kopf der Frau streichelte. Niemand sagte etwas. Bettina hoffte nur, dass nicht ausgerechnet in diesem Augenblick der Imam oder dieser Staatsschutzmann Zeitler ins Büro stürmte.

Vorsichtig schob Thal Hertha Sassens Oberkörper so weit zurück, dass er ihr in die Augen sehen konnte.

»Ich verstehe Sie gut«, sagte er. »Sie sind noch jung genug, dass Sie darüber hinwegkommen.«

Hertha Sassen schluchzte laut auf.

»Glauben Sie mir!« Thal klang bestimmt und sicher. »Es wird eine Zeit dauern, aber Sie haben noch ein zweites Leben vor sich!«

Zu Bettinas Überraschung beruhigte sich Frau Sassen. Sie schniefte noch zwei Mal laut auf und drehte sich dann zu ihr um. »Haben Sie wohl ein Taschentuch für mich?«

Bettina reichte ihr eine Packung Tempo. Sie wischte sich die Tränen aus den Augen und nahm das Blatt mit der Namensliste in die Hand. Diesmal starrte sie nicht nur auf das Papier, sondern las. Mehrmals sogar, ehe sie energisch den Kopf schüttelte.

»Nein! Ich kenne keinen dieser Männer.«

»Sie haben die Namen nie gehört? Vielleicht hat Ihr verstorbener Mann ...?«

Bettina hielt die Luft an, denn Frank Sassens Erwähnung löste eine beschleunigte Atmung bei seiner Witwe aus, aber sie fing sich sofort wieder. »Nein, nicht, dass ich mich erinnere.«

Sie legte das Blatt zurück auf den Tisch.

Bettina bedeutete Thal mit einer nur für ihn deutbaren Handbewegung, dass sie die Befragung übernehmen wollte.

»Kann es sein, dass Ihr Mann ohne Ihr Wissen Wohnungen und Fahrzeuge gemietet hat?«

Hertha Sassen atmete tief ein.

»Natürlich kann das sein«, sagte sie. »Schließlich hat er zehn Jahre eine Zweitfrau gehabt und mit ihr vier Kinder gezeugt, ohne dass ich die geringste Ahnung davon gehabt hätte.«

Sie zog ein weiteres Taschentuch aus der Packung und schnäuzte sich. »Was sind das für Wohnungen?«

»Wir haben erst eine gesehen, aber das war eine Art Heim für illegal in Deutschland lebende Ausländer.«

»Wie sah es dort aus?«, fragte Hertha Sassen. Bettina verstand erst nicht, was sie meinte, doch dann sah sie den Sinn hinter der Frage.

»Die Kollegin sprach von menschenunwürdigen Zuständen.«

Hertha Sassen hob den Kopf. Ihr Blick war fest, lediglich ihre Lippen zitterten leicht. »Dann kann Frank unmöglich etwas damit zu tun gehabt haben.«

Sie senkte für eine Sekunde den Kopf, hob ihn aber sofort wieder.

»Ich weiß nicht, warum er mich mit dieser Frau betrogen hat – und vermutlich werde ich das nie herausfinden. Eins aber steht fest: Frank war ein guter Mensch, dem das Wohl der ihm anvertrauten Flüchtlinge über alles ging. Niemals würde er sie schlecht unterbringen.«

Am liebsten hätte Bettina Hertha Sassen in den Arm genommen. Was für eine Größe diese Frau zeigte, mit der sie in ihrem Mann immer noch den guten Menschen sah, obwohl er ihr das schlimmste Leid angetan hatte, das denkbar war.

Es klopfte an der Tür. Hartmut Grendel schwang ein Smartphone in der Hand. Als er Hertha Sassen sah, verlangsamte er seinen forschen Schritt.

»Was gibt's?«, fragte Thal.

»Besser nicht hier«, sagte Grendel. Bettina stand auf und verließ mit ihm das Büro.

»Wie geht es der Frau?«, fragte er.

Bettina lächelte ihn an. Hinter der rauen Schale des Kriminaltechnikers steckte ein einfühlsamer Mensch, dachte sie.

»Sie ist tapfer.«

Grendel nickte. Es fiel ihm sichtbar schwer, direkt zur Sache zu kommen.

»Wir haben Sassens Handy geknackt und die Verbindungsdaten angefordert. Er hat am Nachmittag vor seinem Tod vier Telefonate geführt. Drei können wir eindeutig zuordnen, sie sind für unsere Ermittlungen nicht relevant. Das vierte Telefonat führte er mit einer Handynummer, die auf den Namen Horst Herbst registriert ist.«

»Ja und?«, fragte Bettina, die damit nichts anfangen konnte.

»Unter diesem Namen wurde die Wohnung in der Max-Stromeyer-Straße angemietet, die sich Stephanie und Jonas gerade anschauen.«

»Und? Haben wir was über diesen Herbst?«

»Nein, absolut nichts. In Konstanz ist kein Horst Herbst gemeldet. Ich hätte da aber eine Idee.«

Bettina wartete einen Moment, ehe sie die Schultern hob und die Arme leicht ausbreitete.

»Wir könnten eine ›Stille SMS‹ schicken.«

»Was zum Teufel ist das denn jetzt schon wieder?«

»So eine SMS löst kein Signal auf dem Handy des Empfängers aus, aber es entstehen Verbindungsdaten, die man beim Netzanbieter auslesen kann.«

»Du meinst ...«

Grendel nickte. »Wir wüssten dann zumindest, in welcher Funkzelle sich das Handy in diesem Augenblick befand.«

»Besser als nichts«, sagte Bettina, obwohl sie nicht so recht wusste, was ihnen diese Information konkret bringen sollte.

»Dauert aber ein paar Stunden«, sagte Grendel.

Sie hatte nichts anderes erwartet.

Zweiundvierzig

»Observationen sollten eigentlich nur im Sommer zugelassen werden.« Jonas lachte leise auf. Sie hatten den Wagen etwa hundert Meter von der Parkplatzeinfahrt des Autohauses geparkt. Die Wohnungstür hatte einer von Grendels Leuten wieder so weit hergestellt, dass auf den ersten Blick keine Beschädigung zu erkennen war. Quandt hoffte, dass sie auch einem zweiten Blick standhielt, ohne Argwohn zu erwecken. Sie mussten wissen, wer in dieser Wohnung hauste, und die einzige Möglichkeit, das zu erfahren, war es, die Bewohner abzuwarten.

Stephanie schraubte den Deckel einer Thermoskanne auf und goss zum dritten Mal den kleinen Becher voll, aus dem es verführerisch dampfte. »Willst du wirklich nicht?«

Jonas schüttelte den Kopf. Im Grunde genommen war das Prinzipienreiterei, aber er trank nun mal nichts anderes als Krating Daeng und Mineralwasser. Er würde nicht ausgerechnet während eines verdeckten Einsatzes damit anfangen, auch wenn ihm kalt war. Natürlich hatten die Kollegen des Streifenwagens, die sie mit den Getränken versorgt hatten, keinen Taurin-Drink im Angebot gehabt. Allenfalls hätten sie ihm Red Bull besorgen können, aber dann konnte er es ja auch gleich lassen. Er schraubte den Verschluss von der Wasserflasche und nahm einen Schluck. Außerdem konnte es nicht mehr allzu lange dauern, die Mitarbeiter des Autohauses hatten bereits Feierabend gemacht und wo auch immer die Illegalen arbeiteten – bis tief in die Nacht würden sie wohl kaum schuften müssen. Zum Glück hatte er den letzten Gedanken nicht laut ausgesprochen. Mit Stephanie war bei diesem Thema nicht gut Kirschen essen, sie reagierte äußerst sensibel und legte jedes Wort auf die Goldwaage. ›Illegale‹ zum Beispiel, was hatte sie sich aufgeregt. »Kein Mensch ist illegal«, hatte sie gesagt. »Jeder hat das Recht auf Unversehrtheit seiner Person, wo auch immer er sich aufhält.«

Natürlich hatte sie recht, aber ihm ging ihr Missionierungseifer auf den Geist. Man konnte kaum noch ein vernünftiges Gespräch mit ihr führen. Vermutlich lag das an ihrem neuen Freund. Dabei war ihm dieser Fridolin gleich im ersten Moment sympathisch gewesen. Wenn der Typ kein Hetero wäre, hätte er möglicherweise sogar einen kleinen Flirt probiert.

»Da«, holte Stephanie ihn aus seinen Tagträumereien.

Ein weißer Kleinbus aus japanischer Produktion bog auf den Parkplatz. Die Farbe war unter einer Schmutzschicht eher zu erahnen als zu sehen, der Scheibenwischer hatte eine dicke, undurchsichtige Dreckkruste an die Ränder der Windschutzscheibe geschoben. Der Wagen fuhr direkt vor den Seiteneingang. Die Schiebetür des Autos wurde geöffnet. Jonas zählte zehn Männer, die mit gesenkten Köpfen ausstiegen und direkt ins Haus gingen. Der letzte Passagier war gerade im Eingang verschwunden, als ein zweiter Transporter vorfuhr. Diesmal zählte Jonas die Männer nicht, sondern rief in der Zentrale an.

»Es ist soweit. Die Hausbewohner sind gerade angekommen.«

»Unsere Leute sind in zehn Minuten da«, sagte der Kollege.

Es dauerte nur sieben Minuten, bis er im Rückspiegel die kleine Kolonne von drei Polizeifahrzeugen sah, die Sekunden später auf den Hof des Autohauses bog.

Jonas fuhr ebenfalls auf den Platz. Stephanie öffnete die Tür, kurz bevor er den Zündschlüssel abgezogen hatte. Zusammen mit den uniformierten Kollegen rannte sie die Treppe hinauf. Diesmal war Jonas froh, dass sie nicht alleine vor der wohlbekannten Wohnungstür standen, auch wenn sie die Fahrer der Transporter hatten ziehen lassen, die möglicherweise die Drahtzieher waren.

»Aufmachen! Polizei!«

Jonas hämmerte mit der Faust gegen die Tür. Irgendjemand schrie etwas, das er nicht verstand. Er schlug erneut gegen das Holz, bis ihm die Knöchel schmerzten.

»Nun machen Sie schon auf!«, rief Stephanie. »Wir wollen nichts von Ihnen, wir müssen nur in die Wohnung!«

Der uniformierte Kollege neben ihr verdrehte die Augen und flüsterte etwas, das Jonas zwar nicht verstand aufgrund der Lippenbewegung aber als ›Weiberkram‹ deutete. Er zuckte mit den Schultern und hob erneut die Hand, aber eher er das Holz der Tür berührte, wurde sie einen Spalt geöffnet. Er konnte etwa die Hälfte eines schwarzen Gesichtes sehen. Der Mann hatte die Augen weit aufgerissen, Schweißperlen standen ihm auf der Stirn.

Der uniformierte Kollege machte Anstalten, die Tür aufzudrücken und den Mann zurückzudrängen, aber Stephanie griff ihm an den Arm. »Nicht so!«, sagte sie und brachte ihr Gesicht nahe an den Türspalt.

»Sprechen Sie Deutsch?«, fragte sie.

Der Mann schüttelte den Kopf.

»English?«

Der Mann nickte.

»Wir sind nicht wegen Ihnen hier«, sagte Stephanie in einem, soweit Jonas das beurteilen konnte, ausgezeichneten

Englisch. »Uns interessiert nur, wer der Besitzer dieser Wohnung ist. Bitte lassen Sie uns eintreten.«

Ehe Jonas reagieren konnte, schlug der Schwarze die Tür zu.

»Scheiße«, sagte der uniformierte Kollege. »Die verarschen uns doch!«

»Schsch!«, zischte Stephanie und hielt das Ohr an die Tür. »Sie beraten, was sie tun sollen.«

Aus dem Inneren war eine immer erregter verlaufende Debatte zu hören. Nach einiger Zeit sprach der Mann, der vorhin die Tür geöffnet hatte.

»Nur die Frau darf eintreten«, sagte er.

»Kommt überhaupt nicht infrage!« Jonas schüttelte energisch den Kopf. »Entweder gehen wir beide oder wir stürmen die Wohnung. Sag ihnen das!«

Stephanie kaute auf ihrer Unterlippe. »Ich gehe rein!«

»Das tust du nicht!«, sagte Quandt und wandte sich selbst an den Mann. Sein Englisch war zwar nicht so perfekt, aber es würde reichen. »Hören Sie zu! Entweder lassen Sie mich mit meiner Kollegin in die Wohnung oder wir brechen die Tür mit Gewalt auf!«

Wieder hörten sie, wie die Männer im Inneren aufgeregt verhandelten. Schließlich sagte der Mann. »Okay. Aber nur ihr beide und ohne Waffen!«

Stephanie nickte Jonas zu und sie zogen die Pistolen aus den Holstern.

»Ihr seid wahnsinnig«, sagte der Uniformierte, als er die Dienstwaffen der beiden entgegennahm. »Wir machen ein Codewort aus, okay?«

Jonas nickte.

»Zugriff«, sagte der Uniformierte. »Sobald einer von euch ›Zugriff‹ ruft, stürmen wir.«

Stephanie klopfte an die Tür. »Wir sind soweit.«

Im Flur der Wohnung war es dunkel, Licht kam nur aus der Küche. Der Mann, mit dem sie gesprochen hatte, öffnete die Tür. Der Raum war völlig überfüllt. Die Männer waren zwischen zwanzig und dreißig Jahre alt, schätzte Jonas. Die meisten hatten eine tiefschwarze Hautfarbe, einige wenige könnten auch aus arabischen Ländern stammen.

»Guten Abend!«, sagte Stephanie und Jonas hätte beinahe gelacht, so deplatziert schien ihm diese Begrüßung. Sie erläuterte noch einmal, dass es ihnen nur um den Namen des Wohnungseigentümers ging. Sie sahen sich einer Mauer des Schweigens gegenüber.

»Wir wollen wirklich nichts von ihnen.«

»Lügner«, brüllte ein Mann. »Polizisten sind Lügner. Alle!«

Er stürmte an Stephanie vorbei und stieß sie zur Seite. Sie schlug mit der Hand gegen den Türrahmen und schrie auf.

Als wäre dieser Schrei ein Stichwort gewesen, kam Bewegung in die Männer im Raum. Alle drängten aus der Küche in Richtung Flur. Jonas blieb stehen. »Stopp!«, brüllte er. »Ihr könnt uns vertrauen!«

Die Männer vor ihm blieben stehen.

In diesem Moment hörte er das Holz der Eingangstür zersplittern.

Dreiundvierzig

Marwan wischte sich den Schweiß von der Stirn. Die Hitze in der Wohnung war unerträglich. Vor ein paar Minuten hatte er das Fenster in der Küche geöffnet, um den Gestank loszuwerden; an den hatte er sich immer noch nicht gewöhnt. Aber Egon hatte sofort geschrien. »Close window!«

Der Mann saß seit zwei Stunden im Schlafzimmer vor dem Computer und spielte. Marwan hatte versucht, einen Blick auf das Spiel zu erhaschen, aber Egon hatte ihn jedes Mal weggescheucht. Marwan kannte sich mit Computerspielen nicht aus, aber er vermutete, dass Egon Soldat spielte. Dabei stöhnte und ächzte er, als handelte es sich um einen realen Einsatz. Manchmal schrie er sogar laut auf. Beim ersten Mal war Marwan ins Schlafzimmer gerannt, aber der seltsame Kauz hatte ihn nur verständnislos angesehen.

Marwan ließ sich auf die Knie fallen und raffte die Zeitungen zusammen, mit denen der Boden des Wohnzimmers noch immer zu zwei Dritteln bedeckt war. Er faltete sie und stapelte sie zu kleinen Haufen. Keine Ahnung, wohin er damit sollte, Egon hatte es ihm nicht gezeigt. Also schob er die Papierstapel von einer Ecke des Zimmers in die andere.

Unter dem Sofa lagen Hefte, deren Papier glänzte. Marwan musste sich fast auf den Boden legen, um sie hervorzuziehen.

Im ersten Augenblick weigerte sich sein Gehirn abzubilden, was auf den Magazinen zu sehen war. Er nahm vier oder fünf Hefte in die Hand und versuchte, sie auf Kante zu klopfen. Als er sie mit der Titelseite nach oben neben sich ablegte, sprang ihn die nackte Frau geradezu an. Sie hatte ihre Schenkel weit gespreizt. Mit der rechten Hand ... Nein! Er konnte sich dieses Foto nicht ansehen.

Er schob die Hefte hinter seinen Rücken, bückte sich aber erneut. Da waren noch mehr. In ihm tobte ein Kampf zwischen Pflichtgefühl und Ekel. Egon erwartete, dass er im Wohnzimmer Ordnung schaffte. »Clean!« hatte er gesagt und dabei nicht freundlich geklungen. »Clean all!«, hatte er hinzugesetzt und das Zimmer verlassen.

Was würde passieren, wenn Egon mit seiner Arbeit nicht zufrieden wäre? Die Deutschen legten großen Wert darauf, dass man ihre Anweisungen befolgte. Sie mochten es nicht, wenn man eine Aufgabe nicht genau so erledigte, wie sie es befohlen hatten. Außerdem war für die Deutschen Sauberkeit eines der wichtigsten Gebote. Kein Staubkorn sollte auf der Erde liegen. Vor allem der Fußboden lag ihnen am Herzen. Er sollte stets so sauber sein, dass man davon essen mochte. Marwan konnte sich das nicht vorstellen. Die Deutschen aßen nie vom Boden, sie hockten sich nicht einmal darauf. Die Deutschen saßen auf Stühlen und die Teller standen auf dem Tisch. Warum also sollte man den Fußboden so reinigen, dass man davon essen könnte. Das war eines der Mysterien dieses Volkes.

Er bückte sich erneut und zog einen weiteren Stapel der glänzenden Magazine hervor. Er schloss die Augen und überlegte, was er tun sollte. Augenscheinlich gehörten derartige Hefte in eine deutsche Wohnung. Er musste lernen, wie die Deutschen lebten, das sagten sie im Heim immer wieder. Also sollte er sich auch diese Fotos anschauen.

Vorsichtig öffnete er die Augen. Wieder war eine bis auf lange, über die Oberschenkel reichende Strümpfe nackte

Frau auf der Titelseite. Diesmal aber stand sie und lächelte den Betrachter an.

Marwan ließ seine Augen über das Bild wandern. Die Frau war schön. Ihre Haut schien makellos. Ihre Brüste waren groß und schwer. Ihre Beine lang. Ihr Schoß versprach Genüsse.

Nicht, dass Marwan wusste, wovon er sprach. Er hatte noch nie mit einer Frau beieinandergelegen. Seine Freunde waren alle schon in einem Haus der Freude gewesen, aber er hatte sich nicht getraut. Wenn er nicht aus dem Land gegangen wäre, hätte ihm die Familie eine Braut ausgesucht. Das war eines der Dinge, über die er nachts oft nachdachte. Diese für ihn bestimmte Braut würde er vielleicht niemals sehen. Müsste er ein Leben ohne Gefährtin führen? Er hätte gerne seine Mutter gefragt.

»You like?«

Marwan zuckte zusammen. Er hatte Egon nicht kommen gehört.

»Love white woman?«

Marwan wusste nicht, was er antworten sollte. Er drehte vorsichtig den Kopf. Egon starrte ihn an. Marwan sah vor allem den Schweiß auf der Stirn des Mannes. Erst danach fiel ihm auf, dass er lachte. Laut und aggressiv.

Marwan wusste, dass er nicht länger bleiben durfte. Er sprang behände auf die Beine und rannte zur Tür. Egon machte einen Schritt zur Seite, war aber zu langsam. Marwan traf ihn an der Schulter. Der weiße Mann schrie auf. Marwan ließ sich nicht beirren. Er musste raus. Er brauchte frische Luft zum Atmen.

Er drückte die Klinke der Wohnungstür nach unten und zog.

Nichts.

Er probierte es erneut, drückte die Tür diesmal nach außen.

Wieder nichts.

Egon lachte.

Die Tür war verschlossen.

Marwans Beine versagten ihm den Dienst. Er drehte sich auf der Stelle, lehnte den Rücken an die kalte Tür und ließ sich langsam an ihr heruntergleiten.

»You hier!«, sagte Egon und sein Lachen war verschwunden.

Vierundvierzig

»Was soll denn dieser Massenauflauf hier?«

Schober ging langsamen Schrittes über den Flur des Kommissariats 1 und schüttelte den Kopf.

»Was haben wir mit diesen Leuten zu schaffen, Thal? Und vor allem: Was haben diese Leute mit Ihrer Mordermittlung zu tun?«

Gute Frage, dachte Thal, dem vor ein paar Minuten dasselbe durch den Kopf gegangen war. Er schaute zur Seite und damit Schober direkt in die Augen. Der Kriminaldirektor erwartete tatsächlich eine Antwort. Oft waren seine Fragen rein rhetorischer Natur, diesmal würde er sich mit einer unverständlich gebrummten Aussage nicht zufriedengeben.

»Die Leute bringen uns möglicherweise nicht weiter, da haben Sie recht.«

Er wartete einen Moment, aber Schober nickte ihm auffordernd zu.

»Es geht eher um die Wohnung, in der wir sie gefunden haben.«

Schober blieb vor der Tür ins Treppenhaus stehen. »Soll ich ehrlich zu Ihnen sein, Thal?«

»Ich bitte darum, Herr Kriminaldirektor.«

Der Imam konnte sich ein Lächeln über die antiquierte Formulierung nicht verkneifen, was Thal als Teilerfolg verbuchte.

»Ganz ehrlich«, sagte Schober, »ich glaube, dass Sie in diesem Fall völlig im Dunkeln tappen und mit wildem Aktionismus versuchen, der Öffentlichkeit etwas vorzumachen.«

Thal sparte sich jede Entgegnung, zumal Schobers Einschätzung nicht vollständig von der Hand zu weisen war.

Der Kriminaldirektor war noch nicht fertig. »Passen Sie auf, dass solche Aktionen nicht nach hinten losgehen. Zwanzig illegale Ausländer in einem möglicherweise von der ›Flüchtlingshilfe Bodensee‹ finanzierten Wohnheim, das wäre ein kräftiger Schwall Wasser auf die Mühlen des Herrn Jakobsen, finden Sie nicht?«

Schober drehte sich um und trat ins Treppenhaus. Mit der rechten Hand winkte er Thal noch einmal zu und rief eine Spur zu fröhlich: »Schönen Feierabend!«

Thal seufzte und betrat den Besprechungsraum, in dem seine Mitarbeiter versammelt waren, alle in Unterlagen vertieft. Bettina blätterte in Schriftstücken, während Stephanie und Jonas ihre Tablets malträtierten.

»Ich habe mir wegen der Aktion gerade einen Rüffel vom Imam eingefangen«, sagte er.

»Der ist doch jedes Mal unzufrieden, wenn wir ihm den Täter nicht innerhalb von vierundzwanzig Stunden servieren«, sagte Jonas, dem es augenscheinlich warm geworden war; er hatte seinen Pullover ausgezogen und die Hemdsärmel aufgekrempelt.

»So ganz unrecht hat er nicht.« Thal setzte sich neben Bettina und versuchte einen Blick auf die Papiere zu erhaschen. »Wir sollten auf jeden Fall vermeiden, dass von der Wohnung etwas in die Öffentlichkeit gerät. Jakobsen könnte das für seine Zwecke ausschlachten.«

»Es wird nicht einfach sein, das geheim zu halten, wo wir doch mit der ganzen Kavallerie angerückt sind.« Quandts Kritik war nicht zu überhören. Thal wusste, dass der Kollege recht hatte. Der Einsatz eines MEK war in diesem Fall völlig überzogen. Sie mussten aufpassen, dass sie nicht überall Terroristen witterten. Er musste aufpassen, korrigierte er seinen letzten Gedanken.

»Haben wir aus den Männern wenigstens irgendetwas Brauchbares herausbekommen?«

»Nicht wirklich«, antwortete Stephanie. Sie schob ihren Stuhl einen halben Meter zurück und schlug die Beine übereinander. »Sie haben Angst, vermutlich hat man ihnen eingeschärft, dass sie auf keinen Fall einem Polizisten Auskunft über ihre Arbeit geben dürften.«

»Ordentlich gemeldet dürften die auch kaum sein«, warf Bettina ein.

»Auf jeden Fall hatten alle Männer Papiere, wobei wir den Aufenthaltsstatus nicht so schnell klären konnten.«

»Das ist auch nicht unsere Sache, Stephanie. Darum müssen sich die Kollegen vom Zoll und von der Ausländerbehörde kümmern.«

»Schon klar. Ich dachte halt, dass es dich interessiert.« Sie presste die Lippen zusammen und Thal ärgerte sich über seine Bemerkung. Stephanie war extrem dünnhäutig in den letzten Tagen. Bettina lächelte ihr kurz zu und hielt die Papiere in die Höhe. »Ich habe mir die Mietverträge mal genauer angesehen. Sie sind nahezu identisch, sieht man von den Namen der Mieter ab. In unserem Fall ist es, wie schon gesagt, ein gewisser Horst Herbst.«

»Der Mann ist ein Phantom.« Jonas legte sein Tablet aus der Hand, das Thal manchmal wie bei Quandt angewachsen vorkam. »In Konstanz ist niemand dieses Namens gemeldet, auch in den diversen Datenbanken Fehlanzeige. Also habe ich ein bisschen im Netz recherchiert. Im Telefonbuch gibt es neunundzwanzig Einträge mit diesem Namen.«

»Du meinst, es gibt tatsächlich Männer, die Horst Herbst heißen?«, fragte Thal. »Mir kam das von Anfang an erfunden vor.«

»Was es möglicherweise auch ist«, sagte Jonas. »Ich habe sie alle angerufen, niemand von denen hat eine Wohnung in Konstanz gemietet.«

»Behaupten sie zumindest«, murmelte Stephanie.

»Berechtigter Einwand«, sagte Jonas. »Allerdings gibt es keine Hinweise oder Indizien, dass einer dieser Männer der gesuchte Mieter ist.«

Für einen Moment legte sich eine gespannte Stille über den Raum. Thal spürte, dass Stephanie am liebsten eine Debatte über ihre Ermittlungstaktik vom Zaun gebrochen hätte. Bettina glättete die Wogen mit der einzigen Schlussfolgerung, die sie weiterbrachte.

»Wir sollten davon ausgehen, dass der Mieter unter falschem Namen aufgetreten ist.«

»Was Frank Sassen wieder ins Spiel bringt«, sagte Quandt.

»Hör auf!« Stephanie stellte die Füße parallel auf den Boden; es sah aus, als wollte sie im nächsten Augenblick aufspringen. »Die Leute lebten dort unter katastrophalen Umständen, Frank hätte das niemals zugelassen.«

Jonas wollte sich noch nicht geschlagen geben. »Und warum hatte er die Scans der Mietverträge auf seinem Rechner?«

»Was weiß ich?«, giftete Stephanie. »Möglicherweise hat er genau wie wir die Verbrecher gesucht, die sich an ausländischen Arbeitskräften bereichern.«

Thal stöhnte auf. »Hört auf, Kinder!«

Bettina grinste ihn an und er ärgerte sich über diese Bemerkung. Hatte er seine Leute jemals zuvor als Kinder bezeichnet? Zum Glück verkniff sie sich die Replik ›Alles klar, Opa!‹

»Lasst uns Feierabend machen«, sagte er. »Heute kommen wir eh nicht mehr weiter.«

Jonas sprang auf und steckte sein Tablet in die Tasche. »Hat jemand Lust auf einen Bummel über den Weihnachtsmarkt?«

Alle schüttelten den Kopf und murmelten etwas wie ›bin müde‹ oder ›habe schon eine Verabredung‹.

»Nun gut«, sagte Jonas und ging als Erster zur Tür. »Dann werde ich mich in meine einsame Hütte auf dem Campingplatz begeben. Kennt jemand das Dienstagabendprogramm im Fernsehen?«

Fünfundvierzig

Stephanie stellte die Teller zusammen und brachte sie in die Küche. Fridolin war neben allem anderen auch noch ein guter Koch. Wie gut, dass nicht alle Frauen wussten, über welche Fähigkeiten der Mann verfügte, sie würde sich vor Nebenbuhlerinnen nicht retten können.

»Tee?«, fragte sie und er nickte. Sie füllte den Wasserkocher und schüttete exakt fünf Löffel Darjeeling Second Flush in die Teekanne. Fridolin hatte sie gelehrt, den alltäglichen Dingen die Aufmerksamkeit zu schenken, die sie verdienten.

Sie erschrak, als er die Arme um sie schlang. Woher hatte er nur die Fähigkeit, sich völlig geräuschlos zu bewegen? Ob so etwas tatsächlich in den Genen lag?

»Wie wunderbar es bei dir ist«, sagte er.

Sie drehte sich um und gab ihm einen Kuss auf die Nasenspitze.

»Warum betonst du das ›bei dir‹ so sehr?«

»Weil es nicht mehr viele Orte gibt, an denen ich mich so wohl fühle wie in deiner Wohnung.«

Er drückte sie an sich und legte den Kopf auf ihre Schulter.

Stephanie genoss die Berührung, entwand sich ihr aber. »Das Wasser kocht«, sagte sie. Mit einer schnellen Bewegung drehte sie sich um und goss den Tee auf. »Bring schon mal die Tassen ins Zimmer.«

Als sie mit der Teekanne in der einen und einem Teller voller von ihrer Mutter gebackener Weihnachtsplätzchen in der anderen Hand ins Wohnzimmer kam, stand Fridolin am Fenster und schaute hinaus.

»Es schneit«, sagte er tonlos.

»Wie war das eigentlich damals für dich, als du das erste Mal Schnee gesehen hast?«

Er lachte. »Wir haben Fernsehen in Kinshasa.«

Er ging zum Tisch und setzte sich.

»Weißt du, was der Lieblingsfilm meines Vaters ist?«

Stephanie goss den Tee ein und schüttelte den Kopf.

»›Citizen Kane‹. Vater hat Himmel und Hölle in Bewegung gesetzt, um eine Schneekugel aufzutreiben. War gar nicht so leicht übrigens.«

Stephanie stand auf und ging an das Schränkchen, auf dem der Fernseher stand. Sie öffnete die Schiebetür und holte eine Schneekugel heraus.

»Was ist das denn?«, rief Fridolin. »Die sieht ja aus ...«

»... wie im Film«, ergänzte Stephanie. »Ist eine Replik. Ich verstecke sie immer, weil ich denke, dass Besucher mich für verrückt erklären, weil ich so einen Kitsch nicht wegwerfen kann.«

Sie drehte sich einmal um die eigene Achse, schüttelte die Kugel, hauchte ›Rosebud‹ und ließ sich auf Fridolins Schoß fallen.

Er strich ihr über den Kopf. »Vaters größter Traum war es, einmal mit einem Schlitten zu rodeln. Also bin ich ein paar Wochen nach meiner Ankunft in den Schwarzwald gefahren, habe mir einen Schlitten geliehen und ein Freund hat ein Video gemacht.«

»Wie schön«, sagte Stephanie und setzte sich wieder aufs Sofa. »Du hast den Wunsch deines Vaters erfüllt.«

Fridolin nahm die Tasse und trank einen Schluck. »Damals kam mir alles noch so leicht vor.«

Stephanie beugte sich vor. Sie spürte, wie sich ihr Nacken verspannte. »Was ist passiert?«

Fridolin zuckte mit den Schultern. »Was in den letzten Wochen immer wieder vorkommt. Ich bin noch nie in meinem Leben so oft von wildfremden Menschen angepöbelt worden. ›Hau ab!‹ ist noch das Harmloseste, was ich mir anhören muss. Nicht selten folgt eine Morddrohung.«

»Du weißt, dass nur eine Minderheit so denkt.«

Fridolin schluckte. »Ich wünschte, ich hätte deinen Optimismus und deine Kraft.«

Stephanie stand auf und kniete sich vor ihn. Er nahm ihr Gesicht zwischen beide Hände. »Ich bin nicht sicher, dass es nur wenige sind, die uns am liebsten eher heute als morgen aus dem Land jagen würden. Die meisten Menschen schweigen und wir wissen nicht, was sie denken. Mir macht das Angst.«

Stephanie verstand, was er meinte. Im Grunde genommen ging es ihr nicht anders. »Was willst du tun, Liebster?«

Er schüttelte langsam den Kopf und schluckte, als kämpfte er mit den Tränen. »Ich weiß es nicht. Ich ertappe mich nur dabei, dass ich darüber nachdenke, Deutschland zu verlassen.«

Sie nickte stumm.

»Es ist noch lange kein konkreter Plan, auch wenn ich schon mal im Netz recherchiert habe, wo ich mein Studium zu Ende bringen kann.«

»Und wo wäre das?«, fragte sie und ertappte sich dabei, dass sie hoffte, er würde kein afrikanisches Land nennen. Trotz ihrer Liebe zu Fridolin war ihr dieser Kontinent fremder als alle anderen.

»Kanada wäre ein guter Platz, denke ich.«

Sie schmiegte sich an ihn. »Dann komme ich mit«, sagte sie in einem Tonfall, der keinen Widerspruch duldete. »Ein

Land, in dem du nicht friedlich leben kannst, ist nicht länger meine Heimat.«

Sie küssten sich zärtlich.

»Und Kanada hört sich auch für mich sehr gut an.«

Mittwoch

Sechsundvierzig

»Und ich dachte, dass Ihr Sohn uns keinen Ärger mehr machen würde!«

Schober warf die Zeitung auf den Tisch. Tobias' Artikel über die Eskalation der Gewalt am Bodensee war die Titelgeschichte. Wie man es von dem Blatt gewohnt war, prägten überdimensionierte Buchstaben und große Fotos den Artikel. Thal hatte ihn bereits gelesen und war entsetzt, wie reißerisch sein Sohn geschrieben hatte. Augenscheinlich waren ihm die Maßstäbe für guten Journalismus schon nach wenigen Monaten abhandengekommen. Der Artikel war nichts anderes als Bettelei um Auflage. ›Kauf mich!‹, schrie er. ›Hier kannst du dich richtig schön schaudern!‹, brüllte er und zog die Schlussfolgerung: ›Wenn selbst am braven Bodensee, wo zum ersten Mal ein Grüner Oberbürgermeister einer größeren Stadt wurde, die Bürger gegen die Ausländer auf die Straße gehen, dann muss doch wohl etwas dran sein!‹

»Wir können nur hoffen, dass wir diesen Herrn Badawi so schnell wie möglich finden«, sagte Schober und tippte auf ein Standfoto aus dem Überwachungsvideo des Supermarktes.

Thal nickte. Diese Bildunterschrift war besonders perfide. ›Finden Sie Marwan Badawi und schützen Sie ihn vor seinen Jägern!‹

Die Tür würde aufgerissen und Stephanie stürmte herein. Sie trug die zusammengerollte Zeitung wie eine Keule vor sich her. Thal fürchtete für einen Moment, sie könnte damit auf ihn einschlagen. »Hat Tobias endgültig den Verstand verloren?« Sie schrie mehr als sie sprach. »Weiß er eigentlich, was er damit anrichtet?«

Sie schleuderte die Zeitung auf den Tisch. »Natürlich weiß er das, aber es ist ihm egal. Er instrumentalisiert das Schicksal dieses Menschen für die Steigerung seiner Auflage.«

Sie ließ sich in einen Stuhl fallen und von einer Sekunde auf die andere schien alle Spannung von ihr abzufallen. »Wie erbärmlich das ist ...«, flüsterte sie.

Thal fiel nichts ein, das er zu Tobias' Verteidigung sagen konnte. Schober und Stephanie hatten völlig recht. Er war nur froh, dass Jonas den Tiraden schweigend zuhörte und nicht noch Öl ins Feuer goss. Bettina war noch nicht zur Arbeit erschienen, vermutlich hatte sich ihr Kindermädchen verspätet.

»Gut!«, sagte Schober. »Sie wissen, was zu tun ist. Finden Sie diesen Schwarzen und machen Sie endlich den Mörder von Frank Sassen ausfindig.«

Er öffnete die Tür und stieß fast mit Hartmut Grendel zusammen, der ein halb aufgeklapptes Notebook auf dem Arm balancierte.

»So schwer kann das ja nicht sein«, rief Schober über die Schultern in den Raum.

Der Kriminaltechniker schaute dem Imam nach und schüttelte den Kopf. »Was ist denn in den gefahren?«

»Vor allem: Was ist in seinen Augen ›nicht so schwer‹?«, fragte Stephanie und bemühte sich nicht, den Sarkasmus in ihrer Stimme zu unterdrücken. »Marwan Badawi zu finden oder den Mörder von Frank Sassen?«

»Was mich angeht: Ich kümmere mich um unseren Mordfall und da ...«

Schlagartig veränderte sich die Atmosphäre im Raum. Aus Wut wurde höchste Konzentration.

»Ich habe euch das mal mitgebracht.« Grendel stellte das Notebook auf den Tisch, sodass alle auf den Bildschirm sehen konnten.

»Der Telefonprovider hat uns vor fünf Minuten die Daten unserer ›Stillen SMS‹ übergeben. Er konnte den Sendemast bestimmen, in den das Telefon eingebucht war, das Sassen kurz vor seinem Tod angerufen hat.«

Grendel drückte auf eine Taste. Auf dem Display des Notebooks erschien eine stark vergrößerte Karte.

»Hier«, sagte der Techniker und tippte auf ein schwarzes Dreieck.

»Und wo bitte ist das jetzt?«, fragte Thal.

»Warte, ich vergrößere den Ausschnitt mal ein bisschen.«

Jonas rückte mit dem Kopf näher an den Bildschirm und nahm Thal damit die Sicht. Er atmete tief ein, sagte aber nichts.

»Konstanz-Staad«, las Jonas die Beschriftung auf der Karte vor.

»So ist es«, sagte Grendel. »Als wir unsere Nachricht verschickten, befand sich das Handy in unmittelbarer Nachbarschaft der Wohnung von Thies Jakobsen.«

»Also doch!«, rief Stephanie und schlug sich mit der flachen Hand auf ihren Oberschenkel. »Ich hab's die ganze Zeit gewusst!«

»Moment!« Thal tat es nicht gerne, aber er musste in diesem Moment den Spielverderber geben. »Wir wissen noch gar nichts.«

»Hör auf, Alexander!« Stephanie klang euphorisch. »Frank Sassen hat kurz vor seinem Tod ein Telefonat getätigt. Das Handy, das er angerufen hat, war in einen Funkmast direkt bei Thies Jakobsens Wohnung eingewählt.«

»Stopp!« Thal hob die Hand zum Signal, das niemand außer ihm selbst das Wort hatte. »Das ist ein unzulässiger Schluss. Wir wissen, dass dieses Handy sich dort aufgehalten hat, als Hartmut seine Nachricht schickte. Zum Tatzeitpunkt kann sein Besitzer aber in Hamburg oder Timbuktu gewesen sein.«

»Was soll das!« Stephanie sprang auf und stieß ihren Stuhl mit so viel Kraft nach hinten, dass er einen Meter über den Boden rutschte. »Wir haben schon Leute aufgrund weniger stichfester Indizien vorläufig festgenommen. Worauf warten wir also noch? Am besten lassen wir Jakobsen von uniformierten Kollegen abholen, das wird seiner Selbstsicherheit einen Knacks geben.«

»Nein, das tun wir ganz sicher nicht!« Thal wollte keinen Zweifel daran lassen, dass er nicht bereit war, über diese Entscheidung zu diskutieren. Sein Team war einen derart autoritären Stil nicht gewohnt, er hätte ahnen müssen, dass Jonas Stephanie zur Seite sprang.

»Du hast recht, dass wir jede Eskalation vermeiden müssen, Alexander.« Er schaute Thal kurz an, als wollte er sich seiner Zustimmung versichern. »Deswegen sollten wir nur zu zweit Jakobsen in seiner Wohnung befragen.«

»Meinetwegen«, sagte Stephanie. »Aber ich möchte dabei sein.«

Das wollte Thal auf jeden Fall vermeiden, behielt es aber für sich.

»Wir werden Jakobsen befragen, wenn wir noch ein paar weitere Informationen haben.« Thal deutete auf das Notebook. »Kannst du uns das Satellitenbild des Viertels zeigen, Hartmut?«

»Natürlich.« Der Techniker klickte ein Symbol an und die Aufnahme erschien.

»Wir ihr seht, haben wir es hauptsächlich mit Einfamilienhäusern zu tun, das Mehrfamilienhaus, in dem Thies Jakobsen wohnt, ist eine Ausnahme. Ich möchte, dass wir so viele Informationen über die Bewohner dieses Viertels sammeln wie möglich. Ist jemand von ihnen bei den ›Bürgern für einen christlichen Bodenseeraum‹ aktiv? Oder bei der ›Flüchtlingshilfe‹? Ist uns möglicherweise ein Name schon mal begegnet?«

»Weißt du, wie viel Zeit das kostet?«, fragte Jonas, der ahnte, dass diese Aufgabe in erster Linie an ihm hängen bleiben würde.

Thal winkte energisch ab. »Auf ein paar Stunden kommt es nicht an.« Er schaute in die Runde. Während Grendel gelassen sein Notebook zusammenpackte, schauten Stephanie und Jonas mit verkniffenen Mienen vor sich hin. Das Klingeln seines Smartphones hinderte ihn daran, sie noch einmal zur Sorgfalt bei der Untersuchung zu mahnen. Nach einem Blick auf das Display meldete sich Thal. »Was gibt's, Bettina?«

»Nicht am Telefon. Komm zu mir nach Hause. Allein!«

Siebenundvierzig

Da hatte er ja einen fetten Hecht ins Netz bekommen!

Egon Ginter strich sich mit der Hand über die Glatze. Er mochte das glatte Gefühl, es erinnerte ihn an die seidenweiche Haut dieser Thai-Nutte, die er sich vor ein paar Wochen geleistet hatte. Es wäre mal wieder Zeit, dachte er. Aber finanzier das mal mit Hartz IV, brummte er.

Der Neger saß in der Ecke und starrte ihn an. Zum Glück verstand der kein Deutsch. Oder tat er vielleicht nur so? Bei denen wusste man ja nie, woran man war. Augen hatte der! Groß wie Untertassen. Irgendwie unheimlich. Dabei war das ja ein schmales Hemd, konnte ihm körperlich kaum das Wasser reichen. Der Typ hatte wohl nicht so viel zu beißen bekommen in den letzten Monaten, abgemagert wie er war. Deswegen wollte er sich auch diese Frucht unter den Nagel reißen. Eine Mango! Hatte die Nutte ihm damals auch in den Mund gestopft, quasi zum Nachtisch. Schmeckte ekelhaft, das Zeug. Faserig wie ein Stück Stoff, er hatte erst mal einen halben Liter Ruppaner Bräu runterstürzen müssen, um das eklige Gefühl im Mund wieder loszuwerden.

Vorsichtig strich er mit der Kante der rechten Hand die Zeitung glatt. Der Neger hatte versucht, sie verschwinden zu lassen, als er sie in der Post entdeckt hatte. Er hatte es aber gemerkt. Langsam hob er das Blatt hoch.

»You!«, sagte er. Gut, dass er im Englischunterricht einigermaßen aufgepasst hatte. Irgendwie hatte er immer geahnt, dass er das noch mal brauchen würde.

Der Neger hob einmal kurz den Kopf und schaute auf das Foto.

»You?« wiederholte er, diesmal als Frage.

Der Schwarze nickte und wischte sich über die Stirn. Er schwitzte nicht schlecht, obwohl er doch eigentlich die Hitze gewohnt sein müsste aus Afrika.

Wäre das also auch endgültig geklärt, dachte Egon. Der Typ wurde gesucht. Daraus musste man doch Kapital schlagen können. Die Idee, den Neger mal die Wohnung auf Vordermann bringen zu lassen, war ja schon nicht schlecht gewesen. Jetzt wusste er, dass viel mehr drin war. Vielleicht würde es ja doch mal wieder für die Thai-Nutte reichen. Die war nicht wirklich teuer. Je nachdem, was man wollte, begann es schon bei fünfzig Euro und er war nicht anspruchsvoll. Nur die weiche Haut wollte er spüren.

Er streichelte wieder seine Glatze. Stopp, sagte er sich und fragte sich im selben Augenblick, ob er das Wort laut ausgesprochen hatte. Der Neger starrte ihn so eigenartig an. Die haben aber auch einen Blick drauf. Er musste sich konzentrieren und eine Entscheidung treffen. Auf jeden Fall musste er den Typen loswerden, jetzt, wo der gesucht wurde. Er wollte keinen Ärger haben. Bloß das nicht!

Sollte er die Polizei rufen? Die würden den Neger ganz sicher abholen. Und dumme Fragen stellen. Mit den Bullen hatte er nun wirklich nichts am Hut. Der größte Batch auf seiner Kutte war ›A.C.A.B.‹ gewesen, ›All cops are bastards‹. Nein, es kam nicht infrage, dass er die ins Haus holte.

Vielleicht wäre es besser, wenn er mit der Negerhure von gegenüber redete. Er hatte schon länger ein Auge auf sie geworfen, aber sie hatte ja ihren Typen, der ständig bei ihr aufkreuzte. Der machte nicht den Eindruck, als wäre mit ihm gut Kirschen essen. Andererseits wollte sein Neger ja auch mit ihr reden. Warum wäre er sonst hier im Hausflur rumgeschlichen? Vielleicht wusste die Alte ja was.

Er überlegte hin und her. Entscheidungen dauerten bei ihm immer etwas länger. Er brauchte ewig, um sich zu irgendetwas aufzuraffen. Die Wohnung aufzuräumen zum Beispiel. Das nahm er sich seit Monaten vor, aber er schaffte es nicht.

Nein! Diesmal musste er handeln. Der Neger war nur so lange etwas wert, wie man nach ihm suchte. Das würde ja nicht ewig so weitergehen. Irgendwann würden die Leute, die augenscheinlich ganz scharf darauf waren, ihn zu finden, das Interesse verlieren. Sagen wir in zwei oder drei Tagen wäre das bestimmt vorbei. Dann würden sie denken, dass der Typ sich aus dem Staub gemacht hat. Zurück nach Afrika, weil es ihm hier zu kalt ist. Er lachte auf und der Neger zuckte zusammen.

Die Bullen fielen aus, das stand fest. Blieben noch seine alten Kumpel. Wann hatte er zuletzt mit einem von denen gesprochen? Monate war es her. Vielleicht auch schon ein Jahr. Vor sechzehn Monaten hatte er die Maschine verkauft. Erst war er noch zu den Treffen gegangen, aber irgendwann nervte es nur noch. Sie redeten über nichts anderes als ihre Bikes und die Back Warmer, dabei hatten die meisten genauso wenig eine Braut wie er selbst.

Andererseits waren seine Biker-Kumpel die Einzigen, auf die er sich hundertprozentig verlassen konnte. Er war zwar jetzt schon eine Weile Zivilist, aber das bedeutete nichts. Wenn er sie brauchte, waren sie da.

Kurt, fiel es ihm wie Schuppen von den Augen. Wenn jemand wusste, wie man den Neger am besten zu Kohle machte, dann Kurt.

Egon stand auf und ging zum Schrank. Die Kutte hing noch immer ganz rechts, da wo all die Jahre ihr Platz gewesen war. Sie war ihm ein bisschen zu eng geworden, aber das spielte keine Rolle. Es fühlte sich gut an, nicht mehr als Zivilist durch die Gegend zu dackeln. Er fühlte sich zehn Zentimeter größer.

»Okay«, sagte er zu dem Neger.

»I go out. Come back in two hour. You wait!«

Der Neger schien ihn verstanden zu haben, denn er zitterte, nickte aber gleichzeitig mit dem Kopf.

Egon Ginter verließ die Wohnung. Er drehte den Schlüssel zwei Mal im Schloss. Der Neger war es wert.

Achtundvierzig

»Wenn das rauskommt, hast du ein Problem!«

Thal ließ sich in das Sofa fallen. Bettinas Wohnzimmer sah aus wie ein Schlachtfeld. Er hatte die Wohnung vor der Geburt seiner Enkelin gekauft und auf den Namen der kleinen Leah eintragen lassen. Es kam ihm wie eine Ironie des Schicksals vor, dass die Werke seiner von einer Bombe getöteten Frau Leah so viel Geld eingebracht hatten, dass er seiner kleinen Enkelin Leah dieses Geschenk machen konnte. Den Grund für die Unordnung hatte ihm Bettina gleich nach seinem Eintreffen gebeichtet. Ihr blieb auch kaum etwas anderes übrig, denn die Anwesenheit der anderen Kinder war unüberhörbar. Sie stritten sich laut und ausdauernd über irgendeine Nichtigkeit, ständig von ihrer Mutter ermahnt, ruhig zu sein und sich anständig zu benehmen.

»Was sollte ich denn tun?«, fragte Bettina und setzte sich Thal gegenüber. Sie hatte Leah auf dem Arm und wiegte sie sanft hin und her. Die Kleine wendete das Köpfchen von links nach rechts und betrachtete die Welt mit großen wachen Augen. Die Anwesenheit seiner Enkelin besänftige Thal augenblicklich, vermutlich hatte Bettina die Kleine nur deshalb aus ihrer Krabbelecke geholt, wo Pranom sich mit ihr beschäftigte. Sie kannte die Wirkung ihrer Tochter auf den Opa.

»Du hättest zum Beispiel mit mir reden können«, sagte Thal so sanft wie möglich, um Leah nicht zu ängstigen.

»Und dann? Ich konnte Neyla unmöglich alleine lassen. Sie stand von einem Tag auf den anderen vor dem absoluten Nichts. Der Mann, den sie über alles liebte und der ihr ein sicheres Leben garantierte, war tot. Ihr drohte die Abschiebung, was vor allem für ihre Kinder eine Katastrophe wäre. Die vier waren noch nie im Sudan.«

»Ich glaube kaum, dass sie abgeschoben würden.«

»Dein Glaube in allen Ehren, Alexander, aber du kannst dir doch vorstellen, was in Neyla vorgegangen ist. Nein, ich musste sie zu mir nehmen.«

Im Grunde genommen stimmte Thal Bettina zu, allerdings war die Gefahr nicht von der Hand zu weisen. Wenn Schober davon erfahren würde, dass sie eine wichtige Zeugin in einem Mordfall bei sich aufgenommen hatte, würde er zumindest unangenehme Fragen stellen.

»Guten Tag, Herr Kommissar.«

Thal hatte nicht bemerkt, dass Neyla Lado ins Zimmer gekommen war. Sie trug den Säugling auf dem Arm und lächelte ihn an. Ihren Augen fehlte das Leuchten, das ihn beim ersten Treffen in den Bann gezogen hatte. Man sah auf den ersten Blick, dass die Frau müde war. Die Sorge um die Zukunft schien sie ein Stück kleiner gemacht zu haben.

»Wie geht es Ihnen?«, fragte Thal und wusste, dass die Frage nicht ehrlich beantwortet würde.

Neyla nickte stumm und setzte sich neben Bettina. Zwei Frauen mit ihren Babys. Das Sinnbild der Zukunft, dachte Thal, allerdings eines, über dem ein dunkler Schatten lag.

»Ich bin Bettina sehr dankbar, dass sie mich aufgenommen hat, aber jetzt muss ich zurück in meine Wohnung.«

Thal war erleichtert, denn damit wäre Bettina aus der Schusslinie. Die allerdings schüttelte energisch mit dem Kopf.

»Das ist viel zu gefährlich. Solange wir Frank Sassens Mörder nicht gefasst haben, bist du vielleicht auch gefährdet.«

Neyla legte den Kopf leicht schief und lächelte. »Mag sein, aber was ist mit den Menschen, die sich auf mich verlassen?«

Thal verstand kein Wort. Bettina nickte ihm zu.

»Neyla ist so etwas wie eine Anlaufstelle für Flüchtlinge. Wer immer ein Problem in Konstanz hat, weiß, dass er sich an sie wenden kann.«

»Wie kommen die Leute an die Information.«

»Mündlich, Herr Kommissar.« Neyla lächelte ihn an und Thal hatte das Gefühl, dass ihre Kraft zurückkehrte. »Der eine erzählt es dem anderen, der es dem nächsten erzählt und so weiter.«

»Habe ich recht, wenn ich sage, dass sich vor allem illegale Einwanderer an Sie wenden, Frau Lado?«

Sie lächelte und schwieg.

»Frank Sassen und Neyla haben Flüchtlingen geholfen, mehr müssen wir nicht wissen, Alexander«, sagte Bettina bestimmt. »Sassen ist tot, also bleibt nur noch sie.«

»Ich muss zurück, Herr Kommissar. Diese Menschen vertrauen auf meine Hilfe.«

Thal hatte keine Ahnung, worin diese Hilfe bestand, aber er traute sich auch nicht zu fragen. »Gut«, sagte er stattdessen, »gehen Sie zurück.«

»Aber ...«, warf Bettina ein. Thal hob die Hand und unterbrach sie. »Ich rufe Schober an. Wir werden Neyla Lado so lange Polizeischutz gewähren, bis wir den Mörder von Frank Sassen gefasst haben.«

Die beiden Frauen schauten sich an. »Habe ich es dir nicht gesagt!« Bettina drückte Neylas Arm. »Auf Alex ist Verlass!«

Neunundvierzig

»Was ist das denn jetzt? Ich glaube, der Computer spinnt!«

Jonas tippte wütend auf der Tastatur herum. Sie waren jetzt seit einer Stunde damit beschäftigt, die Bewohner des Viertels in Staad zu identifizieren, die in der Nähe des Handymastes wohnten und möglicherweise von Sassen kurz vor seinem Tod angerufen worden waren. Und jetzt spuckte der verdammte Rechner auch noch völligen Unsinn aus.

»Was ist denn los?«, fragte Stephanie, rollte mit ihrem Schreibtischstuhl neben ihn und schaute ihm über die Schulter.

»Na hier«, sagte Jonas und zeigte auf zwei Adresseinträge. »Zwei Mal Jakobsen, das ist doch Blödsinn.«

Stephanie stieß mit einem pfeifenden Geräusch den Atem aus. »Nein, das ist es nicht. Guck doch mal genau hin.«

Jonas zuckte mit den Schultern.

»Die Vornamen!«, sagte Stephanie. Jonas registrierte, dass sie genervt klang und dann fiel es ihm wie Schuppen von den Augen.

»Der Sohnemann wohnt in der Nachbarschaft.«

»Der Kandidat hat hundert Punkte«, sagte Stephanie. »Dass Thies Jakobsen einen Sohn namens Oliver hat, steht in irgendeiner Akte, aber dass der im selben Viertel wohnt ...«

»Geschenkt«, sagte Jonas. »Das bringt uns auch nicht weiter.« Er machte eine kurze Pause. »Obwohl ...«

Stephanie rollte hinter ihren Schreibtisch zurück. »Wie meinen?«, fragte sie und grinste.

»Eine alte Kriminalistenregel besagt, dass man gar nicht genug über das familiäre Umfeld eines Tatverdächtigen wissen kann.«

»Deine Wortwahl gefällt mir«, sagte Stephanie. »Wir sollten uns diesen Oliver Jakobsen mal anschauen, was meinst du?«

Zwanzig Minuten später stellte Jonas den Motor des Dienstwagens ab. Sie standen vor einem Bungalow, der in den siebziger Jahren erbaut worden sein dürfte. Im Vergleich zur eher bürgerlichen Wohnung von Thies Jakobsen bewohnte sein Sohn eine Protzvilla. Zu dem Eindruck trug nicht unwesentlich der silbermetallicfarbene Porsche 911 auf der Einfahrt vor der Garage bei.

»Und jetzt?«, fragte Stephanie.

»Gehen wir rein«, sagte Jonas und wollte die Autotür öffnen.

»Moment!« Stephanie griff ihm an den Arm. »Wir sollten zumindest eine halbwegs plausible Begründung für unseren Besuch haben.«

Jonas schob die Unterlippe leicht vor, was ihm das Aussehen eines trotzigen Jungen gab. »Ist doch ganz einfach. Das Auto seines Vaters wurde in unmittelbarer Nachbarschaft gestohlen, vielleicht hat er ja etwas mitbekommen oder sogar eine Theorie zum Tathergang oder den Tätern.«

»Besonders glaubwürdig ist das nicht«, sagte Stephanie, öffnet aber den Sicherheitsgurt. »Aber was soll's, wir wollen uns ja auch nur einen Eindruck verschaffen.«

Oliver Jakobsen bestätigte alle Vorurteile, die Jonas über Porsche-Fahrer hatte. Er war vierundzwanzig Jahre alt, groß und schlank. Trotz der winterlichen Temperaturen trug er ein weißes Leinenhemd, dessen oberste drei Knöpfe offen standen. Seine Haare waren eine Spur zu lang, sein Bart war mindestens einen Tag zu lange nicht rasiert. Er hatte ein aufdringlich herbes Parfum aufgelegt und sprach zu laut und zu derb. Fehlte eigentlich nur noch das Goldkettchen, dachte Jonas, der Stephanie das Gespräch überließ. Sie erklärte etwas zu umständlich, dass sie sich in der Nachbarschaft nach Zeugen für den Autodiebstahl bei seinem Vater umhörten.

»Ich denke, Sie haben die Karre gefunden. Oder haben die in der Zeitung mal wieder Unsinn geschrieben?«

»Nein, nein«, beeilte sich Stephanie zu sagen, »das stimmt schon. Aber da ist ja immer noch die Leiche im Kofferraum.«

»Ja, das ist wirklich eine blöde Sache. Dieser Sassen war augenscheinlich ein geachteter Mitbürger.«

Jonas sah sich in der Wohnung um. Oliver Jakobsen hatte sie in ein saalartiges Wohnzimmer geführt, dessen Fläche ganz sicher mehr als drei Viertel der Grundfläche des Gebäudes einnahm. Wer auch immer sich um die Einrichtung gekümmert hatte, verfügte über einen deutlich unterentwickelten Sinn für Harmonie. Hier passte nichts zusammen. Die Sitzmöbel waren für die Größe des Raumes zu grazil und wurden von den deckenhohen Regalwänden geradezu erschlagen. Die schreienden Farben der Bilder ließen einen erschauern und lieferten sich einen aussichtslosen Kampf mit den fein strukturierten Teppichen. Einzig ein Biedermeier-Sekretär ließ auf einen gewissen Stil der Besitzer hoffen. Jonas vermutete ein Erbstück.

»Sie haben also auch keinen Verdacht, wer den Wagen Ihres Vaters gestohlen haben könnte.«

»Verdacht?« Oliver Jakobsen lachte auf. »Ich denke, dass alle außer Ihnen, Frau Kommissarin, ganz genau wissen, wer das Auto gestohlen hat.« Er machte eine kleine Kunstpause, und Jonas stellte fest, wie sehr ihn die Ressentiments seiner Mitbürger inzwischen langweilten. »Die Zigeunerbande natürlich. Oder, um korrekt zu bleiben: die Facharbeiter aus dem Volk der Sinti und Roma.«

Jonas sah aus den Augenwinkeln, dass Stephanie die Fäuste ballte, und beeilte sich, die Situation zu entschärfen. »Nun gut, Herr Jakobsen, das wäre es schon.«

Er fasste Stephanie am Arm und zog sie hinter sich her aus dem Haus.

»Was für ein Arschloch!«, sagte sie, als sie wieder im Auto saßen.

»Wie der Vater so der Sohn.« Jonas hatte das Gespräch bereits abgehakt und überlegte, welche Möglichkeiten sie noch hätten, diesen ominösen Horst Herbst zu finden. Ihm schien das die einzige verbliebene Spur zu sein.

»Was hältst du davon, wenn wir die Autovermietungen abklappern, bei denen dieser Herbst Fahrzeuge gemietet hat.«

Stephanie nickte und nahm das Handy. »Wir sollten das mit Alexander absprechen.«

Das Gespräch war bereits nach wenigen Sätzen beendet.

»Grünes Licht«, sagte Stephanie und Jonas startete den Motor.

Fünfzig

Langsam zog sich Marwan an der Tischplatte nach oben. Sein Körper zitterte, als bekäme er einen Fieberschub. Wohin war Egon gegangen? Was war das für eine merkwürdige Jacke, die er sich angezogen hatte? Er hatte so einen seltsamen Blick bekommen, fast verklärt.

Mit vorsichtigen Schritten ging Marwan zur Tür. Er wusste, dass es sinnlos war, und doch musste er sich vergewissern, dass sie geschlossen war. Es war eine massive Tür. Wertarbeit, wie alles in Deutschland. Es hatte keinen Sinn, dass er mit den Fäusten dagegenhämmerte oder mit den Füßen dagegentrat, sie würde sich keinen Zentimeter bewegen. Er brauchte Hilfe, allein konnte er sich nicht aus diesem Gefängnis befreien. Das Wort schlich sich in seine Gedanken und setzte sich fest. Ja, er war gefangen. Aber was wollte Egon von ihm?

Langsam drehte er sich um und ging ins Schlafzimmer. Der Computer lief noch immer, kreuz und quer flogen Vögel über den Bildschirm. Er setzte sich auf den Stuhl und verlor sich in dem Bildschirmschoner. Nur einen Moment ausruhen. Nachdenken. Er brauchte Kontakt zur Außenwelt. Natürlich! Computer! Skype!

Er atmete tief durch und tippte die Maus mit dem rechten Zeigefinger an. Die fliegenden Vögel verschwanden, für eine Sekunde wurde der Bildschirm schwarz, ehe das Eingabefenster erschien.

›Password‹ stand dort in schreiend roten Buchstaben.

Egon hatte seinen Computer geschützt. Marwan ließ den Kopf auf die Schreibtischplatte sinken. Es hatte keinen Sinn, damit seine Zeit zu vertrödeln, verschiedene Eingaben zu probieren. Er hatte keinen blassen Schimmer, welches Passwort Egon benutzt haben könnte. Vielleicht sein Geburtsdatum, das er nicht kannte. Oder den Namen einer Freundin, seiner Mutter, seines verstorbenen Hundes. Nein, es hatte keinen Sinn, sich darüber den Kopf zu zerbrechen.

Marwan zog die Schreibtischschubladen auf. Er starrte in das gleiche Chaos, das in der ganzen Wohnung herrschte. Die Fächer waren bis oben gefüllt mit Technikkram, vergammelten Schokoriegeln und getragenen Unterhosen.

Er überwand seinen Ekel und wühlte darin herum. Vielleicht hatte Egon sein Handy vergessen. Irgendwo musste es in dieser Wohnung doch ein Telefon geben?

Er riss Schublade für Schublade heraus, kippte den Inhalt auf den Fußboden und stocherte mit der Schuhspitze darin herum. Er schaute in den Kleiderschrank, durchwühlte die Küchenschränke und die Regale im Wohnzimmer. Nichts. Kein Handy, überhaupt kein Telefon.

Verzweifelt trat er ans Fenster. Es schneite. Dicht fielen die Flocken auf den Boden und bildeten eine weiße Schicht, in der einzelne Kristalle leuchteten. Die Menschen hasteten mit gesenkten Köpfen über den Bürgersteig. Ein alter Mann kehrte mit einem Besen den Schnee zur Seite.

Marwan klopfte an die Scheibe. Niemand reagierte.

Er versuchte es erneut. Diesmal heftiger.

Der Mann mit dem Besen sprach mit einem Fußgänger. Die beiden lachten. Keiner hob den Kopf und schaute nach oben.

Marwan betätigte den Riegel, das Fenster kippte nach vorne. Es musste sich doch ganz öffnen lassen, dachte er und zog und schüttelte. Es bewegte sich nicht. Er zog einen

Stuhl ans Fenster und stellte sich darauf. So konnte er den Mund an den Spalt bringen.

»Help me!«, brüllte er. Seine Stimme kam ihm wie ein Flüstern vor. Er schaute nach unten. Der Passant war gegangen und auch der Mann mit dem Besen hatte sich ins warme Haus zurückgezogen. Er stellte sich erneut auf die Zehenspitzen und brüllte. »Help me! Please!«

Es war niemand da, der ihn hören konnte. Er lehnte die Stirn gegen die kalte Scheibe und unterdrückte Tränen.

Ein schwarzes Auto parkte auf der anderen Seite der Straße. Marwan wollte gerade seinen Hilferuf durch den Fensterspalt schreien, als er sah, dass Egon aus dem Wagen stieg. Er reckte sich und sein Bauch wölbte sich unter der Jacke mit den unzähligen Aufnähern. Er schaute nach oben. Marwan sprang vom Stuhl und hatte Mühe, nicht zu stürzen. Er stellte sich hinter den Vorhang und spähte vorsichtig durch die Scheibe. Drei weitere Männer waren ausgestiegen. Sie trugen ähnliche Jacken und hatten ähnliche Bäuche. Einer hatte sein Haar zu einem Zopf gebunden, was angesichts der blanken Glatze auf seinem Kopf grotesk aussah.

Egon hob den Kopf und schaute direkt zu Marwan hinauf, der ruckartig zur Seite rückte und dabei fast den Vorhang aus der Schiene gerissen hätte. Langsam schob er den Stoff ein paar Zentimeter zur Seite und spähte nach unten. Egon zeigte nach oben. Die drei anderen Männer hatten ebenfalls ihre Blicke zu seiner Wohnung gerichtet. Egon sagte etwas und die anderen lachten. Einer schlug ihm mit der Hand auf die Schulter, Marwan konnte erkennen, wie Egon unter dem Hieb zusammenzuckte.

Der Mann mit der Glatze und dem Pferdeschwanz ging über die Straße Richtung Eingang. Augenscheinlich war er so etwas wie der Anführer, dem es nicht schnell genug ging. Er winkte den anderen mit einer herrischen Geste zu, ihm zu folgen.

Egon nickte und zog die beiden Männer mit sich.

Marwan lehnte sich an die Wand und schloss die Augen. Er hörte nicht, wie sie die Haustür öffneten und sich auf den Weg nach oben machten.

Wie lange würde es dauern?

Höchstens fünfzehn Sekunden.

Er begann zu zählen.

Einundfünfzig

»Sobald nur ein paar Flöckchen vom Himmel rieseln, fangen alle an zu spinnen!«

Bodo Kettler sah genauso aus, wie sich Stephanie den Zweigstellenleiter einer Autovermietung vorstellte. Jung, dynamisch, dunkler, aber sportlicher Anzug, die Krawatte lässig, aber nicht nachlässig gebunden. Er hatte kaum mit der Wimper gezuckt, als Jonas ihm den Dienstausweis vor die Nase hielt und sagte, dass sie Informationen über einen Kunden brauchten. Kam so etwas häufiger vor oder schaute der Mann einfach zu viele Krimis? Er hatte ihnen einen Sitzplatz und einen Kaffee angeboten, denn er könnte sich leider erst in ein paar Minuten um ihr Anliegen kümmern. »Plötzlich fällt den Leuten ein, dass sie auf ihr Auto keine Winterreifen aufgezogen haben. Da ist ein Leihwagen die letzte Rettung.«

Tatsächlich standen sechs Kunden, zwei Paare und zwei einzelne Herren, die eindeutig geschäftlich unterwegs waren, auf dem Hof und warteten auf die Übergabe ihrer Fahrzeuge. Ein Paar war in ein intensives Streitgespräch vertieft. Sie gestikulierte wild vor ihm hin und her, während er mit abwesendem Blick ihre Tirade über sich ergehen ließ, allenfalls hin und wieder ergeben nickte und ansonsten mit der Schuhspitze den Schnee zu kleinen Wällen zusammenschob.

»Die Beobachtung von Paaren in freier Wildbahn stimmt einen nicht gerade optimistisch, was die Zukunft des monogamen Lebensmodells angeht, oder?« Jonas grinste Stephanie an. »Obwohl: Bei dir tanzen die Hormone gerade Samba, da ist ohnehin jeder klare Blick verstellt.«

»Wenn du das sagst«, antwortete Stephanie und wurde rot.

Wie schön, dass sie so verliebt ist, dachte er und spürte das Verlangen nach einer festen Beziehung. Er hatte lange keinen festen Freund mehr gehabt, bis auf ein paar One-Night-Stands war er partnerlos durch dieses zu Ende gehende Jahr gegangen. Wenn er sich etwas wünschte für die kommenden zwölf Monate, dann war es die große romantische Liebe. Er wurde echt sentimental und spürte allein bei dem Gedanken einen Kloß im Hals.

»Warum dauert das so lange?« Stephanie war genervt und im Grunde genommen hatte sie recht. Sie saßen hier tatenlos herum, dabei war die Hoffnung, dass dieser Autovermieter ihnen helfen könnte, äußerst vage. Aber sie hatten halt nichts anderes!

»Puh!«, sagte Kettler, als er ins Büro zurückkam. »Ganz schön kalt geworden, jetzt brauche ich erst einen heißen Kaffee. Möchten Sie wirklich nicht?«

Jonas und Stephanie schüttelten auch diesmal den Kopf. Kettler goss sich einen Becher mit Firmenlogo voll und trank genüsslich.

»Tut mir leid, dass es etwas gedauert hat. Aber wie gesagt, bei diesem Wetter kommen viele Spontankunden, die selten einen Wagen leihen. Denen muss man alles bis ins Detail erklären und jeden Kratzer ins Protokoll schreiben, selbst wenn er nie zu einer Schadensforderung führen würde.«

Bodo Kettler setzte sich neben Stephanie. »Was kann ich für Sie tun?«

Jonas öffnete seine Tasche und zog einige Papiere heraus. »Kennen Sie diese Mietverträge?«

Kettler drehte die Blätter um und warf einen kurzen Blick darauf.

»Na klar, schließlich habe ich sie unterschrieben.«

»Und dieser Mieter? Horst Herbst? Sagt Ihnen das auch etwas?«

Kettler stand auf. »Moment, das haben wir gleich.«

Er setzte sich an seinen Schreibtisch hinter der Theke und öffnete eine Seite auf dem PC, die Jonas für die Kundendatenbank hielt.

»Da haben wir ihn schon«, sagte Kettler und lehnte sich in seinem Sessel zurück.

»Horst Herbst, vierundzwanzig Jahre alt, wohnhaft in Allensbach, Radolfzeller Straße, Führerschein Nummer ...«

»Das reicht, Herr Kettler.« Stephanie war aufgestanden und an die Theke getreten, während Jonas sein Smartphone gezogen hatte und Grendel die Daten diktierte.

»Überprüfen Sie diese Personaldaten eigentlich, wenn jemand ein Auto mietet?«, fragte Stephanie.

»Wir lassen uns den Personalausweis vorlegen.«

»Aber ob die Adresse stimmt ...?«

»Ist im Prinzip egal«, sagte Kettler und stand auf. »Der Schriftkram läuft heute eh über E-Mail.«

Jonas beendete das Gespräch mit Grendel und steckte das Smartphone in die Tasche. »Es gibt keinen Horst Herbst in Allensbach«.

»Das ist ja mal ein Ding!«, sagte Kettler, aber er sah nicht so aus, als würde ihn das beunruhigen. »Der Mann hatte auf jeden Fall neben dem Personalausweis einen Führerschein und eine Kreditkarte auf diesen Namen.« Er drehte sich zum Computer, der schon den Bildschirmschoner aktiviert hatte. Augenscheinlich hatte er die gewünschte Information aber auch im Gedächtnis. »Es gab nie Probleme mit Herrn Herbst und er ist ein guter Kunde.«

»Was hat er für Fahrzeuge gemietet?« Jonas war aufgestanden und hatte sich neben die Theke gestellt.

»Soweit ich mich erinnere ...« – Kettler drehte sich um und aktivierte den Computer – »... ja, ausschließlich Kleinbusse und hin und wieder einen Transporter.«

»Es gibt nicht zufällig eine aktuelle Reservierung?« Jonas hatte zwar keine großen Hoffnungen, aber man musste dem Zufall schließlich eine Chance geben.

Kettler tippte auf dem PC herum. »Nein, für die nächsten Tage gibt es keine Anfragen auf den Namen.«

»Gut«, sagte Stephanie und die Enttäuschung war ihr anzuhören. »Dann brauchen wir eine möglichst genaue Personenbeschreibung von Herrn Herbst.«

Bodo Kettler strahlte sie an, der Gesichtsausdruck kam Jonas fast ein bisschen infantil vor. »Da habe ich etwas viel Besseres für Sie«, sagte er und ging in den Nebenraum. »Herbst war vorgestern hier und hat ein Fahrzeug zurückgebracht. Ich erinnere mich gut daran, weil wir einen ziemlichen Auflauf hatten.«

Kettler kam mit einer kleinen Mappe in der Hand zurück und stützte die Arme auf die Theke. »Wir vermieten eine Stretchlimousine, meistens an Hochzeitspaare. Vorgestern war ein Pärchen hier und hat das Auto abgeholt. Toll geschmückt natürlich. Dabei hat ein Mitarbeiter Fotos gemacht. Auf einem läuft dieser Horst Herbst durchs Bild. Das war zwar nur Zufall, aber er ist ganz gut getroffen, finde ich.«

Bodo Kettler öffnete die Mappe und legte ein Foto auf den Tisch.

Jonas stockte der Atem.

Zweiundfünfzig

Er musste ruhig bleiben. Immer wieder sagte er sich diesen Satz, und doch spürte er, wie sein Herz schneller schlug.

Bleib ruhig, Marwan!

Er strich mit der Hand langsam über seinen Pullover und versuchte, sich den Strand und den alten Fischer vorzustellen, den er nie nach dem Namen gefragt hatte. Er konzentrierte sich auf seine Hand, um das Zappeln des Köderfisches zu spüren, den er gleich mit ungeübtem Griff auf den Haken setzen würde. Er spürte den Wind, der vom Meer über den Strand wehte und seine Stirn kühlte.

»Hey, Kaffer!«

Warum nannte ihn der Mann so? Was bedeutete dieses Wort? Kaffer? »What are you laughing?«

Der Schlag vor die Brust traf Marwan unvorbereitet. Er taumelte nach hinten und schlug mit dem Rücken gegen die Ecke des Küchenschranks.

»Stop laughing!«

Seit die Männer vor zwei Minuten die Wohnung betreten hatten, sprach nur der mit dem Pferdeschwanz. Die anderen standen herum, als ginge sie das alles nichts an.

Marwan klammerte sich an das grobe Holz der Schranktür und hielt den Blick zu Boden gesenkt. Er durfte die Männer nicht provozieren. Besser er schaute ihnen nicht in die Augen.

Der mit dem Pferdeschwanz trug die gleichen Stiefel wie die Männer mit den Fackeln. War er einer von ihnen? Hatte er den brennenden Stab gegen das Fenster geschleudert? Marwan konnte sich an das Gesicht nicht erinnern. Er hatte ohnehin Schwierigkeiten, sich die Gesichter der Deutschen zu merken. Weiße sahen alle gleich aus.

Die Stiefel bewegten sich auf Marwan zu.

»Und, Kaffer? What about some money?«

Die anderen drei lachten, Egon am lautesten.

Darum also ging es ihnen! Um Geld! Marwans Herzschlag beruhigte sich. Mit Entführungen hatte er im Sudan oft zu tun, da kannte er sich aus. Wenn sie Geld für ihn fordern wollten, mussten sie ihn am Leben lassen. Tot nützte er ihnen nichts. Er versuchte, tief Luft zu holen, aber ein Stich in seiner Brust verhinderte das.

Wieder machten die Stiefel einen Schritt auf ihn zu. Er spürte die raue Hand des Mannes an seinem Kinn.

»Open your mouth, Kaffer!«

Marwan verstand. Der Mann stellte einen Film nach, den er auch gesehen hatte. Er konnte sich nicht an den Titel erinnern, aber an den Inhalt. Es ging um die Geschichte eines Sklaven, der aus der Heimat deportiert worden war, um sich auf den Zuckerrohrplantagen weißer Herren zu Tode zu schuften. In einer Szene untersuchten Kaufinteressenten die angebotenen Sklaven und schauten sich die Gebisse an.

»Come on!«, sagte der Mann und fasste ihn grob am Arm. Er zerrte ihn vom Schrank weg und stieß ihn Richtung Küchentür.

Was sollte das? Es gab keine Sklavenmärkte mehr! Das konnte nicht sein! Nicht in Deutschland! Er stolperte in den Flur und war sich auf einmal nicht mehr sicher.

Egon trat ihm in den Weg. Er sah ihn nicht, aber er roch seine süß-säuerlichen Ausdünstungen.

»Marwan, Marwan ...« er ließ ein gackerndes Lachen hören, das Marwan noch nicht kannte. Augenscheinlich war es für seine Freunde reserviert.

»Forget it!«, sagte der jüngste der vier Männer. Er hatte bisher geschwiegen, aber seine Stimme klang wie die eines Anführers. Marwan verstand nicht, was er sagte, aber es klang deprimiert.

Der Pferdeschwanz-Mann boxte Marwan in den Rücken. Ihm blieb die Luft weg und er stolperte nach vorne ins Wohnzimmer.

»Dance for us! Let's have some fun!«

Marwan ließ sich in einen Sessel fallen und rang nach Atem.

Der Junge zog ihn am Arm in die Höhe. Marwan sah, dass er sich grinsend nach hinten drehte. »You want drink? Alkohol?«

Egon murmelte etwas, das Marwan nicht verstand. Drei Männer gingen in die Küche. Nur der Jüngste blieb bei ihm.

Marwan wusste, dass sie ihn töten würden. Es war unausweichlich. Wenn er sterben musste, dann im Kampf. Ein Mann war erst verloren, wenn er seine letzte Chance genutzt hatte.

Er atmete drei Mal tief ein. Die ›Große Mutter‹ war nur ein paar Meter entfernt.

Dreiundfünfzig

»Oh lala! Die Konstanzer Ordnungsmacht in Mannschaftsstärke!«

Thal grinste still vor sich hin, während Bettina die Vorstellung der Kollegen übernahm. Jonas hatte ihn direkt von der Autovermietung angerufen, am liebsten wäre er allein mit Stephanie zur Vernehmung gefahren. Thal schien das zu riskant – nicht weil Jonas zu unerfahren gewesen wäre, sondern weil Stephanie in diesem Fall zu emotional agierte. So ungewöhnlich es war, dass sie zu viert zu einer Vernehmung auftauchten, schien es ihm ebendiesem Verbrechen angemessen.

Oliver Jakobsen führte die Ermittler in das riesige Wohnzimmer, das Thal ein paar Grad kälter vorkam als die Diele. Vielleicht lag es aber auch an der unpersönlichen Einrichtung.

»Und?«, fragte Jakobsen junior? »Was ist so wichtig, dass Sie alle dabei sein wollen?«

»Sagt Ihnen der Name Horst Herbst etwas?«, eröffnete Bettina die Befragung. Thal beobachtete Jakobsen genau, sah aber keine Reaktion, die auf Überraschung oder Schreck schließen ließ. Der Mann hatte sich gut in der Gewalt.

»Nein!«, antwortete er. »Sollte er?

»Ich denke schon«, mischte sich Jonas ein, was Jakobsen für einen Moment zu irritieren schien. Er hatte sich wohl eine Hierarchie konstruiert, in der Bettina oben und der junge Jonas Quandt unten rangierte. Er fing sich aber schnell wieder. »Wenn Sie die Güte hätten, mir zu erklären, wo und wann ich diesem Herrn ...«

»Herbst. Horst Herbst«, half ihm Jonas sachlich auf die Sprünge.

»Okay. Wann also soll ich diesem Herrn Herbst begegnet sein?«

»Das ist nicht die richtige Frage«, sagte Stephanie.

Wieder war Jakobsen irritiert über den Stabwechsel im Team.

»Wir fragen uns vielmehr, warum Sie sich als Horst Herbst ausgeben?«

Jakobsen lachte eine Spur zu laut auf. »Wie kommen Sie auf diese abstruse Idee?«

Stephanie öffnete ihre Handtasche und holte das Foto heraus, dass Bodo Kettler ihnen überlassen hatte. Es zeigte Oliver Jakobsen, der mit mürrischem Blick durchs Bild lief, während der Fotograf versuchte, die Stretchlimo und das Brautpaar in Szene zu setzen.

Stephanie reichte Jakobsen das Bild. »Ich gebe zu, dass Sie nicht besonders vorteilhaft getroffen sind, wahrscheinlich hat sie die Warterei genervt. Allerdings können Sie kaum abstreiten, dass Sie der Mann auf dem Foto sind, der bei der Autovermietung als Stammkunde Horst Herbst bekannt ist und dort regelmäßig Kleinbusse und Transporter mietet.«

Jakobsen nahm das Foto in die Hand und starrte darauf. Thal glaubte, ein leichtes Zittern der Hand zu bemerken.

»Nun?«, fragte Stephanie mit scharfem Ton.

»Okay, okay, ich gebe es ja zu!« Jakobsen reichte Stephanie das Bild zurück und grinste sie an. »Ich habe die Autos für einen Freund gemietet, der ein Bauunternehmen hat. Die Zeiten für ihn sind nicht leicht, wissen Sie. Der Mindestlohn ...«

»Da beschäftigt man dann schon mal illegal in Deutschland lebende Ausländer – natürlich ohne Steuern und Sozialabgaben abzuführen.«

»Sie haben leicht reden als Beamte«, giftete Jakobsen. »Sie haben keinen blassen Schimmer, wie es uns Selbstständigen geht!«

»Geschenkt!«, sagte Bettina. »Sie geben also zu, dass Sie unter falschem Namen regelmäßig Fahrzeuge gemietet haben. Wie sind Sie an die Papiere gekommen?«

»Aber Frau Kommissarin, Sie wissen doch ganz genau ...«

Stephanie schien das Ganze zu lange zu dauern. »Das ist im Moment nicht so wichtig.« Sie ignorierte Bettinas tadelnden Blick, die es nicht leiden konnte, wenn man sich in ihre Befragung einmischte. »Sagen Sie uns lieber, wie viele Wohnungen Sie noch mit Flüchtlingen vollgestopft haben.«

»Ich habe was ...?« Jakobsen kreischte fast.

Stephanie reichte ihm eine Kopie des Wohnungsmietvertrages, die er hektisch überflog.

»Ich habe keine Ahnung«, sagte er. »Mit der Wohnung habe ich nichts zu tun, ich schwöre!«

»Geschworen wird vor Gericht«, mischte sich Thal erstmals ein. »Soweit sind wir nicht. Ob Sie den Mietvertrag unterschrieben haben oder nicht, lässt sich leicht klären. Wir müssen Sie nur dem Hausbesitzer gegenüberstellen.«

»Tun Sie das«, sagte Jakobsen und bewegte den Kopf ruckartig vor und zurück.

»Worauf Sie sich verlassen können.«

»Dann wäre ja alles geklärt.« Jakobsen bemühte sich um einen lockeren, fast fröhlichen Tonfall. »Ich habe nämlich gleich einen Termin. Wenn Sie mich entschuldigen wollen.«

Stephanie lachte und Thal stand auf. Er wollte jeder unbedachten Äußerung seiner Mitarbeiterin zuvorkommen.

»Herr Oliver Jakobsen! Ich nehme Sie vorläufig fest wegen des Verdachts der Urkundenfälschung und des Menschenhandels. Sie haben das Recht, sich zu der Beschuldigung zu äußern, können aber auch schweigen. Außerdem haben Sie das Recht, einen Verteidiger hinzuzuziehen. Haben Sie mich verstanden?«

Jakobsen nickte.

»Wenn Sie möchten, können Sie einen Vertrauten oder Verwandten anrufen.«

»Meinen Vater«, sagte er mit belegter Stimme. »Ich möchte meinen Vater informieren.«

»In Ordnung.« Thal zog sein Handy aus der Tasche. »Und jetzt legen Sie bitte die Hände auf den Rücken.«

Jonas hatte die Handschellen schon in der Hand.

Vierundfünfzig

Marwan wunderte sich, wie ruhig er auf einmal war. Er dachte an den alten Fischer und wie der die Rute mit sicherer Hand und klarem Blick geführt hatte. Immer das Ziel vor Augen: den nächsten Fisch, der ihm und seiner Familie für einen Tag das Überleben sicherte.

Aus der Küche hörte er das Reden der drei Männer. Der Kühlschrank wurde geöffnet und geschlossen. Flüche wurden ausgestoßen. Marwan wusste, dass der Kühlschrank nichts von dem enthielt, was sich die Männer erhofften. Sie waren auf der Suche nach Alkohol. Die Gier nach der Droge hatte sie erfasst. Er hatte nicht geahnt, wie viel in Deutschland getrunken wurde. Alkohol war im Sudan streng verboten und es standen vierzig, in der Öffentlichkeit zu verabreichende Peitschenhiebe als Strafe im Gesetz für denjenigen, der seine Zunge mit Alkohol benetzte. Natürlich gab es Menschen, die das Gesetz verletzten, aber dann geschah es heimlich. Nie würde sich in Khartum ein Mann trauen, betrunken über die Straße zu torkeln. Viel zu groß wäre die Gefahr, entdeckt und vor Gericht gestellt zu werden. Vierzig Peitschenhiebe waren schwer zu ertragen.

In Deutschland tranken die Menschen auf offener Straße. Sie gingen alleine oder in Gruppen betrunken durch die Stadt und sangen fröhliche Lieder. Niemand störte sich daran. Er hatte es oft gesehen und gelernt, die Gier zu erkennen.

Die Männer, die Egon mitgebracht hatte, verlangten nach Stoff. Marwan kannte den Inhalt des Kühlschranks und aller anderen Schränke in der Küche. Es gab zwei Flaschen Bier, mehr nicht. Keinen Wein, keinen Schnaps. Nur diese zwei Flaschen. Er wusste, dass er geduldig warten musste. Seine Chance würde kommen, wie sie für jeden tapferen Krieger eines Tages kommt.

Der mit dem Pferdeschwanz kam aus der Küche zurück und sagte etwas zu dem Jungen, der nickte. Egon gab dem Pferdeschwanz-Mann den Haustürschlüssel, der daraufhin den Dritten, der noch kein Wort gesagt hatte, aus der Küche holte. Der Pferdeschwanz-Mann schloss die Wohnungstür auf und die beiden gingen hinaus.

Marwan hielt die Luft an. Die Tür fiel ins Schloss. Kein weiteres Geräusch. Der Schlüssel wurde nicht ins Loch gesteckt und gedreht.

Wie lange würde es dauern, Getränke zu kaufen, fragte sich Marwan. Fünf Minuten? Zehn Minuten?

Er brauchte einen Plan, aber sein Hirn schien den Dienst eingestellt zu haben. Also musste es reichen, einen Moment der Unaufmerksamkeit zu nutzen.

»Toilet«, sagte Marwan und schaute den jungen Mann an. Er rief Egon und erteilte ihm eine Anweisung.

»Come!«, sagte Egon, fasste ihn am Arm und zog ihn zur Toilette. Er schob ihn in den engen Raum.

»Door open«, sagte er und lehnte die Tür an.

Marwan öffnete die Hose und stellte sich vor die Toilette. Er spürte keinen Harndrang, aber Egon würde misstrauisch werden, wenn er nichts hörte. Also formte er eine Hand zur Schale, überwand den Ekel und schöpfte Wasser aus der Toilette, das er in einem feinen Strahl zurücklaufen ließ. Gleichzeitig zog er mit der anderen Hand langsam und geräuschlos den Reißverschluss nach oben. Kurz bevor er den letzten Tropfen Wasser aus der Hand in die Toilette rieseln ließ, drehte er sich auf dem rechten Absatz um und stieß die Tür mit einem kräftigen Unterarmschlag in die

Diele. Er hörte ein knirschendes Geräusch, als bräche ein Stück morsches Holz, und er hörte Egons Schrei, der sofort in ein Wimmern überging, das eher von einem kleinen Jungen zu stammen schien.

»What the hell?«, brüllte der Mann im Wohnzimmer. Bevor er im Flur erschien, stürmte Marwan zur Wohnungstür. Er drückte die Klinke herunter, aber die Tür bewegte sich nicht. Das durfte nicht wahr sein, dachte Marwan und spürte, wie seine konzentrierte Ruhe einer aufkommenden Panik wich. Er drückte die Klinke ein zweites Mal und riss mit mehr Kraft an der Tür. Diesmal sprang sie auf, augenscheinlich war sie verzogen und hatte deshalb Widerstand geleistet. Marwan rannte in den Flur und begann augenblicklich zu brüllen. »Help! Help me! They want to kill me!«

Er sprintete zur gegenüberliegenden Wohnungstür und hämmerte mit beiden Fäusten dagegen.

»Please! Help me!«

Ein Kind begann zu schreien. Marwan hatte das Gefühl, dass sich die Erde vor ihm auftat. Er hörte nicht auf, gegen die Tür zu trommeln.

»You fucking nigger!«, brüllte der junge Anführer und stürmte durch Egons Wohnungstür direkt auf Marwan los. Er hatte mit diesem Angriff gerechnet und wartete, bis der Typ ihn fast erreicht hatte und zu einem Schlag ausholte. Mit der rechten Faust traf Marwan den Angreifer an der Wange und rammte ihm gleichzeitig sein rechtes Knie in den Unterleib.

Aus dem Mund des Mannes kam ein Zischen wie aus der Wand eines Schlauchbootes, dem die Luft entwich. In seinem Gesicht wechselten sich Überraschung und Wut ab. Ein dünner Blutfaden zog sich von seiner Unterlippe über das Kinn.

Marwan drehte sich wieder zur Tür der ›Großen Mutter‹. Er hatte ein paar Sekunden Zeit gewonnen, nicht mehr. Wieder trommelte er mit den Fäusten gegen das Holz. »Bitte!«, sagte er. Vielleicht halfen in Deutsch gesprochene Beschwörungen in diesem Land besser. »Bitte! Helfen!«

Im ersten Moment glaubte er, die Tür mit seinen Fäusten eingedrückt zu haben. Erst dann bemerkte er, dass sie sich einen Spalt geöffnet hatte. Er schob sie vorsichtig auf, weil er niemanden auf der anderen Seite verletzen wollte. Ein warmer, süßlicher Duft schlug ihm entgegen. Als hätte jemand feinstes Holz verbrannt und Blüten in die Glut gestreut. Marwan kannte diesen Duft. Seine Mutter hatte an Feiertagen einen Tropfen Sandelholzöl in ihr Haar gegeben. Marwans Herzschlag beruhigte sich. Er war nach Hause zurückgekehrt.

Fünfundfünfzig

»Sie haben nichts gegen meinen Sohn in der Hand! Also lassen Sie ihn gefälligst wieder laufen!«

Thies Jakobsen hatte sich so weit über den Tisch im kleinen Besprechungsraum gebeugt, dass sein Gesicht höchstens fünfzehn Zentimeter von Bettinas entfernt war. Sie roch seinen Atem, der Mann sollte dringend einen Facharzt für Magenerkrankungen aufsuchen.

»Wir haben genug Beweise, um Oliver morgen dem Haftrichter vorzuführen«, sagte Bettina, um Sachlichkeit bemüht. Der Alte hatte sich in den letzten Minuten zum größeren Problem entwickelt, sein Sohn kooperierte weitgehend, sah man davon ab, dass er bestritt, irgendetwas über die Wohnung in der Max-Stromeyer-Straße zu wissen.

»Sie wissen gar nicht, was Sie anrichten.« Jakobsen lächelte Bettina an, der es eiskalt den Rücken herunterlief. »Die Menschen da draußen warten nur darauf, dass wir ihnen vorführen, wie dieses System versucht, jeden Andersdenkenden mundtot zu machen.«

Bettina verzog den Mund zu einem Lächeln, was ihr misslang. Jakobsen hatte sich jetzt ohnehin in Fahrt geredet.

»Was Sie probieren, ist eine Art umgedrehte Sippenhaft. Eigentlich wollen Sie mich aus dem Verkehr ziehen. Das ist Ihnen nicht gelungen, weil ich mir nichts, aber auch gar nichts habe zuschulden kommen lassen. Ich bin der unbescholtenste Bürger, den Sie sich vorstellen können.«

Er lehnte sich zurück und verschränkte die Arme.

»Ich kann verstehen, dass Sie das zur Weißglut bringen muss. Was haben Sie sich abgerackert, um mir wenigstens eine winzige Kleinigkeit anzuhängen. Vergeblich!«

Er spitzte die Lippen, als wollte er sie Bettina zum Kuss anbieten.

»Jetzt haben Sie erkannt, dass Sie bei mir keinen Erfolg haben werden, also ist mein Sohn dran. Sie konfrontieren ihn mit absolut lächerlichen Vorwürfen. Und warum? Weil Sie hoffen, dass ein klitzekleines Bisschen dieser Vorwürfe an mir kleben bleiben könnte. Wie der Sohn, so der Vater! Das ist es doch, was Sie den Menschen einreden wollen. Aber ich garantiere Ihnen eines: Sie werden Ihr Ziel nicht erreichen. Im Gegenteil. Unsere Bewegung wird am Ende stärker sein als zuvor!«

Bettinas Smartphone läutete. Grendel. Sie nahm das Gespräch an.

»Kannst du sprechen, Bettina?«

»Nein, das ist schlecht, Hartmut.«

»Na, macht nichts, hörst du halt einfach zu. Wir haben Oliver Jakobsens Wohnzimmer mit Luminol ausgesprüht.«

Er machte eine kurze Pause, die Bettina schwer atmend überstand.

»Du hättest es sehen sollen, die reinste Blaulichtdisko. Hier hat vor nicht allzu langer Zeit ein Gemetzel stattgefunden, würde ich sagen. Danach hat man zwar versucht, die Spuren zu beseitigen und oberflächlich ist das auch gelungen, aber du weißt ja: Wir finden immer was.« Grendel lachte fröhlich auf.

»Ist es genug für eine Analyse?«

»Und ob«, sagte Grendel. »Eine Probe ist schon auf dem Weg ins Labor, erste Ergebnisse habt ihr spätestens in einer Stunde.«

Ohne Thies Jakobsen eines Blickes zu würdigen, stand Bettina auf und ging zur Tür.

»Was soll das?«, rief Jakobsen. »Sie können mich hier nicht sitzen lassen wie einen dummen Jungen.«

Bettina wandte sich an den uniformierten Beamten vor der Tür.

»Passen Sie auf, dass der Zeuge den Raum nicht verlässt.«

Schnellen Schrittes überquerte sie den Gang und betrat den Vernehmungsraum. Oliver Jakobsen saß mit leicht gebeugtem Oberkörper auf der einen Seite des Tisches. Alexander und Stephanie saßen ihm gegenüber, während Jonas lässig neben der Tür an der Wand lehnte.

»Ich störe euch nur ungern«, sagte Bettina, »aber Grendel hat gerade angerufen.«

»Das ist der Leiter unserer Kriminaltechnik«, sagte Thal. »Seine Leute nehmen sich in diesen Minuten Ihre Wohnung vor.«

»Wie bitte?« Es sah aus, als kehrte das Leben in Jakobsens Körper zurück. »Was fällt Ihnen ein?«

»Aber Herr Jakobsen«, sagte Thal genervt. »Wie oft soll ich es Ihnen noch sagen. Wir vernehmen Sie nicht als Zeugen, sondern als Beschuldigten, und in diesem Fall ist es selbstverständlich, dass wir Ihre Wohnung durchsuchen. Gefahr im Verzug. Wir wissen nicht, wer Zugang haben könnte, um Beweismittel zu vernichten.«

Jakobsen atmete tief ein und senkte den Kopf.

Stephanie drehte sich zu Bettina um. »Hat Grendel die Ausweispapiere auf den Namen Horst Herbst gefunden?«

»Besser, viel besser!« Bettina setzte sich auf die Kante des Tisches. Sie registrierte amüsiert, dass Jakobsen trotz seiner prekären Lage einen begierigen Blick auf ihre Oberschenkel warf, die höchstens einen halben Meter von seiner Hand entfernt waren. In den Hirnen von Männern mussten steinzeitliche Programme ablaufen.

»In Ihrem Wohnzimmer fanden sich Spuren eines wahren Blutbades. Es sieht aus, als wäre dort vor nicht allzu langer Zeit ein Mensch auf bestialische Weise getötet worden.«

Jakobsens Gesicht verlor jede Farbe und seine Nasenflügel zitterten. »Keine Ahnung, was da passiert ist ...« Er versuchte es mit einer letzten Ausflucht.

»Das glaubt Ihnen kein Mensch!« Stephanie schlug mit der Faust auf den Tisch. Bettina zischte ihr beruhigend zu und legte ihr eine Hand auf die Schulter. »Es war genug Blut vorhanden, um eine genetische Analyse zu beginnen. Das Ergebnis haben wir in Kürze. Ob Sie leugnen oder nicht, spielt bald keine Rolle mehr, Herr Jakobsen. Die Richter lassen sich von Geständnissen allerdings oft milder stimmen.«

Oliver Jakobsen legte die Hände mit den Handflächen nach oben auf den Tisch und bettete seinen Kopf darauf. »Rufen Sie einen Anwalt«, flüsterte er.

Sechsundfünfzig

»Wer bist du?«

Marwan traten die Tränen in die Augen. Die Frau mit dem Säugling auf dem Arm sprach Arabisch. Mehr noch, sie sprach seine Muttersprache, die sudanesische Form des Arabischen. Er war zu Hause.

Er legte die Hand an die Brust und stellte sich vor.

»Ah«, sagte sie. »Du bist der, den alle suchen.«

Marwan nickte und hatte das Gefühl, eine Bedeutung zu bekommen, die ihn niederdrückte.

Ein Junge kam aus dem Nachbarzimmer angerannt. Er war nicht so schwarz wie die ›Große Mutter‹ vor ihm und er sprach Deutsch. Sie antwortete auch in dieser Sprache. Marwan verstand kein Wort und wusste mit der Situation nichts anzufangen. Der Kleine schmiegte sich an die Beine der Frau, die ihm über den Kopf streichelte.

»Ist das dein Sohn?«, fragte er.

»Natürlich, was dachtest du denn?«

»Und warum spricht er unsere Sprache nicht?«

»Er spricht die Sprache seines Vaters«, sagte die Frau und deutete auf eine Tür.

»Komm herein, wir müssen reden.«

Er ging hinter ihr in die Küche. Auf einer Bank saßen zwei weitere Kinder. Sie sahen aus wie der Junge. Zu bleich und zu dünn. Die Frau sagte etwas, sie standen auf, nickten Marwan zu und verließen den Raum.

»Hast du Hunger?«

Marwan dachte an den Dosenfraß, den Egon ihm gegeben hatte und nickte.

Die Frau nahm eine Schale aus dem Schrank und stellte sie auf den Tisch. Anschließend goss sie ein Glas Milch ein und reichte es ihm.

»Willkommen!«, sagte sie.

Wann hatte er zuletzt Datteln gegessen? Vorsichtig steckte er sich eine in den Mund, sie schmeckte köstlich.

»Aus dem Oman«, sagte sie. »Die besten Datteln der Welt.«

Sie wartete, bis er drei Datteln gegessen hatte und das Glas Milch zur Hälfte geleert war.

»Wohin willst du gehen?«

Er wunderte sich, aber er hatte keine Antwort auf diese Frage. Seit Tagen versuchte er, mit der Frau zu sprechen, die ihm jetzt gegenübersaß, aber erst jetzt wurde ihm klar, dass er nicht wusste, was er von ihr wollte.

»Am besten gehst du zurück nach Volkmaringen.«

»Nein!« Er merkte, dass er eine Spur zu laut gesprochen hatte, denn die Frau warf einen besorgten Blick auf den Säugling. Er musste ihr erklären, warum er nicht ins Lager zurückgehen konnte.

»Wie heißt du?«, fragte er, weil er nicht mit einer Namenlosen reden wollte.

»Neyla«, antwortete sie.

Er badete einige Augenblicke im wunderbaren Klang dieses Namens, ehe er anfing zu reden.

»Im Lager kann ich nicht länger ...«

Die Türklingel schrillte. Neyla hob ruckartig den Kopf und drückte das Baby ein bisschen enger an sich.

Die Klingel wurde erneut gedrückt und diesmal gehalten. Die Kinder kamen in die Küche gelaufen und schauten ihre Mutter ängstlich an.

»Hey! Kaffer!«

Marwan erkannte die Stimme. Es war der Pferdeschwanz-Mann.

»Come out, Kaffer!«

Der Mann schlug mit der Faust gegen die Tür.

Das Baby begann zu wimmern.

»Ich gehe«, sagte Marwan und stand auf. Er steckte sich noch eine Dattel in den Mund, als bräche er zu einem Marsch durch die Wüste auf.

»Du bleibst!« Neylas Stimme war fest und klar. Sie sagte etwas zu den Kindern, die daraufhin in ein anderes Zimmer gingen und die Tür schlossen. Auch Neyla stand auf und legte das Baby in eine Wiege aus Holz, die leicht schaukelte, als sie zurücktrat.

»Come out!« Diesmal war es nicht der Pferdeschwanz-Mann, sondern Egon. Vier Fäuste schlugen gegen die Tür und es hörte sich an wie das Donnergrollen eines Tropengewitters.

Neyla nahm ein Handy aus der Rocktasche und wählte eine Nummer. Es dauerte nicht lange, bis sich jemand meldete. Marwan verstand nicht, was sie sprach, hörte nur, dass ihre Stimme vor Aufregung leicht vibrierte. Sie hatte gerade aufgelegt, als die Tür mit einem seltsam leisen, knirschenden Geräusch eingedrückt wurde.

»Where are you?«, schrie der Pferdeschwanz-Mann.

Neylas Blick wanderte von der Wiege zur Küchentür und zurück.

Eine Tür wurde aufgerissen.

Ein Junge schrie.

Siebenundfünfzig

»Verdammte Scheiße!« Bettina flüsterte mehr, als sie schrie. Thal schaute von den Notizen auf, in die er sich vergraben hatte. Solange der Anwalt mit Oliver Jakobsen redete, gab es für sie nichts zu tun. Bettina umklammerte ihr Smartphone mit den Fingern und drückte so fest zu, dass ihre Knöchel weiß hervortraten.

»Was ist los?«, fragte er.

»Das war Neyla! Augenscheinlich ist Marwan Badawi bei ihr. Wenn ich sie recht verstanden habe, hat er sich in ihre Wohnung geflüchtet. Irgendwelche Typen sind hinter ihm her und stehen jetzt vor ihrer Tür.«

»Mach dir keine Sorgen, die Kollegen passen auf.«

»Welche Kollegen?«, fragte Bettina und hatte die Stimme deutlich erhoben. »Neyla meinte, dass jemand versucht, ihre Wohnungstür einzuschlagen.«

»Ganz ruhig!«, sagte Thal, sprang aber selbst hektisch auf und rannte aus dem Raum und über den Flur zu Schobers Büro. Ohne eine Antwort auf sein kaum wahrnehmbares Klopfen zu erwarten, riss er die Tür auf. Schober saß mit gelockerter Krawatte und ohne Jackett hinter seinem Schreibtisch und sprach in gewohnt leiernder Weise in ein fast schon antikes Diktiergerät.

»Was fällt Ihnen ein, hier einfach so reinzuplatzen, Thal?«

»Was ist mit dem Polizeischutz für Neyla Lado?« Thal schrie mehr, als dass er sprach.

»Was soll damit sein?«

Bettina schob sich schwer atmend hinter Thal in Schobers Büro.

»Wie viele Leute haben Sie zu Ihrem Schutz abgestellt?«, fragte sie.

»Moment!« Schober hob eine Hand und legte das Diktiergerät aus der anderen. Sein Blick irrte über seinen Schreibtisch, bis er gefunden hatte, was er suchte.

»Ich habe mir Ihren Antrag angeschaut. Es gibt keinen Grund, dieser Frau Lado Polizeischutz zu gewähren, Thal. Sie sind im Moment wohl ein bisschen übernervös. Ist ja auch kein Wunder, das geht uns allen so nach den Anschlägen von Paris und den ganzen Drohungen. Wie dem auch sei, Sie sind in den letzten Tagen deutlich übers Ziel hinausgeschossen. Zwei MEK-Einsätze! Wissen Sie eigentlich, was das kostet?«

Thal spürte, dass Bettina ihn am Arm fasste. »Sie wollen doch nicht etwa sagen ...?«

»Doch, Frau Berg! Es gab für mich keinen Grund, Kollegen abzustellen, um diese Frau Lado zu bewachen, für die ich keine konkrete Bedrohungslage erkennen kann.«

»Nein, nein, nein!«, schrie Bettina und rannte aus dem Büro.

Thal starrte Schober eine Sekunde an, ehe er sich wortlos umdrehte und hinter Bettina herrannte, die den Kopf in den Vernehmungsraum steckte. Er verstand nicht, was sie sagte, aber es dauerte nur einen Augenblick, bis Jonas und Stephanie herausrannten. Thal rief dem Wachmann zu, er solle Jakobsen in die Zelle bringen und beeilte sich, den anderen zu folgen.

Jonas lief auf einen altersschwachen Passat zu, dessen Schlüssel er in der Tasche gehabt haben musste. Er setzte sich hinters Steuer, während Bettina sich auf den Beifahrersitz warf. Thal und Stephanie schafften es gerade noch, sich auf die Rückbank zu zwängen, bevor Jonas einen Kavaliersstart hinlegte und vom Parkplatz des Präsidiums auf die Reichenaustraße schoss.

»Wo ist das Blaulicht?«, rief er und kramte selbst in der Seitenablage. Bettina fand es unter ihrem Sitz, öffnete die Scheibe und stellte es aufs Dach, wo der Magnet es hoffentlich trotz des hohen Tempos festhielt.

»Wie geht denn das Scheißsignal an?«, rief Bettina, hatte aber im selben Augenblick den Schalter gefunden, denn das Martinshorn ertönte so laut, dass ein A-Klasse-Mercedes vor ihnen fast in ein parkendes Auto gerauscht wäre.

»Ist die Durchfahrt durch Wollmatingen wieder frei?«, fragte Thal. Monatelang war der Ortsteil wegen einer Baustelle und zum Leidwesen des dortigen Einzelhandels völlig abgeschnitten gewesen.

»Seit ein paar Tagen«, rief Jonas nach hinten und riss das Steuer herum, um einem LKW auszuweichen, dessen Fahrer augenscheinlich weder das Blaulicht gesehen noch das Horn gehört hatte.

Bettina versuchte, Neyla zu erreichen. Sie nahm nicht ab.

Thal dachte zum ersten Mal seit Langem wieder daran, dass er in diesem Moment gerne würde beten können.

Achtundfünfzig

»Wow!«

Der Pferdeschwanz-Mann stoppte von einer Sekunde auf die andere. Er hatte die Tür aufgerissen und einen ausholenden Schritt in die Küche gemacht, ehe seine Bewegung einzufrieren schien. Langsam ließ er sich zurückfallen, bis er sich süffisant lächelnd an die Wand lehnte und die Füße überkreuzte.

»Black Beauty!«

Egon und der Junge kamen ebenfalls in die Küche und stellten sich neben ihren Kumpel. Ihre Blicke irrlichterten durch den Raum. Nur der Pferdeschwanz-Mann schien völlig fokussiert. Er hatte nur Augen für Neyla. Er schnalzte mit der Zunge und stieß sich von der Wand ab.

»What a lady!«, sagte er.

Egon rief etwas, Marwan verstand nur »Back Warmer«, konnte damit aber nichts anfangen. Der Junge lachte, Pferdeschwanz-Mann hob die Hand und gebot ihnen zu schweigen.

Langsam, fast schleichend ging er durch den Raum. Marwan machte einen Schritt zur Seite und stellte sich vor Neyla. Pferdeschwanz-Mann lachte schallend.

»You are stupid!«

Marwan schwieg, er wollte nicht mit dem Mann reden. Er sah seinen Blick und wusste, dass Reden nichts nützen würde.

Egon, dem ein Speichelfaden aus dem leicht geöffneten Mund hing, und der Junge standen an der Tür und beobachteten die Szene. Marwan streckte seine Arme nach hinten und berührte Neyla an den Hüften. Sie drückte seine Hände für eine Sekunde.

»Ist schon gut! Spiel hier nicht den Helden!«

Der Pferdeschwanz-Mann hielt in seiner Bewegung inne. Er hatte nicht damit gerechnet, dass die Frau Deutsch sprach, sagte aber nichts, sondern starrte Marwan an.

»Leave us alone!«

Marwan schüttelte den Kopf. Er würde Neyla und die Kinder schützen, selbst wenn es das Letzte wäre, was er in diesem Leben täte. Das war seine Aufgabe. Deshalb hatte Gott ihn auf den langen Weg nach Deutschland geschickt. Deshalb hatte er ihn den Marsch durch die Wüste überleben lassen. Deshalb war er nicht ertrunken, als so viele von ihnen aus dem Schlauchboot ins Meer fielen. Deshalb hatte er es geschafft, sich bis hierhin durchzuschlagen.

Marwan Badawi hatte sein Ziel erreicht.

Er stellte die Beine ein wenig auseinander, wie es ihn der alte Mann gelehrt hatte. »Wenn du einen großen Fisch besiegen willst, müssen deine Hüften und deine Beine eine Linie bilden. Merk dir das!«

Alles hat seinen Sinn, dachte Marwan. Jetzt wusste er, warum er an den Strand gegangen war. Nicht um angeln zu lernen, sondern für diesen Augenblick.

»Hey Kaffer!«, sagte der Pferdeschwanz-Mann. »Go out!«

Marwan drückte sein ganzes Gewicht auf seine Füße. Er spürte, wie er mit dem Boden eins wurde. Wurzeln schlug.

Der Pferdeschwanz-Mann zog die Backen zusammen, es sah aus, als wollte er ein Lied pfeifen.

Die Spucke traf Marwan unvorbereitet. Er schloss für eine Sekunde die Augen. Als er sie öffnete, war es zu spät. Er sah den Schlag nicht kommen. Die Faust traf ihn auf die rechte Wange. Er spürte keinen Schmerz, aber die Wucht ließ ihn nach hinten fallen. Er riss Neyla mit sich, die vergeblich versuchte, sich unter ihm wegzudrehen.

Der Pferdeschwanz-Mann trat Marwan mit der Schuhspitze in den Bauch. Er krümmte sich und versuchte, die Stiefel mit den Händen zu greifen. Ein zweiter Tritt traf ihn am linken Unterarm. Marwan hörte das Geräusch des brechenden Knochens, spürte aber immer noch keinen Schmerz.

Aus dem Flur war Kindergeschrei zu hören. Der Junge stürmte in die Küche und rannte zu seiner Mutter. Sie brüllte ihn an, vermutlich wollte sie, dass er verschwand. Der Pferdeschwanz-Mann hob den Kleinen mit einem Griff in die Höhe und beförderte ihn vor die Tür. Marwans Blick trübte sich, aber er sah, dass der Pferdeschwanz-Mann die beiden anderen Männer aus der Küche drängte und die Tür schloss.

Wieder sah er die Stiefel auf sich zukommen. Eine Hand fasste ihn am gebrochenen Arm. Wie ein Blitz aus heiterem Himmel schoss der Schmerz vom Ellbogen hinauf in seinen Kopf. Der Mann zog ihn durch die halbe Küche. Marwan wandte den Kopf, um zu sehen, was geschah.

Der Pferdeschwanz-Mann griff mit beiden Händen an Neylas Brüste. Sie schrie auf. Er zerriss die Bluse mit einer schnellen Bewegung und grunzte wie ein Schwein. Neyla trat nach ihm, aber er holte aus und versetzte ihr einen Schlag gegen den Kopf. Wie im Rausch schlug er auf die Frau ein und zerrte gleichzeitig in wilder Geilheit an ihrem Rock.

Neyla wehrte sich nicht mehr. Der Mann hob ihre Beine in die Höhe und griff nach dem Höschen.

Marwan schrie und stieß sich mit dem gesunden Arm vom Boden ab. Er schaffte es, auf die Beine zu kommen und machte zwei Schritte auf den Pferdeschwanz-Mann zu, den die Gier derart im Griff hatte, dass er die Bewegung in seinem Rücken nicht wahrnahm. Marwan schlang seinen rechten Arm um den Hals des Mannes und drückte so fest zu, wie er konnte.

Er hörte das Röcheln. Dann war alles still.

Ein Knall zerriss die lautlose Kälte. Ein zweiter folgte.

Die Tür wurde aufgerissen. Jemand schlug auf Marwans Arm.

Das Licht wurde gelöscht. Marwan glitt in die Schwärze der Nacht.

Neunundfünfzig

»Verdammt, wo bleiben die denn?«

Bettina versuchte, die Blutung an Neyla Lados Kopf mit einer Kompresse zu stillen, dabei beobachtete sie die Atmung der Frau, die ihr flach, aber gleichmäßig zu sein schien. Sie war nicht bei Bewusstsein, seit Bettina die Küche betreten hatte.

Thal hatte sie in zwei Gruppen eingeteilt. Er und Jonas gingen zuerst mit gezogenen Waffen in die Wohnung, Bettina und Stephanie warteten auf dem Treppenabsatz. Weil sie nicht wussten, wie viele Angreifer sie erwarteten, war diese Form der Rückendeckung notwendig, auch wenn ein solches Vorgehen nicht im Lehrbuch der Polizeischule stand.

Als der erste Schuss fiel, fürchtete Bettina das Schlimmste. Thal war noch nie ein besonders guter Schütze gewesen, hatte sich lange sogar geweigert, überhaupt eine Waffe zu tragen. »Ich bin damit eher eine Gefährdung für die Kollegen«, lautete seine Begründung, die nicht von der Hand zu weisen war. Jonas war auf dem Schießstand zwar sicher, aber ein Einsatz war etwas anderes.

Als direkt nach dem Schuss ein zweiter fiel, hielt es die beiden Frauen nicht mehr auf ihrem Posten. Sie rannten die Treppe hinauf und stürmten ebenfalls mit gezogenen Waffen in die Wohnung. Die Situation war im ersten Moment unübersichtlich. Jonas hielt zwei Männer in Rockerjacken und Springerstiefeln in Schach, die auf dem Boden kauerten und die Hände über dem Kopf hielten. Zwei Kinder standen mitten im Flur. Sie hatten die Münder aufgerissen, aber es kam kein Laut aus ihrer Kehle. Bettina glaubte, selbst das Gehör verloren zu haben, so surreal wirkte die Szene. Als hätte jemand einen Film angehalten.

Von Thal war nichts zu sehen.

»Die Wohnung ist sicher«, sagte Jonas und sie bemerkte das leichte Zittern in seiner Stimme.

»Wer hat geschossen?«, fragte Stephanie.

»Ich«, rief Jonas. »Zwei Warnschüsse.«

»In einem geschlossenen Raum?«, fragte Stephanie. Sie hatte zwar recht, dass Jonas damit die Anwesenden gefährdet hatte, andererseits ärgerte Bettina die Kritik der Kollegin. Sie wusste nichts von der Situation und warum Jonas so handeln musste. Ihn schien Stephanies Einwand nicht zu stören, denn er fügte sachlich hinzu: »Schräg nach oben in die Holzdecke, da konnte es keine Querschläger geben.«

»Wo ist Thal?«, fragte Bettina. Jonas deutete auf die hintere Tür. »In der Küche.«

Stephanie hockte sich hin und begann, mit ruhiger Stimme auf die beiden Kinder einzureden. Bettina ging in die Küche, wo sich ein furchtbarer Anblick bot. Neyla lag mit zerrissener Bluse, entblößtem Unterkörper und vollständig verdrehten Beinen auf dem Boden, am Kopf eine stark blutende Wunde. Neben ihr lagen ineinander verkrallt zwei Männer: Der vermisste Sudanese hatte seinen Arm um einen Mann in der Kleidung einer Motorradgang gekrallt. Thal beugte sich über die beiden Männer und versuchte, Marwan Badawi auf die Seite zu drehen. Augenscheinlich hatte der Mann starke Schmerzen, denn er stöhnte bei jeder Berührung laut auf.

»Er ist gerade erst wieder zu sich gekommen«, sagte Thal. »Der andere ist auch wieder bei Bewusstsein. Am schlimmsten hat es die Frau erwischt, kümmere dich um sie, ich rufe den Notarzt.«

Das war vor zehn Minuten gewesen, seitdem hockte Bettina auf dem Boden und versuchte, Neyla Lado irgendwie zu helfen.

»Guten Tag!«, sagte eine junge, ruhige Stimme. Bettina schaute auf. Ein höchstens fünfundzwanzig Jahre alter, südländisch aussehender Mann in der Kluft des Rettungsdienstes kam schnell auf sie zu und ging in die Knie. »Markus López«, stellte er sich vor und begutachtete die Wunde auf Neyla Lados Stirn.

»Wann kommt der Notarzt?«, fragte Bettina.

»Der ist schon da«, sagte der junge Mann und lächelte sie an.

»Doktor«, rief ein älterer Sanitäter aus dem Flur. »Was machen wir mit den Kindern?«

»Ruft die Psychologin«, sagte López und bedeutete Bettina, dass sie ihn jetzt mit der Verletzten allein lassen könnte.

Nach und nach kamen weitere Mitarbeiter des Rettungsdienstes an und die Küche war überfüllt. Bettina spürte, dass ihre Beine sie kaum noch trugen, und setzte sich in einen Sessel im Wohnzimmer. Thal brachte ihr ein Glas Wasser, das sie gierig trank. Stephanie und Jonas standen im Türrahmen. Sie sahen weniger mitgenommen, sondern eher zufrieden aus. Das war das Privileg der Jugend, dachte Bettina.

»Was sind denn das für Typen, die wir da erwischt haben?«

»Wenn die mit ihren Kutten keinen Etikettenschwindel betreiben, gehören sie zum Motorradclub ›Reichsadler Bodensee‹«, sagte Jonas.

»Hinter denen sind die Kollegen von der organisierten Kriminalität schon lange her«, meinte Stephanie und setzte sich auf die Lehne von Bettinas Sessel. »Der Name ist bei denen Programm, die stecken tief im braunen Sumpf.«

Sie hielt Bettina ihr Tablet entgegen. Das Display zeigte das Foto des Mannes, der gerade röchelnd auf dem Küchenfußboden lag.

»Der Typ, den Marwan Badawi augenscheinlich daran gehindert hatte, Neyla zu vergewaltigen, heißt Kurt Enders. Er nennt sich selbst Präsident der ›Reichsadler‹ und ist aktenkundig als bekennender Neonazi.«

Markus López, der Notarzt, steckte seinen Kopf zur Tür herein.

»Wir bringen Frau Lado in die Klinik, ihr Zustand ist kritisch, aber ich hoffe, dass sie überlebt. Herrn Badawi nehmen wir ebenfalls mit, er hat sich den Arm gebrochen, ist aber sonst ganz gut beieinander. Um die Kinder kümmert sich die Psychologin vom Notdienst, da sind sie in Moment gut aufgehoben.«

Bettina nickte. »Was ist mit dem anderen Kerl?«

López grinste. »Keine Lebensgefahr. Ich denke, um den sollte sich der Gefängnisarzt kümmern.«

Thal hob zustimmend den Daumen, eine Geste, die Bettina noch nie bei ihm gesehen hatte. Anschließend griff er in die Tasche und holte sein Handy heraus. Erst jetzt hörte Bettina, dass es leise klingelte. Das Gespräch dauerte nur wenige Sekunden. Als er es beendet hatte, sprang Thal auf.

»Das war Zeitler, unser Aufpasser vom LKA. Augenscheinlich will Oliver Jakobsen eine Aussage machen und Zeitler fragte, ob wir dabei sein wollen.«

Sechzig

Die Szenerie hatte etwas von einem Gottesdienst. Oliver Jakobsen saß mit seinem Anwalt auf der einen Seite des Tisches. Beide hatten die Hände gefaltet auf die Tischplatte gelegt und hoben den Kopf, als die vier Ermittler den Raum betraten.

Auf der anderen Seite des Tisches saßen Zeitler und Schober, als wären sie die Gemeinde, die auf die Predigt des Pfarrers wartete. Thal war fast enttäuscht, keine Orgel spielen zu hören.

»Dann können wir ja endlich anfangen«, brummte Schober sichtlich genervt. Thal überlegte, ihm zu erzählen, dass sie den gesuchten Gewalttäter Kurt Enders festgenommen hätten, ließ es aber bleiben. Es tat gut, einen Wissensvorsprung gegenüber dem Imam zu haben.

Berg und Thal setzten sich neben Schober, Bohlmann und Quandt nahmen neben Zeitler Platz. Schober nickte dem Anwalt zu, den Thal noch nie gesehen und dessen Namen er nicht verstanden hatte. Der erhob sich trotz seiner höchstens vierzig Jahre schwerfällig und verlas eine schriftlich fixierte Erklärung, nach der sich sein Mandant jetzt zur Sache äußern, danach aber bis zur Hauptverhandlung schweigen würde. Rückfragen seitens der Ermittler würde Jakobsen nicht beantworten.

»Na prima«, brummte Thal. »Dann können wir gleich wieder gehen und die Aussage morgen nachlesen.«

»Still«, zischte Schober, der diese Schmierenkomödie augenscheinlich für eine spannende Aktion hielt.

Jakobsen trank einen Schluck Wasser, ehe er mit seiner Aussage begann.

Einundsechzig

Mittwoch, 18.15 Uhr.
Aussage des Beschuldigten Oliver Jakobsen.
Anwesend: Kriminaldirektor Immanuel Schober, Kriminalrat Bernd Zeitler, Kriminalhauptkommissar Alexander Thal, Kriminaloberkommissarin Bettina Berg, Kriminalkommissarin Stephanie Bohlmann, Kriminalkommissaranwärter Jonas Quandt.
Rechtsanwalt Ulf Reimann.

Das Ganze ist blöd gelaufen. Eines Tages, es dürfte jetzt etwa drei Wochen her sein, bekam ich einen Anruf von Frank Sassen. Er wollte sich angeblich mit mir über die Möglichkeit einer Kooperation unterhalten. Ich wäre schließlich Marketingexperte und Werbetexter und die ›Flüchtlingshilfe‹ bräuchte dringend professionelle Unterstützung. Im Nachhinein frage ich mich auch, wie ich ihm auf den Leim gehen konnte. Ich hätte sofort merken müssen, dass da etwas nicht stimmte, denn warum sollte Sassen ausgerechnet mich anrufen, Thies Jakobsens Sohn, der ja bekanntlich der größte Asylkritiker und Ausländerhasser am Bodensee ist.

Ich fühlte mich wohl gebauchpinselt, dass Sassen augenscheinlich große Stücke auf mich hielt, ließ deshalb alle Vorsicht fahren und stimmte einem Treffen zu. Das allerdings wurde zu einem Disaster. Wir trafen uns in Sassens Büro. Es dauerte keine zwei Minuten, bis er mit der Wahrheit herausrückte. Es ging ihm natürlich nicht um meine Mitarbeit, vielmehr hatte er seit Monaten über mich recherchiert. Ich bin heute absolut sicher, dass er Privatdetektive engagiert hat, die mich auf Schritt und Tritt beobachtet haben. Bei diesem ersten Treffen rückte er zwar noch nicht mit allen Einzelheiten heraus, aber ich wusste jetzt, dass Sassen ein paar Dinge über mich herausgefunden hatte, die nicht unbedingt an die Öffentlichkeit sollten.

Ich will das hier nicht alles im Detail ausbreiten, aber ich habe eben frühzeitig erkannt, dass man mit Flüchtlingen, vor allem mit denen, die von der Politik gerne abfällig als Wirtschaftsflüchtlinge bezeichnet werden, gutes Geld verdienen kann. Die Stichworte kann man heute in jedem Artikel über die sogenannte Flüchtlingskrise nachlesen: Es braucht Schlepper, es braucht Leute, die dafür sorgen, dass die Menschen ein Dach über dem Kopf haben, sie brauchen Papiere und so weiter und so fort. Ich habe mich um nahezu alle Belange gekümmert. Vor allem habe ich jungen Männern, deren Asylanträge abgelehnt worden waren, eine Perspektive in diesem Land geboten. Ich weiß, jetzt werden einige aufschreien und sagen: aber zu welchem Preis? Ganz ehrlich, da zucke ich mit den Achseln. Klar waren die Unterkünfte nicht auf Fünf-Sterne-Niveau. Klar war die Miete nicht gerade günstig. Die Männer bezahlten weniger für die Unterkunft als für das Risiko, das ich einging. Am Ende war es auf jeden Fall eine klassische Win-win-Situation. Die Leute konnten bleiben und gutes Geld verdienen, mit denen ihre Familie daheim überlebte. Und ich verdiente selbstverständlich auch nicht schlecht.

Wie sich herausstellte, hatte Sassen meine geschäftlichen Tätigkeiten sehr genau durchleuchtet. Es kam zu einem zweiten Treffen, bei dem er mir Kopien von Mietverträgen, Protokolle von Observationen und so weiter vorlegte. In diesem Augenblick war mir klar, dass er mich in der Hand hatte. Damals ging ich noch davon aus, dass es um Geld ging. Sassen oder besser gesagt seine Flüchtlingshilfe war ja immer knapp bei Kasse. Es verging ja kaum ein Tag, in dem keine Spendenaufrufe im Südkurier zu lesen waren. Vor allem das Flüchtlingsheim in Volkmaringen brauchte Sponsoren. Ich dachte, dass ich ihm da als Gegenleistung für sein Schweigen finanziell unter die Arme greifen sollte. Sie hätten erleben sollen, wie der Typ unter die Decke ging, als ich ihm das vorschlug.

Nein, Frank Sassen ging es um etwas ganz anderes. Er wollte die Familie Jakobsen öffentlich an den Pranger stellen. Ich vermute, dass er seine Detektive genauso auf meinen Vater wie auf mich angesetzt hatte. Keine Ahnung, ob er da auch fündig geworden ist, auf jeden Fall kaprizierte er sich immer mehr darauf, dass ich mich nur vor Strafverfolgung schützen könnte, wenn ich gegen meinen Vater aussagte. Sassen stellte sich eine Pressekonferenz vor, bei der ich meine Schuld bekennen und gleichzeitig behaupten sollte, dass mein Vater in alle Aktivitäten eingeweiht gewesen wäre. Ganz falsch war das nicht, mein Vater wusste über manches Bescheid, hatte aber keinen Einblick in den Umfang meiner Geschäfte.

Wenn ich auf seinen Vorschlag einginge, würde Sassen mich aus der Schusslinie nehmen. Sein Standardspruch lautete: »Ich kann das! Die Öffentlichkeit frisst mir aus der Hand.«

Um Zeit zu gewinnen, ging ich zum Schein auf Sassens Vorschläge ein. Wir verabredeten uns für den vergangenen Freitag bei mir zu Hause. An diesem Tag wollte Sassen mir genaue Instruktionen geben und den Ablauf der Pressekonferenz planen.

Ich hatte mir für diesen Tag keinen Plan zurechtgelegt, aber als Sassen derart selbstherrlich in meinem Wohnzimmer von einer besseren Zukunft schwafelte, die Leute wie ich und mein Vater nicht verhindern könnten, bin ich ausgerastet. Unter dem Vorwand, einen Kaffee zu holen, ging ich in die Küche, zog das größte Messer aus dem Messerblock und erstach Frank Sassen. Genauer: Ich schlitzte ihm die Kehle auf. Das ging erstaunlich einfach, denn er saß entspannt und ahnungslos auf dem Sofa.

Es war eine ganz schöne Schweinerei, aber daran habe ich in dem Moment nicht gedacht. Anschließend grübelte ich eine Stunde darüber nach, wie ich die Leiche beseitigen sollte, dann stand mein Plan fest. Ich wollte Frank Sassens sterbliche Überreste im Wald verbrennen und das, was dann noch übrig war, im See versenken. Da gab es allerdings ein Problem: Mein Porsche war zu klein, um die Leiche und die Kanister mit den Brandbeschleunigern zu transportieren. Aber auch dafür gab es eine Lösung. Der SUV meines Vaters stand in der Tiefgarage seiner Wohnung – und zwar unverschlossen wie immer. Mein alter Herr verschloss sein Auto nie, wenn er es in der Garage parkte, im Gegenteil. Er ließ sogar den Schlüssel stecken, das war eine Marotte von ihm. Also habe ich das Auto geholt und in meine Garage gestellt. Danach ging alles ganz schnell. Ich verstaute die Leiche und die Kanister im Kofferraum und fuhr das Auto aus der Garage. Plötzlich war ich unsicher, ob ich die Rollläden an den Wohnzimmerfenstern heruntergelassen hatte. Man konnte aus dem Garten die Sauerei sehen, es war ja alles voller Blut. Also bin ich noch mal ins Haus. Umsonst übrigens, selbstverständlich hatte ich alles schon vorher ordentlich verrammelt. Als ich zurückkam, war der SUV meines Vaters verschwunden. Mitsamt Frank Sassens Leiche. Da nahm das Unheil seinen Lauf. Ich war derart durcheinander, dass ich einen Bekennerbrief schrieb. Das war völlig verrückt, denn damit belastete ich meinen Vater.

Jetzt, am Ende, spielt das aber auch keine Rolle mehr. Jetzt ist alles vorbei.

Unterschrieben und genehmigt.
Oliver Jakobsen

Freitag

Zweiundsechzig

Thal drückte Madlainas Hand. Sie hakte sich bei ihm ein und lächelte. Obwohl es noch ein paar Grad kälter geworden war, war ihm warm. Neben Thal ging Stephanie eng umschlungen mit ihrem Fridolin. In der Reihe vor Thal liefen Bettina und Jonas, der Marwan Badawi untergehakt hatte. Der Sudanese wollte unbedingt an dieser größten Demonstration teilnehmen, die Konstanz je gesehen hatte. Aufgerufen zur Teilnahme hatten alle Parteien unter dem Motto ›Für Offenheit und Toleranz. Keine Chance dem Fremdenhass!‹

Ganz bewusst hatten die Organisatoren die Demo als Schweigemarsch geplant, denn es war auch ein Trauermarsch für Frank Sassen.

»Wie geht es Neyla?«, fragte Madlaina.

»Ich habe vor einer Stunde mit ihrem Arzt telefoniert, sie ist ansprechbar und stabilisiert sich von Stunde zu Stunde mehr. Marwan hat ihr das Leben gerettet.«

»Was wird aus ihr werden? Darf sie bleiben?«

Thal dachte einen Augenblick nach, er wollte keine leichtfertige Antwort geben. »Sicher kann man das nicht sagen, aber da sich viele Menschen aus der Politik und den Medien für sie einsetzen, dürften ihre Chancen nicht schlecht stehen. Außerdem sind da die Kinder, die in Deutschland geboren sind und einen deutschen Vater haben. Zum Glück hat Sassen die Vaterschaft vor seinem Tod anerkannt.«

»Wie geht es den Kleinen überhaupt?«

»Sie haben es erstaunlich gut überstanden, zum Glück haben sie nicht alles mitbekommen.«

Vorne im Demonstrationszug stimmte jemand ›We shall overcome‹ an und die Melodie schwappte in einer Welle nach hinten. Thal konnte nicht singen, aber heute wollte er nicht schweigen. Das Gefühl war überwältigend und er spürte, dass seine Augen feucht wurden. Er drehte den Kopf zur Seite. Auch Madlaina weinte.

Als sie am Stephansplatz ankamen, wo sich der Demonstrationszug auflösen sollte, blieben die Ermittler des Kommissariats 1 auf dem Bürgersteig stehen. Thal hatte das Bedürfnis, sich bei ihnen zu bedanken. »Das war gute Arbeit«, sagte er und schüttelte jedem die Hand. Bettina schaute ihn mit einem ungläubigen Grinsen an. Jonas hob sein Tablet in die Höhe. »Das ist ein Erinnerungsfoto wert«, sagte er und der Blitz durchfuhr die Dunkelheit.

Thal spürte immer noch einen Kloß im Hals, er brauchte etwas, an dem er sich festhalten konnte.

»Sag mal, Jonas, hat Zeitler noch was aus Borisov rausbekommen?«

Der LKA-Mann hatte es sich nicht nehmen lassen, die Vernehmung des Bulgaren selbst zu führen. Augenscheinlich lag einigen Leuten in Stuttgart viel daran, die Einbruchsserie in Konstanz geräuschlos zu klären.

Jonas steckte sein Tablet ein. »Weißt du das noch gar nicht? Borisov hat endlich gestanden. Sie haben den Kofferraum geöffnet, als sie den Wagen auf den Werkstatthof gebracht hatten. Das dürfte ein schöner Schock gewesen sein. Danach wollten sie das Auto verbrennen, aber das klappte nicht so, wie sie sich das vorgestellt hatten. Immerhin war die Leiche bis zur Unkenntlichkeit entstellt. Sie fürchteten, dass jemand das Fahrzeug bei ihnen entdecken könnte, also haben sie das Wrack vor den Bahnhof gestellt.«

»Und warum ausgerechnet an so einen belebten Platz?«

»Auf die Frage hatte Borisov keine schlüssige Antwort, vermutlich war es einfach eine Panikreaktion. Sie waren Diebe, aber keine Mörder.«

Sie standen noch zehn Minuten beieinander und redeten über einzelne Aspekte des Falls. Wie immer fiel es ihnen nicht leicht loszulassen, nachdem alles aufgeklärt war. Am Ende war es Thal, der sich als Erster verabschiedete. Er sehnte sich nach einem ruhigen Wochenende mit Madlaina. Na ja, allzu ruhig musste es auch nicht sein.

Langsam schlenderten sie durch die weihnachtlich beleuchteten Straßen Richtung Niederburg. Aus einer Seitenstraße trat ein älteres Ehepaar. Die beiden waren gut gekleidet, typische Konstanzer Mittelschicht.

»Was soll dieser ganze Auflauf?«, fragte der Mann.

»Das alles nur wegen diesem toten Asylantenfreund und einer verletzten Schwarzen. Das muss doch nicht sein. Die spielen sich hier inzwischen wie die Herren auf.«

Thal spürte, dass Madlaina seine Hand drückte.

Er schwieg, obwohl er lieber geschrien hätte.

Sie hatten eine Schlacht gewonnen, aber noch lange nicht den Krieg.

Nachbemerkung

›Mordbrenner‹ ist ein Roman. Die Handlung ist fiktiv und entsprang ausschließlich meiner Fantasie.
Weder gibt es am Bodensee eine Bewegung mit dem Namen ›Bürger für einen christlichen Bodenseeraum‹, noch gab es Anschläge auf Flüchtlingsheime. Im Gegenteil: Die überwältigende Mehrheit der Bevölkerung ist aufgeschlossen und bereit, den Flüchtlingen zu helfen. Unzählige freiwillige Helfer sorgen auch in Konstanz und in den anderen Städten am Bodensee dafür, dass die ankommenden Menschen untergebracht und mit dem Nötigsten versorgt werden. Sie kümmern sich nicht nur um deren leibliches Wohl, sondern sorgen mit Deutschunterricht, Hilfestellungen im Alltag und vielem mehr dafür, dass der Grundstein für eine gelungene Integration gelegt wird.
Auch das Hegau-Dorf Volkmaringen gibt es nicht.
Trotzdem schwelen auch am Bodensee unter der freundlichen Oberfläche die Ressentiments, fallen Sätze, die einem einen Schauer über den Rücken treiben. Manchmal begegnet einem sogar der Hass gegen Ausländer und alles Fremde. Im Moment zeigt er sich in erster Linie in zumeist anonymen Kommentaren auch auf den regionalen Facebook-Seiten.

Obwohl in diesem Roman also alles fiktiv ist, könnte es dennoch morgen Wirklichkeit werden.
Lassen wir es nicht dazu kommen! Wehren wir den Anfängen!

Béla Bolten

Liebe Leserinnen und Leser,

zum Schluss möchte ich mich bei Ihnen bedanken, dass Sie diesen Roman gelesen haben, denn nur für Sie habe ich ihn geschrieben. Wie alle Autoren wünsche ich mir, dass meine Geschichten und Figuren in der Fantasie meiner Leserinnen und Leser zum Leben erwachen.

Deshalb freuen ich mich auch über jede Leserzuschrift. Schreiben Sie mir, ob Ihnen »Das Doktorspiel« oder einer meiner anderen Romane gefallen hat. Meine E-Mail-Adresse lautet:

belabolten@email.de

Leseproben aus einigen anderen meiner Krimis finden Sie im Anschluss.

In diesem Zusammenhang habe ich noch eine Bitte. Als verlagsunabhängiger Autor muss ich mich auch um das Marketing für meine Bücher selbst kümmern. Deshalb bin ich auf Ihre Unterstützung angewiesen. Sie helfen mir sehr, wenn Sie meine Bücher bei Amazon bewerten, über sie sprechen und sie weiterempfehlen. Twittern Sie über das Buch, erwähnen Sie es auf Facebook, Google+ oder anderen Plattformen.

Übrigens: Ich belohne meine treuen Leserinnen und Leser bei jeder Neuerscheinung, denn Sie können das E-Book für einige Tage zu einem äußerst günstigen Sonderpreis erwerben. Besuchen Sie meine Internetseite

http://belabolten.wordpress.com/

und abonnieren Sie dort meinen Newsletter, dann erfahren Sie rechtzeitig von diesen Aktionen.

Herzlichst

Ihr Béla Bolten

Mehr von Béla Bolten

Bettina Berg und Alexander Thal ermitteln in Konstanz am Bodensee. Alle bisherigen Fälle mit den beiden sympathischen Ermittlern erreichten Spitzenplätze in den Amazon Bestsellerlisten. Die Romane sind in sich abgeschlossen und können losgelöst von den anderen gelesen werden.

Folgende Titel sind in dieser Reihe bisher erschienen:

Leahs Vermächtnis (eine Leseprobe finden Sie unten)
Sünders Fall
Bankers Tod
Claras Schatten
Tote Mädchen weinen nicht
Aschenputtel tanzt nicht mehr
Wenn Barbies Schwestern Trauer tragen
Das Doktorspiel

Leahs Vermächtnis – Ein Berg und Thal Krimi

Kriminalhauptkommissar Alexander Thal trauert um seine Frau, die gefeierte Künstlerin Leah Braasch. Sie fiel einem Attentat zum Opfer, das ihm gegolten hatte. Thal zweifelt, ob er jemals in den Polizeidienst zurückkehren wird. Was hat seine Arbeit für einen Sinn, wenn er nicht einmal seine große Liebe vor einem Verbrechen bewahren konnte? Als er eines Morgens im Briefkasten einen an ihn adressierten Brief mit Fotos einer unbekannten, in entwürdigenden Situationen fotografierten Frau findet, wird ihm die Entscheidung abgenommen. Dies ist sein Fall. Es beginnt eine atemlose Jagd auf den Fotografen, dem im Trubel der

Fastnacht jederzeit weitere Frauen zum Opfer fallen können. Wird es Thal diesmal gelingen, die Frauen zu schützen?

Leseprobe:

Kapitel eins: Das Versprechen

Er öffnete die beiden obersten Knöpfe seines Mantels. Obwohl vom See ein kalter Wind durch die Gassen wehte und das Thermometer zu dieser frühen Morgenstunde nur drei Grad zeigte, war ihm heiß. Er fürchtete, einen glühend roten Kopf zu bekommen. Dabei hatte er sich geschworen, gelassen zu bleiben. Es gab keinen Grund, aufgeregt zu sein. Er hatte alles durchdacht, seit Monaten feilte er an seinem Werk. Bis ins kleinste Detail hatte er die Komposition geplant, nichts war mehr dem Zufall überlassen. Über jede einzelne Pose, über Mimik und Gestik hatte er intensiv nachgedacht. Jederzeit konnte er das fertige Bild vor sein geistiges Auge holen. In Sekundenschnelle stand es vor ihm in seiner unbeschreiblichen Schönheit. Das hatte die Welt noch nicht gesehen. Monumental, bedeutend, in die Zukunft weisend.

Bevor seine Gedanken sich aus der Wirklichkeit lösten, zwang er sich zur Konzentration. Er durfte jetzt nicht träumen, sich nicht am eigenen Tun berauschen. Er musste hellwach sein. Die kommenden Tage sollten die bedeutsamsten seines Lebens werden. Danach würde nichts mehr sein, wie zuvor. Heute war der letzte entspannte Tag, den er nutzen wollte, um sich mit dem Terrain vertraut zu machen.

Er bog in die Münsterstraße ein und stieß fast mit einem Fahrradfahrer zusammen, der an diesem kalten Morgen nicht mit einem Spaziergänger gerechnet hatte. Die wenigen Fußgänger gingen zielstrebig in der Mitte der Straße. Sie waren auf dem Weg zur Arbeit, zur Schule, zu einem Arzt. Morgen würde das Geschäftsleben in der Stadt auf ein Minimum reduziert. Keiner hatte einen Blick für die Auslagen der Geschäfte, wo Luftschlangen, Konfetti und mit den typischen Kostümen der alemannischen Fastnacht bekleidete Puppen auf die kommenden Tage hinwiesen. Vor einigen Läden lagen lange Holzbretter, mit denen spätestens am Donnerstag viele Händler ihre Schaufenster verrammeln würden. Zu schnell ging im Taumel der Massen etwas zu Bruch.

Fast wie vor einer Großdemonstration in Berlin, nicht fröhlich, eher bedrohlich wirkte die Szenerie. Daran änderten auch die bunten Bänder aus Stofffetzen nichts, die im Abstand von einem Meter über die Straße gespannt waren und ihr ein Dach gaben.

Monate lang hatte er über den passenden Zeitpunkt gegrübelt, bis ihm der Einfall kam, der seinem Vorhaben die Richtung gab. Eine ganze Stadt im Taumel der Sinne, was könnte seinem Plan dienlicher sein? Bisher hatte er die Fastnacht nicht gemocht. Zu grell, zu lärmig, zu zügellos - Opium für das gemeine Volk, damit es für ein paar Tage sein Elend vergaß. Nichts für Feingeister.

Jetzt aber würden ihm die tollen Tage liefern, was er als Letztes zur Vollendung seines Werkes brauchte. In den Straßen dieser Stadt würde es ihm in den nächsten Tagen gelingen, nicht zu kopieren, sondern zu erschaffen.

Als er in die Kanzleistraße einbog, trat zwei Meter vor ihm eine Frau aus einer Drogerie. Sie war kaum zwanzig und ging mit ausladenden Schritten Richtung Marktstätte. Nur mit Mühe konnte er ihr folgen. Warum rannte er hinter ihr her? »Bleib ruhig«, murmelte er. »Es ist noch zu früh.«

Erst morgen, am Mittwoch, wenn die Fastnacht ihren Anfang nahm, würde er sein Werk beginnen. Aber war es nicht oft so gewesen, dass alle Planung unwichtig wurde, wenn ihn der kreative Blitz traf, aus dem jedes Kunstwerk sein Leben erhielt, jenen besonderen Glanz, der sich später in den Augen der Betrachter widerspiegelte?

Er griff in die rechte Manteltasche und schloss die Hand um die kleine Flasche. Er wollte sie erst nicht mitnehmen, hatte sich aber ohne darüber nachzudenken anders entschieden. War das der Wink einer höheren Macht, dem zu folgen ein Künstler früher oder später lernte? Er beschleunigte seine Schritte, um die Frau nicht zu verlieren. Ihr dichtes, leicht gewelltes schwarzes Haar wippte über den Kragen der weißen Felljacke. Er hatte sie nur eine Sekunde lang von vorne gesehen, aber sie war eindeutig schlank. Ihr fester Gang ließ darauf schließen, dass sie nicht dürr war, sondern weibliche Formen und Rundungen hatte. Ging dort sein erstes Modell? Als sie an einer Galerie in Höhe des Kaiserbrunnens stehen blieb, überholte er sie. Dabei sah er für einen Moment ihr Spiegelbild im Schaufenster. In seinem Kopf überstürzten sich die Bilder. In Sekundenbruchteilen stanzte sein Gehirn die Unbekannte in das Mosaik seines Werkes. Wer war sie? Was verkörperte sie? Das Versprechen? Die Verführung? Die Hingabe? Als sein fieberhaft arbeitender Geist sie in das letzte Feld setzte, blieb er abrupt stehen.

»Stopp«, sagte er so laut, dass er erschrak. Sofort drehte er sich um. Sie hatte es nicht gehört, sondern betrachtete weiter das Schaufenster. Wie immer funktionierte es. Wenn sein Kopf zu zerplatzen schien und die Gedanken sich verselbstständigten, konnte er sich mit diesem einen Wort zur Ruhe bringen. Dem kreativen Impuls zu folgen, war gut, doch er durfte ihn nicht ins Chaos führen. Sein Werk hatte Anfang und Ende. Die Reihenfolge stand fest. Zuerst kam das Versprechen. War sie es? Das Haar, die Kleidung, die frauliche Figur passten. Die Frau drehte sich um. Sie kam direkt auf ihn zu. Fast hatte sie ihn erreicht, ehe er einen Schritt zur Seite machte. Sie lächelte ihn an und senkte leicht den Blick. In dieser unscheinbaren Geste lag, was er suchte.

Er sah aus den Augenwinkeln, dass sie das Café »Marktstätte« betrat. Er tastete erneut nach dem Fläschchen und bereute, die Wirkung nicht vorher ausprobiert zu haben. Er musste der Beschreibung auf der Internetseite vertrauen. Demnach hatte er ausreichend Zeit für sein Vorhaben.

Er atmete tief durch und spürte, dass seine Nervosität nachließ. Tiefe Ruhe stellte sich ein – wie jedes Mal, wenn er mit einem Werk begann. In dieser Sekunde war alle Falschheit aus der Welt. Alles war an seinem Platz.

Mit festen Schritten ging er auf das Café zu und drückte die Eingangstür auf.

Axel Dauts Fälle

Die zeithistorische Krimiserie um den Ermittler Axel Daut spielt während des Zweiten Weltkriegs in Berlin und verbindet auf besondere Weise Fiktion und Realität.
Bisher sind drei Bücher erschienen:
Die Romane "Codewort Rothenburg", in den Sie gerne hineinlesen können, und "Der Aufbewarier" sowie die Kurzgeschichte "Luises Schweigen".

Codewort Rothenburg

Axel Dauts erster Fall

Berlin, Frühjahr 1941. Ein mysteriöser S-Bahn-Mörder hält die Stadt in Atem. Als eine weitere Frauenleiche gefunden wird, führen die Spuren Kriminalkommissar Axel Daut aber in eine andere Richtung. Das Opfer arbeitete als Prostituierte in einem noblen Bordell. Warum will offiziell niemand etwas von diesem „Salon Kitty“ wissen? Trotz Anweisung von höchster Stelle, den Fall zu den Akten zu legen, ermittelt Daut weiter und betritt eine geheimnisvolle Welt aus Spionage und rauschhafter Begierde, der auch er sich nicht entziehen kann.
Währenddessen schließt sich Dauts Ehefrau Luise ohne sein Wissen einer Widerstandsgruppe an.
Als deutsche Soldaten in Russland einmarschieren und Bomber Nacht für Nacht Tod und Zerstörung auch nach Berlin bringen, kommt es zu einem dramatischen Finale, an dessen Ende nichts mehr ist, wie es war.

"Historisch perfekt recherchiert – ein Stück NS-Alltagsgeschichte in Romanform, das ohne moralische Wertungen, ohne politisches Pathos, ohne erhobenen Zeigefinger auskommt."
(Eine Leserin bei Amazon)

'Codewort Rothenburg' ist definitiv mehr als nur ein spannender Krimi. Der Autor Béla Bolten schafft es, die Ereignisse der Zeit geschickt mit einem spannenden Kriminalfall zu verbinden.
(Wir lesen – Eure Büchercommunity)

Béla Bolten ist es mit diesem Buch brillant gelungen, ein historisches Szenario in einen mitreißenden Krimi zu packen, der einen für viele Stunden nicht mehr los lässt.
(Online Magazin Maniax)

Leseprobe

Eins

Er hatte es sich schlimmer vorgestellt. Unangenehmer. Er sollte sich entspannen, dann könnte er es sogar genießen. Die Kameraden hatten recht, Inge war hübsch. Nicht schön, aber reizvoll. Weniger ihr Gesicht, in dem die Augen etwas zu eng beieinanderstanden und die Wangenknochen zu deutlich hervortraten. Sähe man nur ihren Kopf, könnte man sie für dürr halten. Er sah an ihrem Körper herunter. Sie war alles andere als das. Der Seidenkimono war aufgesprungen, und so hatte er einen freien Blick auf ihre Brüste, ihren Bauch, ihre Beine. Ein seidiges Etwas, eher ein Nichts als ein Höschen, verbarg die Scham zwischen ihren runden Schenkeln. Sie stützte sich auf den linken Unterarm, trank einen Schluck Champagner und sah ihn herausfordernd an.

»Na, Soldat! Genug gesehen?«

Er fühlte sich ertappt. Das Blut schoss ihm ins Gesicht.

»Du bist ja vielleicht ein Held!«

Sie prustete los, und einige Spritzer Sekt trafen seine Nase.

»Wirst ja rot wie ein kleiner Junge, wenn du nur ein paar Tittchen siehst. Hoffentlich wirst du mir beim Rest nicht ohnmächtig!«

Wieder lachte sie lauthals.

»Nimm die Inge«, hatten seine Kameraden gesagt. »Die ist nicht nur hübsch, die hat auch richtig was drauf. Sachen macht die ...«

Mit seiner linken Hand umfasste er ihre rechte Brust. Inge drängte ihren Oberkörper gegen ihn.

»Na endlich. Ich dachte schon, du wolltest nie anfangen.«

Sie nestelte an seiner Gürtelschnalle und zog mit einem Ruck die Hose herunter. Als sie in seine Unterhose greifen wollte, schlug er ihre Hand weg. Sie riss die Augen auf.

»Aua, du tust mir weh.«

Er hatte zu fest zugepackt. Es war ein Reflex. Aus seinem Unterbewusstsein. Seit Jahrzehnten antrainiert.

Er lockerte den Griff.

»Tut mir leid. Aber ich kann nur ...«

»Ah, der Herr möchte bestimmen, wo's lang geht. Nur zu!«

Sie lachte, hob den Hintern an und zog mit einem Ruck ihr Höschen auf die Knöchel.

»Den Rest kannst du ja wohl selber!«

Wieder gluckste sie, und in diesem Moment wusste er, dass er dieses Lachen schon einmal gehört hatte. Inge spreizte die Schenkel, und der Anblick, der sich ihm bot, lenkte ihn augenblicklich ab. Noch nie hatte er eine Frau gesehen, die an dieser Stelle rasiert war. Das Verlangen sprang ihn an wie ein Tiger sein Opfer. Er wollte diese Frau, die sich ihm so schamlos darbot.

»Dreh dich um«, sagte er in einem barschen Befehlston.

Sie schien es als Spiel aufzufassen.

»Jawohl, Herr Leutnant! Wie der Herr Leutnant befehlen!«

Laszív und provozierend langsam drehte sie sich auf die Seite. Er fasste sie um das Becken, hob sie hoch und brachte sie mit einem Schwung in eine kniende Position. Sie stöhnte auf, es klang nicht schmerzhaft. Mit der Hand fuhr sie sich zwischen die Schenkel, und er spürte stechend, wie groß seine Lust war. Die Hose hatte sich an seinen Beinen verheddert, und er brauchte einige Zeit, sie abzustreifen. Als er seine Unterhose nach unten zog, drehte sie den Kopf.

»Nun mach schon, oder willst du ...«

Ihre Augen weiteten sich, und die Backen fielen in sich zusammen.

»Was ist das denn?«

Sie kreischte mehr als sie sprach und beendete den Satz mit einem hohen, fast quietschenden Kiekser. Sie blickte ihn direkt an. Wieder lachte sie schallend und brüllte los, wobei ihre Stimme fast eine Oktave tiefer zu sein schien als zuvor:

»Das kann doch gar nicht wahr sein. Wann habe ich denn so was das letzte Mal gesehen? Muss schon lange her sein! Das glaubt mir kein Mensch.«

In diesem Moment erinnerte er sich an alles. Er hatte einen Fehler gemacht. Einen folgenschweren Fehler.

Er griff in ihr dichtes, schwarzes Haar und drehte mit einem kräftigen Ruck ihren Kopf nach vorne. Sie schrie auf. Diesmal vor Schmerz. Er verschloss ihren Mund mit seiner Hand. Mit Verwunderung spürte er, dass seine Lust nicht nachgelassen hatte.

»Sei still und tu deine Arbeit«, zischte er.

Dann drängte er sich an sie. Er wusste, dass er die Sache zu Ende bringen musste.

Mörderische Alibis

Die neue Krimireihe von Béla Bolten.
Frech. Anders. Spannend.

Alibi für ein Todesspiel
Leo Liebig hat eine geniale Geschäftsidee: eine Alibi-Agentur. Gegen stattliches Honorar ermöglicht er untreuen Ehemännern stressfreie Liebesabenteuer.
Doch gleich der erste Auftrag wird zum Desaster. Der als Double für den Auftraggeber engagierte Schauspieler liegt ermordet in seinem Hotelzimmer. Leo gerät in den Fokus der Mordermittlungen.
Und dann ist da noch seine neue Mitarbeiterin. Jule Haller erweist sich als außergewöhnlich – und das in jeder Hinsicht. Sie ist taff, sie ist attraktiv und sie sitzt im Rollstuhl.
Schaffen es die beiden, sich zu einem Team zusammenzuraufen und den verzwickten Fall zu lösen?

Leseprobe

Eins

»Verdammt, du Idiot! Kannst du nicht aufpassen?«

Leo drehte sich nach dem Radfahrer um, der immer noch vor sich hin fluchte und ihm mit ausgestrecktem Mittelfinger zeigte, was er davon hielt, einem Spaziergänger ausweichen zu müssen.

Daran würde Leo sich gewöhnen müssen. In Münster waren die Radler die Herren im Verkehr, als Fußgänger störte man nur. Am besten legte er sich auch einen Drahtesel zu, von denen jeder Münsteraner angeblich sogar zwei besaß: einen für die alltägliche Fahrt zur Arbeit und einen für die sonntägliche Tour ins Grüne. Der Weg vom Büro in der Hammer Straße bis zum Cheruskerring war auf jeden Fall viel zu lang, um ihn Tag für Tag zu laufen und mit den Feinheiten des städtischen Busverkehrs hatte er sich noch nicht vertraut gemacht. Bevor er sich mit solchem Organisationskram beschäftigte, würde er erst mal den heutigen Abend bei ein paar gepflegten Bierchen gebührend feiern. Die hatte er sich echt verdient, immerhin hatte er gerade den ersten Auftrag an Land gezogen – und das, obwohl sein Laden noch nicht einmal richtig eröffnet war. Zugegeben, als Moritz ihm von den Anzeigen auf Google erzählte und dabei tat, als handelte es sich um eine Wunderwaffe bei der Kundenbeschaffung, hatte er es für eine typische Übertreibung eines Anwalts gehalten. Die Rechtsverdreher waren schließlich Meister darin, nur unter dem Mikroskop sichtbare Erkenntnisse derart aufzublasen, dass sie selbst ein kurzsichtiger Rentner als lebensrettende Wahrheit erkennen konnte. »Von nichts kommt nichts« gehörte zu den Standardsprüchen, die sein Kumpel aus Studientagen bei jeder passenden und unpassenden Gelegenheit zum Besten gab.

Diesmal hatte Moritz aber nicht übertrieben, auf jeden Fall hatten sich die in die Google-Werbung investierten hundert Euro bereits heute bezahlt gemacht.

Leo drückte die Hand auf die Brust und spürte das Knistern der Scheinchen in der Innentasche des Jacketts mehr, als dass er es hörte. Schon erstaunlich, was manche Männer bereit waren zu investieren, nur damit ihre Gattin nichts von den amourösen Nebenschauplätzen mitbekam, auf denen sich die Herren regelmäßig tummelten. Dieser

Typ hatte sich zwar erst naserümpfend im Büro umgesehen, Leos Geschäftsräume entsprachen wohl nicht seinem Standard. Im Grunde machte ihn das sympathisch, Leo hätte selbst am liebsten bei der ersten Besichtigung der Räume auf dem Absatz kehrtgemacht. Kein Wunder, dass der Vormieter, eine Versicherungsagentur, Pleite gemacht hatte, die Möbel stammten aus den Siebzigern und der Mief dieser Zeit hing in jeder Pore der abgewohnten Sitzgruppe. Leo roch den Angstschweiß der Versicherten, die hier auf eine positive Abwicklung ihres Schadensfalles hofften. Für repräsentativere Büroräume fehlte ihm aber das Geld, außerdem hatte es ihm der Lagerraum im Hof angetan. Wo sollte er so etwas zu einem annehmbaren Preis sonst finden, Münster war ein teures Pflaster.

Zum Glück hatte der Mann seine Abneigung überwunden und sich überzeugen lassen, dass sein Gegenüber ein erfahrener Alibibeschaffer wäre. Wenn der wüsste!, dachte Leo und lachte lautlos. Zum Glück war es keine komplizierte Angelegenheit, sondern genau das, was er sich erhofft hatte. Dieser Jakob Kaiser würde sich heute Nacht mit einer Geliebten an einem unbekannten Ort treffen. Seiner Frau erzählte er etwas von einer Dienstreise nach Münster, die er nach seiner Rückkehr mit entsprechenden Hotelrechnungen und Quittungen belegen würde. Nur, dass nicht er selbst unter dem Namen Kaiser im Hotel nächtigen, in einem der besseren Restaurants zu Abend essen und in der Hotelbar einen Schlummertrunk nehmen würde.

Eine einfache Angelegenheit, sah man davon ab, dass nicht viel Zeit blieb, alles vorzubereiten. Trotzdem sollte normalerweise alles glattgehen. Vorausgesetzt, Thees machte seinen Job. Leo drückte die schwere Eichentür zum

›Café Klatsch‹ auf. Drinnen war es noch wärmer als draußen, dazu kam ein schwerer, süßer Duft nach überzuckerten Torten und verbranntem Kaffee. Thees saß an einem dunklen Eichentisch und rührte mit einem winzigen Kaffeelöffel in einer Tasse, den kleinen Finger der klobigen Hand seltsam affektiert abgespreizt. Als er Leo erblickte, ließ er den Löffel auf die Untertasse fallen, sprang auf und breitete die Arme aus. Er hatte ordentlich an Gewicht zugelegt, wirkte aber eher massig als fett.

»Leo Liebig! Das muss doch mindestens zehn Jahre her sein!«

»Eher fünfzehn.«

Thees schloss Leo in die Arme und erdrückte ihn fast.

Leo brauchte ein paar Sekunden, um sich von der übertrieben enthusiastischen Begrüßung zu erholen. Sie waren nie enge Freunde gewesen, hatten während des Studiums hin und wieder miteinander gezecht, sich danach aber bald aus den Augen verloren. Er hätte auch heute keinen Gedanken an seinen ehemaligen Kommilitonen verloren, wäre da nicht dieser Auftrag, bei dem nichts schiefgehen durfte. Kaiser hatte weitere Jobs in Aussicht gestellt, vorausgesetzt, dass heute alles klappte. Er führte wohl ein ausschweifendes außereheliches Liebesleben. Auf jeden Fall konnte es nicht schaden, einen professionellen Schauspieler zu engagieren, Kaisers Rolle zu spielen. Thees war sicherlich kein strahlender Bühnenheld, aber dafür sollte es reichen.

Leo bestellte einen »Kaffee mit«, was der Kellner mit einem mehr gegrunzten als artikulierten »Sehr wohl« quittierte, und selbst das lag wohl nur daran, dass Leo sich durch die Bestellung als Stammgast zu erkennen gegeben hatte. Beim ›Kaffee mit‹ handelte es sich im ›Klatsch‹ um einen Kaffee mit Sahne und einem Schuss Marillenlikör.

»Cooler Laden«, meinte Thees.

Leo schluckte die Entgegnung herunter, das ›Café Klatsch‹ sei alles andere als das. Die Einrichtung war wie die Stammgäste in die Jahre gekommen, die Kellner bedienten mit einer steifen Korrektheit, die leicht als Arroganz ausgelegt werden konnte, und auch das Angebot war nicht mit der Zeit gegangen, es gab nicht einmal eine Espressomaschine. Kaffee wurde hier noch gefiltert wie zu Omas Zeiten und der Kuchen war weder vegan noch glutenfrei. Und selbst der Name war kein anbiederndes Wortspiel, sondern ging auf den ersten Besitzer Otto Klatsch zurück, dessen Schwiegersohn Gerd zwar nicht mehr den passenden Namen, aber den gleichen muffigen Gesichtsausdruck trug.

Leo wartete, bis der Ober den Kaffee serviert hatte, obwohl er registrierte, dass Thees seine Ungeduld nur mühsam zügeln konnte. Vermutlich hatte sich da in den letzten fünfzehn Jahren nichts geändert und der Schauspieler war wie immer knapp bei Kasse.

»Du hast dich also selbstständig gemacht?«, beendete Thees das Schweigen. Da Leo nur wortlos nickte, setzte er ungeduldig hinzu: »Lass dir doch nicht alles aus der Nase ziehen! Was zum Teufel habe ich mir unter einer Alibiagentur vorzustellen?«

Leo zuckte mit den Schultern. »Na, was wohl?«

Thees lachte auf. »Schon klar. Untreue Ehemänner brauchen eine Erklärung, warum sie unbedingt außer Haus nächtigen müssen!«

»Schnellmerker«, sagte Leo und trank einen großen Schluck vom heißen Kaffee. Fast hätte er sich verschluckt; der Wirt hatte nicht am Schnaps gespart.

»Hast du heute Abend Zeit?«

»Klar, Leo. Für dich doch immer!«

Das Leuchten in seinen Augen deutete Leo nicht als Zeichen freundschaftlicher Rührung, sondern als Hoffnung auf eine satte Entlohnung.

»Gut. Dann beziehst du in zwei Stunden ein Zimmer im ›Hotel Krautkrämer‹, das unter diesem Namen reserviert ist.«

Er schob Thees einen Zettel zu, auf dem er Kaisers Daten notiert hatte.

»Krautkrämer?«, fragte der Schauspieler ungläubig.

Leo nickte. Einen derartigen Nobelschuppen hatte Thees bestimmt seit Jahren nicht mehr von innen gesehen.

»Beim Check-in wird man dich nach einer Kreditkarte fragen.«

Er beugte sich vor und schaute seinem Gesprächspartner in die Augen. Er musste sich sicher sein, dass er die folgenden Instruktionen genau verstand. »Du sagst, dass dir gestern deine Brieftasche mit allen Papieren, Kreditkarten und so weiter gestohlen worden ist, du hättest den Verlust bereits angezeigt. Du kannst das ruhig ein bisschen ausschmücken.«

Leo rechnete damit, dass der Hotelportier seinem Gast voller Mitleid begegnen würde. Der Verlust von Papieren und Kreditkarte ist schließlich der Albtraum aller Reisenden.

»Klar«, antwortete Thees einsilbig und starrte dabei auf das Blatt mit Kaisers persönlichen Daten. Er war so konzentriert, dass er zusammenzuckte, als Leo auf das Papier tippte. »Hier findest du auch den genauen Ablauf des Abends.«

Thees hielt den Kopf leicht schief, während er die weiteren Erläuterungen las, und leckte sich über die Lippen, als freue er sich schon jetzt auf die in den knappen Anweisungen verborgenen Genüsse.

»Halte dich genau an den Ablauf und die Zeiten, hörst du!«

»Klar.« Augenscheinlich war das seine Standardantwort. »Und wie bezahle ich das alles?«

Leo lächelte. Endlich kam der Schauspieler zur Sache.

»Cash natürlich.«

»Dachte ich mir.«

Leo trank den letzten Schluck und grinste Thees an, der unruhig auf seinem Stuhl hin- und herrutschte.

»Wie sieht es mit einem Vorschuss aus? Ich bin ein bisschen knapp im Moment.« Er biss sich auf die Unterlippe. »Theaterferien, du verstehst?«

»Klar«, sagte Leo. Er griff in seine Jackentasche und zog einen der Scheine heraus, die Kaiser ihm gegeben hatte. Thees bekam Stielaugen; einen Fünfhunderter sah man nicht alle Tage. Leo faltete den Schein zwei Mal und hielt ihn dem Schauspieler zwischen Zeige- und Mittelfinger hin. »Das dürfte für die Spesen und dein Honorar großzügig bemessen sein.«

Thees nahm den Schein und steckte ihn hastig in die Brusttasche seines Hemds. »Na ja, so ein Menü im ...«

»Geschenkt«, sagte Leo. Er hatte sich vorher über die Preise in der ›Villa Medici‹ informiert. Selbst wenn Thees nur die teuersten Gerichte auf der Karte wählte und später in der Bar noch ein paar edle Spirituosen kippte, dürften zwei- bis dreihundert Euro Honorar übrig bleiben. Viel zu viel für den Job, aber er wollte sich den Schauspieler warmhalten. Es kamen sicher auch noch schwierigere Aufgaben.

»Brauchst du eine Quittung?« Thees strich fast zärtlich mit der Hand über die Brusttasche, eine Geste, die Leo gut nachvollziehen konnte.

»Du lässt dir natürlich überall Quittungen ausstellen, die gibst du mir, wenn wir uns morgen Vormittag in meinem Büro treffen.« Er schrieb die Adresse auf die dünne Serviette, die man im ›Klatsch‹ zum Kaffee servierte, und machte sich eine gedankliche Notiz, unbedingt Visitenkarten in Auftrag zu geben. »Dein Honorar ist netto!«

Er sah die Erleichterung in Thees' Gesicht und nickte. Er wusste, was so ein unerwarteter Geldsegen bedeuten konnte.

»Zeit, dass du loskommst«, sagte Leo und stand auf. »Wie kommst du nach Hiltrup?«

»Mit dem Auto.«

»Klar.«

Thees grinste. »Kann ich dich irgendwo absetzen?«

»Nee, lass mal. Ich brauche noch ein bisschen frische Luft.«

Als Thees Anstalten machte, Leo auch zum Abschied mit seinem Würgegriff zu umarmen, nickte er ihm nur kurz zu und ging schnellen Schrittes aus dem Café. Die Rechnung überließ er dem Schauspieler. Dessen Spesenkonto war schließlich gut gefüllt.

30727375R00174

Printed in Poland
by Amazon Fulfillment
Poland Sp. z o.o., Wrocław